As variações de Lucy

As variações de Lucy

Sara Zarr

Tradução de
Áurea Akemi Arata

Título original: *The Lucy Variations*
Copyright © 2013 by Sara Zarr
Esta edição foi publicada em acordo com
Little, Brown and Company, Nova York, Nova York, EUA.

Coordenação editorial – Lenice Bueno da Silva
Assistente editorial – Janette Tavano
Tradução – Áurea Akemi Arata
Preparação de originais – Silvana Tavano
Coordenação de revisão – Elaine Cristina del Nero
Revisão – Andrea Ortiz
Coordenação de edição de arte – Camila Fiorenza
Diagramação – Cristina Uetake, Elisa Nogueira
Coordenação de Bureau – Américo Jesus
Pré-impressão – Alexandre Petreca
Impressão e acabamento – Corprint Gráfica e Editora Ltda.

Dados Internacionais de Catalogação na Publicação (CIP)
(Câmara Brasileira do Livro, SP, Brasil)

Zarr, Sara
  As variações de Lucy / Sara Zarr ; tradução de
Áurea Akemi Arata. São Paulo : Moderna, 2014.

  Título original: The Lucy Variations
  ISBN 978-85-16-09363-1

  1. Ficção norte-americana. I. Título.

14-02186   CDD-813

Índices para catálogo sistemático:
1. Ficção : Literatura norte-americana 813

Todos os direitos reservados no Brasil pela
Editora Moderna Ltda.
Rua Padre Adelino, 758, Belenzinho – 03303-904 – São Paulo, SP
Vendas e atendimento: Tel.: (11) 2790-1300
Fax: (11) 2790-1501
www.editoraid.com.br
Impresso no Brasil, 2014

Para Gordon,
que acompanha com habilidade todos os meus ritmos.

e Mike,
que me mostrou a beleza quando eu mais
precisava acreditar.

1

Tempo Rubato

(Em Tempo Roubado)

1

Continue tentando, Lucy.

A menina olhou para o rosto da senhora Temnikova.

Era incrível como parecia cinza.

Tente.

Continue.

Lucy.

Mais uma vez, ela colocou as mãos sobre o tórax da senhora Temnikova, e novamente hesitou.

Fobia de palco: uma oportunidade de se testar, ou a chance de falhar. O que não era nenhuma novidade para ela. A única diferença é que, até agora, não tinha sido uma questão de vida ou morte.

Isto não é uma demonstração. Faça algo.

Acontece que uma pessoa de verdade morrendo na sala de estar não era o mesmo que um boneco da Cruz Vermelha no ginásio da escola. Lucy tentou não pensar na pele da senhora

Temnikova sob suas mãos. Nem na possibilidade de que essa pele agora envolvia apenas um corpo sem vida, sem alma.

Diferente de um boneco, era como se, num momento, Temnikova não estivesse lá, e então estivesse e, de repente, não mais. Na verdade, parecia não estar, na maior parte do tempo.

O irmãozinho de Lucy, Gus, de dez anos de idade, começou a fazer a pergunta que ela não queria responder. — Ela está... *Morta?*

— Ligue para a emergência, Gus — pediu ela pela segunda vez. Ele estava imóvel, parecia hipnotizado. Apesar da vontade de gritar, Lucy manteve a voz firme. Não queria assustá-lo. Com a mesma calma e a autoridade típicas de sua mãe, ela insistiu: — Faça isso já.

O menino correu pela sala até o telefone e Lucy olhou para o teto, tentando lembrar de todas as etapas da Cadeia de Sobrevivência Cardíaca — como era mesmo o passo a passo? E, afinal, onde estavam sua mãe e seu avô? Na maior parte do tempo, e de maneira irritante, eles estavam sempre *lá*, organizando a casa e também a vida de *todos* os que viviam nela, como se a residência dos Beck-Moreau fosse uma empresa que deveria estar entre as 500 melhores da revista *Fortune*.

Sobre o piano, o metrônomo continuava pulsando na sua batida constante. Apesar da vontade de atirar um travesseiro sobre o aparelho, Lucy aproveitou o ritmo para cronometrar as compressões que precisava fazer sobre o tórax de Temnikova.

Ainda assim...

Esse som.

Tic tic tic tic.

Um adágio lento. Como o de uma marcha fúnebre.

Ela não sabia como Gus aguentava. Dia após dia após dia após dia naquela sala, com o *tic tic* interminável e a velha senhora Temnikova.

Tudo de bom (tic) *passa por você* (tic) *enquanto você, aqui, sentado* (tic), *desperdiça sua vida* (tic).

Na verdade, ela sabia, sim, pois havia feito a mesma coisa por mais de onze anos. Não com Temnikova, mas neste mesmo aposento. Nesta casa. Com estes pais. A mesma história familiar.

— Minha irmã está fazendo isso — disse Gus ao telefone, e olhando para Lucy, repetiu as instruções que ouvira: — Eles querem que você tente respiração boca a boca.

Na primavera passada, quando Lucy e Reyna se inscreveram no curso de ressuscitação cardiopulmonar, na escola, imaginavam seus futuros pacientes como homens sensuais, abaixo dos quarenta, uma ideia que agora parecia totalmente idiota. Lucy puxou os cabelos sobre um dos ombros e se preparou.

Colocou os lábios sobre os da velha senhora. A sua respiração encheu os pulmões de Temnikova. Eles inflaram e desincharam, inflaram e desincharam. Nada. Imediatamente, ela voltou a fazer as compressões.

Gus continuava no telefone, mas sua voz estava meio distante. A sequência das ações de Lucy parecia errada; para piorar, começou a sentir uma espécie de cãibra nas pernas. Olhou para o irmão, tentando interpretar seu rosto e pensou que, talvez, a inadequação dela ia ficar gravada na psique do menino como um trauma permanente. Daqui a vinte anos, em terapia, ele confidenciaria a um homem barbudo de meia-idade que seus problemas tinham começado quando a irmã deixara sua professora de piano morrer diante dele. Deveria ter mandado Gus sair da sala. Mas, agora, era tarde demais.

— Diga a eles que eu acho... Tenho quase certeza de que ela está morta.

Gus passou o telefone para Lucy. — Diga você.

O menino caminhou até o piano e silenciou o metrônomo enquanto Lucy se levantava, estremecendo com a dor repentina que atravessou seu pé esquerdo dormente.

A própria casa parecia expirar, sufocada pela presença da morte. Depois de dar a má notícia e repassar os detalhes necessários para "eles", Lucy desligou, e ouviu o irmão perguntando:

— A gente deixa o corpo dela aqui?

Temnikova caíra sobre o tapete persa, atrás da banqueta do piano, onde estava em pé na hora em que Gus tocava um noturno de Chopin.

— Sim. Eles vão chegar logo. Vamos... para outro lugar.

— Não quero que ela fique só — retrucou ele, sentando na poltrona de vovô Beck, a poucos metros da cabeça de Temnikova. A professora sempre tingira os cabelos curtos de um vermelho escuro bem artificial.

Lucy se aproximou do irmão e se acomodou no braço da poltrona. Ela deveria tentar o celular da mãe, ou do avô, e o escritório de seu pai. Mas não estava a fim. E a situação já não era urgente, obviamente.

— Desculpe, Gus.

Fracasso.

♪ ♫ ♪

Depois de um rápido exame, um dos paramédicos começou a digitar num telefone ou em algum tipo de rádio, dizendo, ao mesmo tempo, que parecia um derrame e não um ataque cardíaco, e que "provavelmente" Lucy não poderia ter feito nada.

Provavelmente. Não chegava a ser uma palavra de consolo.

Enquanto a equipe carregava o corpo de Temnikova na maca que tinha sido deixada na entrada da casa, o homem do "provavelmente" prendeu seu rádio de novo no cinto e começou a repassar os detalhes necessários ao formulário. Lucy respondeu a todas as perguntas, deu seu nome, o dos pais e o número de telefone da casa. Quando achou que já tinha terminado, ele perguntou: — Você tem mais de dezoito anos, certo?

— Dezesseis.

— Verdade? — Ele era miúdo, magrinho, pelo menos uns cinco centímetros mais baixo que Lucy. Olhou novamente para ela, mas evitou encará-la. — Você parece mais velha.

Ela nunca sabia como responder quando diziam isso. Era um elogio? Talvez ela não quisesse parecer mais velha. Talvez nem quisesse ter dezesseis anos. Doze. Doze, sim, seria uma boa idade, a época em que ia às sinfonias com vovó Beck, usando vestidos excessivamente extravagantes e segurando a mão dela sem constrangimento. Leve o suficiente para que seu pai pudesse carregá-la no colo, quando chegava em casa tarde da noite. Aos doze, fazia compras com a mãe e o programa não acabava em briga todas as vezes.

— Sempre me dizem isso — respondeu ela. Ele sorriu e Lucy percebeu que aquilo não fazia parte da rotina. Será que havia algum tipo de regra contra sorrir nesse trabalho? Ela prosseguiu: — Para você este é um dia como outro qualquer, acho.

— Eu não diria isso. — Entregou um cartão e continuou: — Preciso que um de seus pais ligue para este número, assim que puder. Você disse que ela não é da família, certo?

Lucy notou que o olhar dele tinha se fixado em algum ponto entre o seu pescoço e a sua cintura. Na mesma hora, enrijeceu o corpo todo e se empertigou, o que fez com que ele voltasse a atenção para a prancheta. — Ela é professora de piano do meu irmão — respondeu ela.

Lucy apontou na direção de Gus, sentado na escada, com o queixo apoiado nas mãos. Ele parecia mais entediado do que traumatizado. Ou talvez estivesse simplesmente pensativo, numa atitude típica dele, que Lucy conhecia bem. Imaginando que se tivessem permitido que ele fosse à festa do pijama da escola, na Academia de Ciências, como ele queria, isso talvez não tivesse acontecido. De todo modo, não tinha sido assim. Como de costume, seus pais e Temnikova negaram seu pedido, relutando, como sempre, em diminuir o tempo de sua prática de piano.

O paramédico soltou um suspiro através de seus lábios finos.

— Deve estar sendo duro para vocês. Acontecer aqui, durante uma aula...

Onde mais poderia acontecer? Temnikova praticamente morava lá, na sala de piano. Gus não era um aluno normal de dez anos, hesitando ao dedilhar *Clair de lune* ou errando uma nota aqui outra ali em *London Bridges*, enquanto todos os que eram obrigados a ouvir se continham para aguentar até o final da apresentação sem revirar de olhos. Ele tinha uma carreira. Um futuro. Como Lucy também tivera, um dia. E Zoya Temnikova trabalhava com Gus desde os seus quatro anos, quando o avô de Lucy fez a professora voar de Volgogrado, na Rússia, rumo aos Estados Unidos. Ele a colocou em um apartamento na parte de baixo da rua e a ajudou a se tornar uma cidadã legalizada.

Para ela, morrer ao lado de um piano fazia todo o sentido.

Ainda assim, era triste. Temnikova dedicara sua vida para a família de Lucy, e agora estava tudo acabado.

Depois que os paramédicos levaram o corpo, Gus se levantou da escada e ficou ao lado de Lucy no saguão abafado. Se estava chateado, não demonstrou, e quando Lucy perguntou:

— Você está bem, Gustav? — tudo o que ele tinha a dizer sobre a morte da mulher com quem tinha passado tanto tempo nos seus últimos seis anos foi:

— Mamãe vai ficar furiosa.

2

— *Ela nem era tão velha.* — A mãe de Lucy, alta e empertigada, estava separando alguns filés para o jantar, no balcão da cozinha.

— Ela era antiga — disse Lucy, preferindo ficar na copa, entre a cozinha e a sala de jantar. O pai tinha se instalado num dos bancos do balcão, com Gus ao lado dele. Os dois criavam uma espécie de zona neutra, mais que conveniente, entre Lucy e a mãe. Ela já havia ficado em apuros por não ter chamado ninguém: os pais ou vovô Beck ou mesmo Martin, o empregado, que tinha saído e não voltara até os paramédicos partirem. Defendeu-se como pode, mas a mãe continuou não gostando.

— Nenhum de vocês poderia tê-la trazido de volta à vida — disse a garota.

O pai concordou: — Lucy está certa. A senhora Temnikova estava naquela idade em que isso pode acontecer a qualquer momento.

— Ela tinha um pescoço de dinossauro — Gus acrescentou.

— Gus! — disse Lucy. — Um pouco de respeito não é má ideia.

— Desculpe.

O pai de Lucy tomou um gole de Old Fashioned, seu coquetel predileto, preparado com uísque, enquanto a mãe temperava os filés, e Lucy prestava atenção ao ritmo de sua própria respiração. Depois do que havia acontecido com Temnikova, ela tinha se tornado estranhamente consciente de seus pulmões, do coração, de tudo que, em seu corpo, trabalhava continuamente e a mantinha viva.

— Bem, o momento é terrível — observou a mãe, colocando a chapa sobre o fogão. Enquanto aquecia, caminhou na direção de Lucy, que, instintivamente, deu um passo nervoso para trás, sem se dar conta de que o objeto de desagrado de sua mãe era o calendário pendurado na copa. — Sete semanas — disse ela, e apontou para a folhinha, lançando um olhar duro para Lucy. — Nem mesmo isso. Faltam seis semanas e meia.

O dia do recital de inverno no Symphony Hall estava se aproximando.

Ressuscitação cardiorrespiratória não é tão fácil quanto parece na TV, mamãe. — Gus estará pronto. Ele está pronto *agora*.

— Claro que ele está pronto *agora*. — A mãe voltou para o balcão e colocou o primeiro filé na chapa. O chiado e a fumaça pareciam sair do fogão e da mãe. — Mas ele não estará pronto em seis semanas sem ninguém em cima dele. Como é que vou encontrar alguém nesta época do ano? Com a proximidade das festas, tudo fica mais complicado...

— Tudo bem, mamãe — disse Gus. — Vou praticar do mesmo jeito.

— É só uma apresentação, Kat. — O pai de Lucy virou o copo na mão. — Não é uma competição. Ele vai se sair bem.

Claro que ele devia ter se esquecido por um instante que *bem* não fazia parte do vocabulário da família. Se um Beck-Moreau vai subir num palco — por *qualquer* motivo: apresentação, competição, recital, ou apenas para ajustar uma banqueta de piano no lugar certo —, ele terá que se sair muito, mil vezes melhor do que simplesmente "*bem*".

Bem, verdade seja dita: isso tinha mais a ver com o lado Beck. Os Moreau eram um pouco menos exigentes.

— O recital de Swanner é logo depois e é, sim, uma competição! Vou enviar *e-mails* hoje mesmo — disse a mãe. — E assim que vovô chegar em casa, vou conversar com ele sobre isso. Temos que descobrir quem está disponível em prazo tão curto. Ninguém bom, com certeza.

Lucy arriscou dois passos para dentro da cozinha, colocando seu corpo na frente do calendário. — E se Gus fizesse uma pequena pausa? Algumas pessoas fazem, não é? Depois ele podia...

A mãe interrompeu: — Lucy, sinto muito, mas você não é exatamente a primeira pessoa a quem vou recorrer para me aconselhar sobre isso.

— Kat... — Lucy esperou que seu pai falasse mais alguma coisa, quem sabe pudesse até ensaiar uma pequena defesa em nome da filha. Mas não. Claro que não.

— Você quer que eu arrume a mesa, mãe? — Gus perguntou.

— Vou ajudar — disse Lucy, seguindo o irmão até a sala de jantar. Precisou de imenso autocontrole para não brincar com os cabelos dele. Ela adorava os cachos de Gus; ele, em compensação, odiava quando alguém ficava mexendo nos seus cabelos.

— Somos quatro — gritou a mãe, ainda na cozinha. — Vovô tem reunião com os amigos esta noite.

A notícia sobre Temnikova não fez vovô Beck voltar correndo para casa, e ninguém se surpreendeu com isso, considerando como tinha sido a morte da avó... Ainda assim, não ter cancelado seus compromissos parecia uma reação fria demais.

Lucy e Gus colocaram os jogos americanos e, sobre eles, guardanapos limpos, pratos, pratinhos para salada, garfos, garfinhos, facas e colheres. Nada para sobremesa durante a semana. Taças de vinho, só para os pais. De água, para todos. Mesmo sem vovô Beck e, apesar das circunstâncias, seria um jantar normal, como manda a tradição. Em geral, Lucy não se importava. Mas não podia deixar de pensar que seria bom, de vez em quando, fazer parte de uma família que eventualmente comesse na cozinha ou pedisse uma *pizza* numa porcaria de dia como o de hoje. Quem sabe até conversassem sobre o que tinha acontecido, e nem conseguissem jantar, *tristes e assustados* porque alguém importante para eles tinha morrido *em sua casa* naquela tarde.

— Bom trabalho, Gustav — elogiou Lucy, conferindo a mesa pela segunda vez. Vendo uma mancha de água na faca de manteiga, imediatamente esfregou a superfície com os dedos até que voltasse a brilhar. Martin nunca deixaria uma faca assim sobre a mesa.

Gus apoiou as mãos no espaldar de uma das cadeiras de jantar e Lucy se posicionou ao lado dele. Os dois ficaram em silêncio. Ela não chorava por qualquer coisa, mas, Deus, que dia! A senhora Temnikova se foi. Apenas isso: se foi. Como a vovó. Só que a vovó era a *vovó*. Então, tinha sido diferente. Mas Lucy não estava em casa na ocasião, e agora, que tinha visto alguém morrer tão de perto, não conseguia deixar de pensar naquela outra morte.

Colocou o braço em torno do irmão e se inclinou para descansar a cabeça no ombro dele. — Um dia você vai ficar mais alto, e isso não vai parecer tão estranho.

— Ah, é por *isso* que é estranho?

— Engraçadinho. — Lucy se endireitou, a vontade de chorar tinha passado. — Me desculpe por não ter conseguido salvá-la.

— Você já disse isso. Tudo bem.

— Você não está um pouco triste? — perguntou ela.

— Não sei — respondeu Gus. — E você?

— O que aconteceu hoje me faz pensar na vovó.

Gus concordou, balançando a cabeça, e Lucy pousou a mão sobre ele por alguns segundos até o menino se contorcer e finalmente conseguir se livrar dela, ocupando seu assento. Então colocou o guardanapo no colo, educado, como um adulto. Gus nunca teve uma fase confusa. Nenhuma má-criação ou qualquer deslize: jamais tinha sido convidado a sair da mesa. Não perdia o controle, não enlouquecia por nada! Para os pais, isso era motivo de orgulho. Mas Lucy achava que, talvez, a vida de um menino de dez anos não deveria ser assim tão certinha, e chegava a desejar que ele *pirasse* de vez em quando. Uma orgia de doces, uma birra por qualquer coisa, piadas inadequadas de vez em quando, por que não?

Mas não era assim. Na casa deles, a infância, como o luto, era um episódio meramente tolerado. Uma inconveniência e um obstáculo para o que realmente importava na vida: provar ao mundo e a si mesmo que você tinha um papel a cumprir e não estava simplesmente ocupando espaço.

Sem pressão.

Lucy puxou a cadeira em frente à de Gus, sentou-se e abriu o guardanapo fazendo um barulhão de propósito, só para que ele sorrisse.

Às vezes, até achava bom que Gus fosse um menino tão comportado. Isso a deixava livre para bagunçar pelos dois.

Intermezzo

Um coquetel em um hotel, há oito meses. Lucy, nervosa, com um vestido novo que ela e a mãe tinham escolhido juntas e de comum acordo, na época em que costumavam concordar pelo menos em algumas coisas. Era um modelo mais adulto que o resto do seu guarda-roupa, mas ela estava prestes a completar dezesseis anos, e a mãe não se importava com o comprimento que revelava as pernas de Lucy, desde que o decote ficasse apropriado e o salto fosse baixo. O vestido — de jérsei prata com um drapeado que se juntava no lado esquerdo da cintura — parava no meio da coxa, obrigando Lucy a usar meia-calça.

De todo modo, a mãe não estava lá para conferir. Tinha ficado em casa para cuidar de vovó Beck, antes só resfriada e, de repente, de cama, com pneumonia. No lugar dela, o pai de Lucy tinha vindo até Praga, para o festival. Vovô Beck, também, é claro, pois ele achava que tinha que estar presente em tudo. Ainda assim, Lucy não entendeu como ele tivera coragem de deixar a esposa para trás, doente daquele jeito.

Ela estava conversando com dois pianistas que também tocariam no festival, mas, ao contrário dela, sem competir: um rapaz de Tóquio e uma garota de uma cidade europeia que Lucy não identificou durante a conversa por conta do barulho na sala onde estavam. O nome dela era Liesel ou Louisa, algo assim. Ambos eram quase dez anos mais velhos que Lucy, e falavam inglês o suficiente para conversar sobre as peças que tocariam, os lugares por onde tinham passado recentemente e para onde iriam em seguida.

— Acho que vou para Tanglewood neste verão — Lucy disse.

A frase soava esquisita para a própria Lucy. Não que ela *quisesse* mesmo ir para o festival de Tanglewood, em Massachusetts. Assim como também não queria fazer muitas das coisas que preenchiam seu tempo: os concertos e os festivais e as sessões de gravação e os concursos que a levavam ao redor do mundo e a obrigavam a faltar tanto na escola, onde, na verdade, já nem estava oficialmente matriculada. Por conta disso, ela estudava com vários professores particulares, Marnie e o belo Bennett e, às vezes, também com Allison.

De verdade, ela não queria ter ido a Praga para fazer parte de um seleto grupo de quinze pianistas de todo o mundo, jovens como ela. Mas Lucy tinha sido selecionada, entre milhares de candidatos. A família festejou e vovó Beck fez questão de cuidar pessoalmente das flores e da comida. Do pai, Lucy ganhou um colar de ouro branco com um pingente com a letra L, e Gus ficou todo emocionado, imaginando-se no mesmo festival, um dia, seguindo os passos da irmã. Grace Chang, sua professora, convidou Lucy para um jantar especial: afinal, precisavam definir as estratégias para compor um repertório.

Só que Lucy nem tinha feito a inscrição.

A mãe preenchera o formulário e enviara o CD.

— Não queria que você ficasse desapontada caso não desse certo — tinha sido a justificativa da mãe.

Então tá. Lucy pensou. *Mais uma vez, você não vai me dar a chance de dizer não.*

Tudo isso tinha acontecido quando Lucy ainda acreditava que balançar o barco era a pior coisa que podia fazer, e nem passava pela sua cabeça a possibilidade de se afastar.

O rapaz de Tóquio se inclinou para a frente como se tivesse ouvido mal: — Tanglewood?

— Sim.

— Quantos anos você tem?

— Quinze.

Ele trocou um olhar com Liesel/Louisa, que exclamou: — Uau!

Lucy não tinha a intenção de se gabar. Às vezes, era difícil encontrar o tom certo na hora de compartilhar esse tipo de coisa: estava se esforçando para se adaptar, mas sempre corria o risco de parecer exibida. — É só parte desse novo programa, que vai experimentar jovens pianistas sob os holofotes...

— Desculpe-me — disse Liesel/Louisa, olhando através da sala como se tivesse visto alguém com quem precisasse falar.

O outro pianista ficou. — Você já foi ao Japão? — Ele tinha cabelos longos e desgrenhados, como muitos músicos costumavam usar; na verdade, um falso toque de rebeldia, já que todos eram, quase sempre, uns *nerds* da música.

— Uma vez. Quando eu tinha uns oito anos, acho...

Ele ia começar a dizer qualquer coisa quando vovô Beck apareceu, puxando Lucy pelo cotovelo.

— Deixe-me apresentá-la a alguém — disse, afastando Lucy da conversa. Ela examinou o salão procurando o pai. Vovô Beck adivinhou e avisou: — Seu pai está no quarto. E não faça muita amizade com a concorrência.

— Eles não estão na competição.

— Todos estão na competição.

Lucy estremeceu com o clima ártico do salão de baile do hotel, enquanto o avô a conduzia, fazendo com que ela falasse com todo mundo que ele julgava importante: um maestro promissor, que possivelmente faria sucesso em breve, um agente internacional, um produtor ganhador do *Grammy* de álbuns clássicos. Lucy sorria e acenava com a cabeça, mesmo sem conseguir ouvir nem a metade do que diziam.

Quando finalmente deixaram a festa, ainda no elevador para a suíte, vovô Beck a elogiou: — Você se saiu bem lá no salão, Lucy. Estou orgulhoso. — E com seu olhar mais doce, tocou carinhosamente no ombro dela. — Este é um festival importante, e há um burburinho em torno do seu nome. Todos sabem quem você é.

Ela gostava dessa parte: era bom ser alguém, mesmo que isso significasse que certas pessoas poderiam ficar enciumadas ou até pensar que ela era muito jovem para merecer tanta atenção.

Ser pianista de concerto não dava muito ibope entre seus colegas de escola. Mesmo sua melhor amiga, Reyna, não sabia nem se importava com o fato de ela conseguir tocar um *allegro* de Rachmaninoff com perfeição. Mas em lugares como aquele festival, era só isso que importava.

— Como está a vovó? — perguntou ela, quando saíram do elevador e caminhavam sobre o carpete estampado, no corredor do hotel.

— Bem.

— Vamos ligar para ela. Quero dizer "oi". — Lucy também queria ouvir a voz de Gus, e pedir conselhos de sua mãe sobre o penteado ideal para o grande dia da competição.

O avô puxou a manga do paletó para olhar o relógio. — É complicado por causa do fuso horário. Não queremos interromper o descanso dela, certo?

Antes de partir para Praga, Lucy tinha ido ao quarto da avó para se despedir, mas ela estava dormindo. Por alguns minutos, ficou olhando para ela: pele bem cuidada e sobrancelhas feitas, mas também naturalmente bonita. O rosto de uma mulher que era simpática sem fazer esforço e que tinha conseguido a façanha de viver com vovô Beck por mais de 50 anos.

— Não quero ir — Lucy tinha sussurrado, esperando que a avó abrisse os olhos e dissesse: — Então não vá! Não é necessário.

Quem ouviu foi a mãe. — Nada disso! Você só está nervosa — disse baixinho, sentando ao seu lado na beira da cama da avó.

Lucy olhou para ela. Talvez ali, naquele espaço tranquilo,

com a luz da tarde penetrando pelas cortinas de gaze e apenas o som da respiração da avó, a mãe a escutasse. — Não estou nervosa. Sinto que deveria ficar aqui.

— Você tem que ir, querida. É Praga.

Lucy olhou para a avó novamente. — Isso não é uma emergência familiar?

— Vai dar tudo certo. E você não vai fazer nenhum bem a ela por não ir.

♪ 🎵 ♪

Em Praga, no seu quarto do hotel, Lucy não conseguia pegar no sono. Naquela noite, teve uma sensação estranha, algo não estava certo.

Como seus pais não tinham liberado o acesso internacional ao seu celular, ela saiu da cama e foi para a sala da suíte, atrás do aparelho do pai. O quarto de vovô Beck tinha duas camas *king size*, mas o pai tinha preferido dormir no sofá-cama. Não demorou para que ela encontrasse o telefone: então voltou silenciosamente para o quarto, enfiou-se debaixo das cobertas e ligou para a mãe.

— Marc? Aconteceu alguma coisa? É madrugada aí, não? — respondeu a mãe.

— Sou eu.

— Lucy?

— Quero falar com a vovó.

Uma pausa. — Agora não dá, querida. Sinto muito.

— Ela está dormindo?

— Na verdade, estamos no hospital — respondeu a mãe. — Ela está bem — acrescentou rapidamente –, mas está resistindo um pouco aos antibióticos, e precisa de alguma ajuda para respirar. Mas não se preocupe, repito: ela está *bem*, Lucy. Tudo isso é normal para alguém com pneumonia na idade dela.

— O vovô sabe?

— Sim.

Por que ele não disse nada? — O Gus está com você? — ela perguntou à mãe.

— Não, não há nenhum motivo para ele estar aqui porque está tudo bem. Concentre-se em seu trabalho aí.

— Ela está bem mesmo? — insistiu. *Ela está entubada? Será que dói?*

— Sim.

— Mande um "oi" para o Gus... E diga para a vovó que eu a amo.

— Tudo bem. Durma um pouco.

Lucy desligou e percebeu que tinha se esquecido de perguntar à mãe sobre como deveria se pentear.

3

Lucy ouviu Gus subindo as escadas que ligavam o quarto dela ao sótão, no terceiro andar, onde era o dele. Sabia que, de novo, havia dormido demais. Sua mãe tinha certeza de que ela fazia isso de propósito, como se Lucy passasse vinte e quatro horas por dia pensando em *maneiras de irritar a mamãe*. Nada a ver: a verdade é que ela sempre ficava acordada até tarde.

Arrastou-se para fora da cama e, no momento em que Gus entrou, estava com a calça cáqui da escola, os tênis mais o blusão de moletom com o qual ela tinha dormido. — Me dá dois minutos. — Cavou através de uma pilha em seu armário, indecisa entre um blusão e uma camisa polo. — Como está lá fora?

Gus foi para uma das janelinhas sob o beiral e abriu a persiana, que rangeu. — Parece... bege.

Blusão. Lucy terminou de se vestir, pegou a mochila, uma presilha de cabelo e seguiu Gus escada abaixo. A mãe já estava à sua espera no saguão, exatamente no lugar onde os paramédicos haviam deixado a maca com o corpo de Temnikova. Lucy teve vontade de dizer: *Eles cobriram o rosto dela. As rodas ficaram presas na mesa da entrada. Tive que movê-la alguns centímetros para a esquerda, viu?*

Mas a mãe já estava com a mão na maçaneta da porta, apressada demais para pensar na morte naquele momento.

— Não vou nem falar nada, Lucy.

— Você poderia ter ido sem mim.

— Claro! Assim você também poderia abandonar a escola de vez.

A mãe saiu, e Lucy disse a Gus: — Quando entrarmos no carro, pergunte se podemos parar para tomar um café.

— Peça *você*.

Uma coisa era dormir pouco todas as noites e dar conta de tudo; outra, era encarar o dia sem cafeína. Ela ia ter que correr até a lanchonete quando chegasse na escola.

Já fora da casa, sentiu uma rajada de vento trazendo o cheiro de café da manhã com bacon vindo de um lugar próximo, provavelmente de algum restaurante da vizinhança. No ano passado, Lucy e Allison, às vezes, faziam suas sessões de aulas particulares na casa de Rose ou de Ella: na primeira, por causa do café da manhã à base de pizza com salmão defumado; já na casa de Ella, o fricassê de frango animava esses encontros.

Seu estômago roncou. Depois de alguns anos longe da rotina escolar, e tendo voltado só recentemente, ela não conseguia entender por que a primeira aula tinha que começar tão cedo. Não podia deixar de admitir que ser uma pianista semifamosa tinha pelo menos uma vantagem indiscutível: manhãs mais tranquilas.

Gus sentou-se no banco da frente, e Lucy se acomodou atrás, aproveitando para terminar de escovar e prender os cabelos. De repente, sentiu certa culpa bem no momento em que o farol ficou vermelho: viver atrasando a vida de todo mundo na verdade *era* uma falta de educação, ela admitia isso. Ao mesmo tempo, também sabia que precisava prestar atenção a essa história de se sentir culpada — era uma espécie de armadilha: bastaria um escorregão para cair num ciclo sem fim.

Tudo poderia começar com a sensação ruim de ser o tipo de pessoa que faz os outros esperarem, sem se preocupar em mostrar a mínima cortesia, especialmente à mãe. Isso levaria à culpa por não ser grata pela vida que tinha e por não fazer bom uso nem dar valor aos seus privilégios. Vovô Beck tinha muito a dizer sobre o bom "Uso de Privilégios" — isso era praticamente a religião da família. E é claro que ela não poderia deixar de se culpar pelo que havia acontecido em Praga depois de todo o investimento, tanto tempo e dinheiro gastos. Ou seria melhor dizer: desperdiçados? Mas eles é que tinham feito questão de investir!

Tempo e dinheiro que seus pais nunca recuperariam. Irrecuperável também para ela, Lucy.

Principalmente o tempo. Tantos anos.

Uma fase chamada infância. No caso dela, uma infância perdida.

Mas, o que poderia ser feito a respeito? Provavelmente nada, exceto, talvez, por Gus, que agora era o único responsável por conseguir algo realmente especial em nome da família. Toda a pressão, aquele peso que eles costumavam compartilhar, agora era só dele, graças a ela. O que a trouxe de volta para...

A culpa.

Nesse momento, ela tentou conter o leve remorso que a acompanhava por esticar demais a soneca.

Quando pararam na escola de Gus, as outras crianças já estavam entrando.

— Depressa! — disse a mãe. — Sinto muito, mas, para variar, sua irmã não conseguiu ser pontual.

Lucy repousou a cabeça no encosto do assento e suspirou.

♪ ♫ ♪

A Speare Academy era a segunda melhor escola particular de São Francisco, o lugar certo para quem fazia parte de famílias que podiam pagar, e a melhor opção para os que não tinham conseguido entrar em uma das oitenta vagas do colégio número um, o Parker Day.

Exceto pelo fato de ter que estar em algum lugar tão cedo assim, Lucy gostava da escola. Ela ingressara no último trimestre do segundo ano, o que envolvia muito tempo na biblioteca às voltas com estudos complementares e indispensáveis para acompanhar os colegas. Não conhecia quase ninguém, além de Reyna, a melhor amiga, e Carson Lin, com quem falava de vez em quando. Mas não se importava com isso, até porque participar de grandes grupos não fazia muito o seu gênero.

Neste ano, o que ela mais amava na escola era o professor Charles.

E, hoje, ele estava usando a combinação predileta de Lucy. A camisa: básica, azul de risca de giz. A gravata: cinza prata, com pequenas formas roxas que, certa vez, depois de passar um tempão olhando, ela podia jurar que eram lontras. Sua barba loira estava por fazer, com alguns fios mais escuros.

Quando entrou na sala, a classe já estava a postos, dividida em grupos de estudo. De frente para os colegas, sussurrou a história de Temnikova morrendo em seus braços no ouvido do professor. Contou como isso tinha chateado Gus e que a família toda estava em estado de choque. Por isso ela estava atrasada.

Só esqueceu de um detalhe: o copinho de café da lanchonete na sua mão revelando a verdadeira causa do atraso.

E então a aguda nitidez que o fluxo de cafeína despertava em sua mente e o conforto trazido pela bebida quente desapareceram quando Lucy notou que o professor Charles havia percebido tudo.

No início do semestre, ele tinha se mostrado muito paciente. Entendia que a rotina escolar era relativamente nova para Lucy, e que ela estava acostumada a um esquema mais independente, onde era tratada quase como adulta. Além disso, ela era a queridinha do professor desde a primeira semana de aula, quando ele ensinou alguns poemas obscuros de Dylan Thomas[1],

---

[1] *Poeta inglês, nasceu em 23 de outubro de 1914, no País de Gales, no Reino Unido, e morreu em 9 de novembro de 1953, nos Estados Unidos. (N. do E.)*

um poeta pouco conhecido, e Lucy fizera um comentário — ela nem se lembrava qual tinha sido —, mas interessante o suficiente para que o professor se dirigisse especialmente a ela e lhe entregasse o seu próprio livro, agradecendo por Lucy ter salvado aquela aula de, nas suas palavras, "ser uma inutilidade completa".

Depois disso, ela sempre permanecia na sala uns minutos a mais depois da aula e, de vez em quando, esticava até a hora do almoço. A experiência de trabalhar com Bennett, Allison e Marnie fazia com que ela encarasse os professores menos como pais e mais como amigos mais velhos e inteligentes, exatamente como ela tratava o professor Charles.

Acabou virando uma paixão. Às vezes, Lucy se sentia *um tantinho* obsessiva, mas ele não parecia se importar, e aquele presente — o livro de poesia — provou que o professor também achava que ela era especial.

Lucy sabia e tinha se aproveitado disso para justificar o atraso.

— Sinto muito pela perda de sua família — disse ele. — E sei que você ainda está se ajustando ao horário, mas Lucy... chega disso, tá bem?

— Desculpe. — Ela baixou os olhos e contornou a borda afiada do copo de café com o dedo indicador. — Estou tentando.

— Verdade? — Ele pareceu cético e fez um gesto com a cabeça para que ela o seguisse até o corredor de assoalho sempre impecável, com cheiro forte de cera.

Ao passar, Lucy vislumbrou seu reflexo na porta de vidro da sala de aula, do outro lado do corredor: o copo de café, a bolsa italiana de couro e os óculos de sol sobre a cabeça, absolutamente dispensáveis naquele momento. *A própria moleca.* Palavras que o avô tinha usado para descrevê-la, apenas um dia depois daquele momento no elevador, quando ele expressara tanto orgulho pela neta talentosa.

— Desculpe — ela repetiu.

— Qual é o problema? — perguntou ele. — Estou falando sério, Lucy! Nós, professores, costumamos pensar que esse tipo de comportamento é sinal de que o aluno está usando drogas ou passando por grandes problemas em casa. Mas sei que não é por aí. Você não está se drogando, nem bebendo e seus problemas em casa são iguais aos de todo mundo, mesmo que nem sempre você ache assim. Sei que gosta da escola, e que gosta especialmente da minha aula.

— Gosto.

— Então, seja pontual.

— Tudo bem. — Lucy não estava conseguindo aguentar aquela situação, vendo o quanto ele estava desapontado. Queria retomar o tom da conversa habitual entre eles, descontraída. — O que são essas coisas em sua gravata, afinal?

— O quê? — Ele olhou para baixo, pegou a ponta da gravata e depois a largou. — Tive que deixar meu cachorro para ser sacrificado no último fim de semana, Lucy. Ele tinha catorze anos. Ganhei do meu pai como presente de formatura do Ensino Médio e ele morou comigo em Boston durante todo o tempo da faculdade. Viajou pelo país ao meu lado, sentado no banco de passageiro do carro. E eu cheguei na hora da aula. — Ele não

parecia zangado. Era mais como se estivesse prestes a chorar.
— Está bem?

Triste, Lucy baixou a cabeça e concordou, ao mesmo tempo que sentiu certo alívio com o fato de ele ter compartilhado algo tão íntimo com ela Só conseguia repetir: — Sinto muito. Sobre seu cão, e... — Então seus olhos se fixaram nos sapatos: um modelo personalizado, de couro, que sua mãe tinha lhe dado de presente pelo seu décimo sexto aniversário. Ela não sabia quanto tinha custado, mas, certa vez, um arquivo de computador com o salário dos professores vazou entre os estudantes, e naquela hora ela teve a sensação de que ele não conseguiria comprar aquilo. O mínimo que ela podia fazer era ser pontual.

Fracasso.

— Ainda somos amigos — retrucou o professor. — Mas sei que você pode melhorar.

Ainda amigos. Ela se sentiu um pouco melhor ouvindo essas palavras, mas odiou ter que incluir o professor Charles na lista das pessoas que havia desapontado.

♪ ♫ ♪

Na hora do almoço, foi se encontrar com Reyna no lugar de sempre, uma mesinha de café redonda no salão do segundo andar, longe do refeitório. Se Reyna tinha feito outras amizades durante o tempo em que Lucy estudou com professores particulares, não eram amigos íntimos, porque ela parecia ter abandonado todos depois que ela voltara. Eram sempre só as duas, e às vezes, Carson, quando ele não estava a fim de ficar com sua turma de meninos. Hoje, em especial, elas podiam desfrutar de privacidade total.

— Aqui estão as últimas notícias sobre o divórcio — disse Reyna. — Uma das namoradas do meu pai, ou seja o que for, me aguarde...

Lucy deslizou na cadeira. — Estou com medo de saber!

Os pais de Reyna estavam em meio a um divórcio totalmente brutal envolvendo adultério e dinheiro escondido, uma daquelas situações horríveis que revelavam o pior de todas as pessoas. Em jogo, havia um imóvel em Pacific Heights, uma casa de férias em Stinson Beach, e a guarda de Abigail, a irmã mais nova de Reyna. Para piorar tudo, o pai de Reyna era o ortodontista de Lucy.

— Você está certa. É para ter medo mesmo. A tal namorada é a mãe de Soon-Yi Pak.

— Ai. Deus! — Soon-Yi estava no segundo ano e era uma estrela do tênis, simpática até, mas meio chatinha fora da quadra. — Como eles se conheceram?

— O que você acha? Já reparou nos dentes da Soon-Yi? Toma. — Reyna passou a Lucy metade do seu sanduíche.

— Falando em dentes... — Lucy disse — Tenho hora marcada com seu pai no próximo sábado. Depois subo pra te ver.

— O consultório do dr. Bauman ficava no piso inferior da casa de Reyna, o que complicava ainda mais o drama do divórcio.

— Você ainda vai vê-lo? — Reyna fez uma careta e afastou a sua metade do sanduíche para longe.

— Ainda faltam algumas consultas para me livrar oficialmente de ter que usar aparelho.

Em seguida, Lucy contou o que havia acontecido com a professora de piano do irmão. Transformou tudo em uma longa história, até porque, se pensasse muito sobre a questão da morte, talvez não conseguisse chegar ao fim. Então, caprichou nos detalhes da operação-respiração, pois sabia que Reyna apreciaria.

— Sim, foi boca a boca.

Reyna estremeceu. — Eca! Nem consigo acreditar que você veio para a escola hoje. Isso me parece um motivo totalmente válido para cabular.

— E desde quando ficar em casa é mais divertido?

— Bom, talvez não... Vocês precisam sair da casa de seu avô.

— Isso nunca vai acontecer — respondeu Lucy. — E, de qualquer maneira, metade do imóvel é da minha mãe também.

Quando terminou o sanduíche, passou a língua sobre os dentes, procurando alface e lembrou da parte de trás da cabeça de sua mãe no carro, naquela manhã: o coque louro, cada fio no seu lugar, sem chance para cabelos rebeldes. Competente e no comando, como sempre. Alguém que com certeza teria executado respiração boca a boca perfeitamente. Temnikova não ousaria morrer. — Acho que mamãe me culpa por não ter conseguido ressuscitar a senhora Temnikova.

— Sua mãe tem problemas.

— Isso é um eufemismo — respondeu Lucy. Ela e a mãe nunca haviam tido um relacionamento do tipo "melhores amigas", mas o ano passado, especialmente, tinha sido... tenso.

— Bem, ainda assim, é melhor do que viver com um pai trapaceiro e fraudador.

— Pelo menos seu pai sorri mais de uma vez por semana.

— Ele é ortodontista. — Reyna esmagou o que restava do seu almoço em uma bola. — Aquilo não é sorriso, é publicidade.

♪ ♫ ♪

Depois das aulas, Lucy caminhou rapidamente de volta à lanchonete, onde pegou um café para ela e uma fatia de pão de abóbora com chocolate para o professor Charles. Queria falar com ele mais uma vez, para ter certeza de que ele não continuava furioso com ela. Antes, passou pelo banheiro, recolocou a presilha nos cabelos e tentou se ver através dos olhos do professor. Ele gostava dela, e Lucy sabia disso. Mas, como ele a *via*? Com mais de dezesseis, como o paramédico, que achou que ela parecia mais velha? Do mesmo jeito que praticamente todos no mundo da música a viam? Não que isso importasse tanto assim, desde que ele não a trocasse por nenhum outro aluno.

Lucy se olhou mais uma vez e enrugou o nariz para o reflexo no espelho, por conta do cheiro forte do produto de limpeza com aroma de limão que dominava o ambiente.

E daí.

Paixonite pelo professor. Tipo da coisa ridícula.

Ao voltar para a sala, as luzes estavam apagadas e já não havia sinal dele. Mesmo assim, Lucy tentou abrir a porta; descobriu que ainda estava destrancada e entrou: que coisa misteriosa e morta era uma sala de aula vazia... Vendo um bloco *post-it* na mesa do professor Charles, resolveu escrever:

> Bom dia. Aposto que cheguei na hora hoje, valendo este pão de abóbora — Lucy.

Colou o bilhete no pão e o deixou na caixa de entrada do professor.

4

No início, Lucy não ouviu a mãe batendo na porta. Estava com o *laptop* ligado aos excelentes alto-falantes, ouvindo Holst[2] — nada como um pouco de música decente para aguentar a lição de casa. Numa passagem em *decrescendo*, a batida soou alta e clara.

Então ela abaixou o som e abriu a porta. Lá estava sua mãe, parecendo tão perfeita e linda como no carro, de manhã, umas catorze horas atrás.

A música saltou aleatoriamente para Mussorgsky[3] e parecia ameaçadora quando a mãe entrou no quarto.

— Quero falar sobre ontem — disse ela. — Pode me dizer exatamente o que aconteceu?

---
2 Gustav Holst (1874 a 1934) foi um compositor inglês, conhecido pela sua obra Os planetas e por outras baseadas na literatura hindu e nas canções folclóricas inglesas. (N. do E.)
3 Modest Petrovich Mussorgsky (1839 a 1881) foi um compositor e militar russo, conhecido por suas obras sobre a história da Rússia medieval. (N. do E.)

— Eu já disse. — Lucy foi até a escrivaninha e desligou o som, digitando algumas palavras no trabalho de inglês.

— Diga de novo. Talvez eu tenha perdido alguma coisa.

A mãe foi até a cama e se sentou na beirada, forçando Lucy a recorrer à cadeira, longe do *laptop*.

O que havia a perder? A senhora Temnikova estava morta.

Ainda assim, Lucy contou tudo de novo, do momento em que Gus gritou até a hora em que os paramédicos apareceram. Na parte da respiração boca a boca, a mãe a interrompia o tempo todo com perguntas:

— Quanto tempo levou até Gus realmente ligar para a emergência? Ela estava respirando naquele momento? Ela chegou a dizer alguma coisa?

— Como o quê? — Lucy quis saber.

— Qualquer coisa, Lucy! Qualquer coisa.

Ela teria adorado dizer algo que a mãe gostaria de ouvir, só para variar. Por exemplo: que as últimas palavras da senhora Temnikova foram coisas significativas sobre Gus ou que tinha agradecido aos Beck-Moreau por terem mudado a vida dela.

— Não, mãe. Ela morreu. E foi rápido.

— Parece que se você tivesse ligado para o socorro alguns minutos mais cedo...

— Mamãe, eles disseram que não havia nada que alguém pudesse ter feito. — *Provavelmente.*

— Por que não me chamou logo?

— Não sei — respondeu ela.

— Você ainda *pensa* nisso?

Da mesma forma como você pensou em me ligar sobre a vovó? É disso que você está falando?

— Ela estava morta. E se você descobrisse naquela hora ou mais tarde não faria nenhuma diferença.

Aparentemente conformada, a mãe passou a mão sobre a pilha de cobertores de Lucy e disse: — Gostaria que você arrumasse a sua cama. Um quarto sempre parece mais em ordem quando a cama está feita.

— É o que dizem — respondeu Lucy, retomando a lição de casa.

— Vovô quer iniciar o processo de contratação de um novo professor assim que possível. Você sabe, para manter Gus apto para a apresentação e também para o recital de Swanner. Estou tentada a chamar Grace Chang, mas acho que vovô teria um ataque.

Lucy parou de digitar.

— Você não pode chamar a Grace. Seria como convidar um ex-namorado para sair com outra pessoa da mesma família!

Grace tinha sido a Temnikova de Lucy, só que não era azeda nem assustadora como a professora do irmão.

Era uma mentora, uma guia e também uma espécie de tia legal. Uma pessoa especial que Lucy tinha abandonado.

— Chame alguém da Academia — sugeriu ela.

As duas se encararam. Ambas sabiam que isso nunca aconteceria. Vovô Beck tinha uma rixa antiga com a Academia Sinfônica por causa da carreira que a mãe de Lucy deveria ter seguido com a idade de Gus. Mas que acabou não se realizando.

E o avô sempre culpou a Academia, os professores, o sistema, o olhar torto sobre os Beck, os anos setenta e, claro, a própria filha — por tudo. Culpou a todos, exceto a si mesmo.

— Vamos encontrar alguém. — A mãe se levantou, mas, antes de sair do quarto, parou para mexer na cabeça de Lucy. — Você deveria secar os cabelos antes de dormir.

— Gosto deles ao natural.

— Ficaria muito melhor com...

— Gosto deles ao natural. — Lucy sacudiu a cabeça e rolou a cadeira para trás alguns centímetros.

O braço da mãe se afastou. — Não fique acordada até tarde.

— Tenho muitas coisas para fazer — Lucy resmungou.

A mãe abriu a boca para dizer alguma coisa, mas acabou desistindo. Cruzou os braços e parou diante da imagem pendurada perto da porta do quarto: Lucy, aos 13 anos, recebendo seu prêmio de quinto lugar no importante concurso Loretta Himmelman International. Uma excelente colocação.

Aquela semana inteira, na verdade, tinha sido um sonho. Eles haviam viajado até Utah para a competição e, pela primeira vez, eram só os quatro: Lucy, Gus e os pais. Hospedaram-se num hotel enorme em Salt Lake e tomavam café da manhã no quarto, todas as manhãs: crepes recheados de bananas com Nutella, ovos *poché* e granola.

Lucy fez amizade instantânea com outra garota que participaria da competição, Madchen. Ela vinha da Baviera, e seu inglês não era grande coisa, mas as duas corriam pelo hotel, sempre juntas, entre um e outro evento. Certa noite, fizeram uma festa do pijama no quarto de Madchen. A mãe dela deixou que as meninas dormissem lá, e ainda conversou com elas até adormecerem. Ela tinha uma voz meio hipnótica, perfeita, musical e falava baixinho enquanto Lucy e Madchen pegavam no sono, com os rostos enfiados nos travesseiros do hotel cheirando levemente a água sanitária.

Aquela provavelmente tinha sido a última vez em que ela se sentira feliz em um desses eventos. Talvez essa felicidade viesse da sensação de ver a família reunida sem o avô e sua ansiedade por perto, checando cada pequeno detalhe com seu jeito peculiar de nunca deixar ninguém esquecer que o mundo era competitivo. Ou talvez tenha sido por Lucy ter adorado o programa que tinha preparado com as obras de Brahms[4], especialmente a Rapsódia em Si Menor. Apesar de a mãe querer que ela apresentasse algo mais espetacular, e de vovô quase ter demitido Grace Chang por causa disso, Lucy e sua professora queriam provar que ela podia ser expressiva, além de técnica.

Madchen e sua mãe tinham vindo para ouvir Lucy tocar e sorriam, embora a apresentação de Madchen, naquela mesma manhã, não tivesse sido boa.

Foi um período feliz, talvez por todas essas coisas juntas.

Ainda olhando para a foto, antes de sair do quarto, a mãe de Lucy disse:

— Experimente a fronha de seda que comprei. Acho que pode ajudar a melhorar esse arrepiado dos seus cabelos.

---

4 Johannes Brahms (1833 a 1897) foi um compositor alemão, uma das mais importantes figuras do romantismo musical europeu do século 19. (N. do E.)

5

Com o passar dos dias, a mãe e o avô de Lucy acabaram aceitando que Temnikova estava morta, e ninguém tinha culpa. Então se dedicaram a traçar um plano de ação: o que, ou quem, seria o próximo professor de Gus era o tema da conversa que acontecia, na maior parte do tempo, por trás de portas fechadas.

Lucy estava ansiosa para descobrir o que estava rolando, mas não perguntava nada. Sabia que o avô achava que ela não tinha o direito de se intrometer. Nem mesmo de ter uma opinião sobre o assunto. Não mais. Mas é claro que ela tinha e teria sempre, especialmente quando se tratava do irmão. Lucy queria alguém bom para ele — e não apenas do ponto de vista musical. Um professor que Gus pudesse respeitar, da maneira como ele respeitara Temnikova.

De todo modo, a família não estava interessada no que ela tinha a dizer, por isso Lucy se enfurnou no quarto e se concentrou no próximo trabalho para o professor Charles.

Estavam estudando contos. Cada aluno tinha que escolher um escritor, ler pelo menos cinco de seus contos e escrever um artigo sobre essa obra. O trabalho teria o maior peso na nota do semestre, e Lucy, claro, queria impressionar o professor. Depois de pesquisar na internet, ela acabou descobrindo que Charles havia conquistado um prêmio especial em Harvard por um ensaio crítico sobre uma escritora chamada Alice Munro[5]. Não teve dúvidas: Lucy a escolheu.

No domingo à tarde, enquanto fazia anotações sobre um conto da autora, Gus apareceu em seu quarto, com um livro na mão, perguntando se poderia ficar lendo por lá.

— Desde que fique quieto — disse Lucy.

O menino deitou no chão, de bruços, com um dos travesseiros de Lucy enfiado debaixo dos braços. Então ela foi se sentar perto dele, também lendo e digitando algumas frases de vez em quando.

A cada tarefa que fazia para o professor Charles, Lucy tentava encontrar o equilíbrio perfeito entre soar inteligente sem parecer uma sabe-tudo. Ela não queria ser como Bryan Oxenford, um garoto de sua classe que sempre exagerava nas palavras difíceis e escrevia frases excessivamente complicadas, que acabavam não fazendo nenhum sentido quando ele lia em voz alta na sala de aula.

— Posso perguntar uma coisa? — Gus disse.

— Você acabou de perguntar.

— Você acha que Temnikova foi para o céu?

---

[5] *Alice Ann Munro (1931) é uma escritora canadense, considerada uma das principais contistas da língua inglesa na atualidade. (N. do E.)*

— Claro — respondeu ela distraidamente. — Por que não?

— Então, você acha que existe um céu?

— Não sei.

— Então como você diz que Temnikova foi para lá?

— Eu não disse.

— E a vovó?

Lucy passou os dedos pelo *mouse*, pensando na pergunta do irmão. A verdade é que eles não costumavam falar sobre vovó, e ela não se sentia capaz disso no momento.

— Não sei, Gus. Ela nunca falou sobre isso.

— Mas... Não falar sobre algo não significa que esse algo não exista.

— *Sei disso* — respondeu Lucy. — Agora, por favor, me deixe trabalhar.

Depois de uns minutos de silêncio, Gus tentou de novo:

— Posso dizer mais uma coisa?

— Não.

— Acho que talvez eles tenham alguém — revelou o garoto, sem tirar os olhos do livro. O dedo descansou no canto superior da página do lado direito, pronto para virá-la, mas simplesmente ficou ali, em pausa.

Lucy soube imediatamente o que ele queria dizer. — Você andou conhecendo pessoas? — perguntou ela, surpresa.

— Não.

— Eles não vão contratar alguém que você não conheça. — disse Lucy, excluindo uma frase da tela e refletindo em como reformulá-la de uma maneira não Bryan Oxenford.

— Ouvi a conversa. — Gus rolou o corpo e se sentou, com o livro ainda aberto. — Foi no escritório da mamãe. Papai também estava lá.

Lucy colocou o *laptop* de lado. Seu avô não podia simplesmente manipular algo assim. Gus deveria poder escolher com quem trabalharia, afinal de contas, ele não tinha mais cinco anos.

— O que você escutou, exatamente?

— Quase tudo. Grudei meu ouvido na porta.

— Você deu uma de espião?

— O nome dele é Will alguma coisa — informou Gus. — Vovô ouviu falar sobre ele, acho que foi um dos amigos da Sinfônica.

— Você conseguiu ouvir o sobrenome?

— Eu me esqueci. Mas me lembro de "Quinteto Brightman".

Lucy puxou o computador de volta no colo e imediatamente entrou na internet. De todo modo, ela queria acreditar que Gus tinha entendido mal, pelo menos sobre a contratação. Talvez ele tivesse ouvido o nome certo, mas num contexto errado. Ela localizou um certo Quinteto Briteman e não Brightman. Era isso: clicou no *link* e logo encontrou.

— Seria Will R. Devi?

— Isso! — Gus pousou o livro e se arrastou para perto dela. Havia vários *links* sobre esse Will R. Devi. Pianista, violista, professor, além de juiz de algumas competições bem famosas. Ainda havia referência ao seu papel de anfitrião de algum antigo programa de televisão local sobre jovens músicos.

— Você não foi nesse programa — ela disse para Gus. — Se ele fosse alguém importante, você teria participado desse *show*.
— Ou a própria Lucy teria.

Descobriram mais coisas sobre o tal Will: artigos e postagens em *blogs* e outras notícias não tão importantes. Até que a mãe deles bateu na porta, perguntando: — Lucy? O Gus está com você?

— Sim — respondeu ela, e a mãe entrou. Estava com uma saia reta, de lã cinza, meia-calça, botas de montaria e um suéter vermelho, combinando com o batom do mesmo tom. Os cabelos estavam soltos, mas ela obviamente tinha feito uma escova.

— Nossa, que elegância! — elogiou Lucy, especulando. Domingo normalmente era dia de *jeans* ou roupas de ioga bem confortáveis.

— Vamos ter companhia para o jantar. Gostaria que vocês dois também caprichassem.

Um jantar formal, em uma noite de domingo, sem praticamente nenhum aviso? Lucy olhou para Gus, que perguntou: — Quem está vindo? — Como se não pudessem adivinhar.

— Os nomes são Will e Aruna Devi. — Com um ar distraído, a mãe olhou para baixo e pegou um fio inexistente do braço do suéter. — E comporte-se bem, Gus! Você começa a praticar com Will já na terça-feira.

Lucy olhou para Gus, esperando que ele dissesse algo como: *Você decidiu? Sem falar comigo?* Mas ela sabia que ele não diria nada. Como sempre, Gus era doce e agradável e, sobretudo, não questionava nunca. Ele apenas respondeu: — Tudo bem.

E se levantou, seguindo a mãe até o andar de baixo.

Lucy ficou olhando para a porta. A morte de Temnikova não mudara nada. As decisões eram tomadas como sempre: vovô Beck rolando e dançando em cima de todos, com o apoio da mãe, e o pai, em pé, simplesmente deixando tudo acontecer, sem dar palpite.

Toque esta peça, Lucy.
Use este vestido.
Venha aqui, esta pessoa quer conhecer você!
Faça contato visual com um dos juízes antes de começar a tocar.
Mantenha a cabeça erguida. Você sabe quem você é.

Lucy sabia quem *ele*, o avô, queria que ela fosse. O que não era a mesma coisa, de jeito nenhum.

A garota deixou Alice Munro de lado e procurou fotos de Will Devi no computador. Ele parecia muito jovem e bonito o suficiente para ter seu próprio programa na TV, se não em rede nacional, pelo menos na emissora local. Seu rosto tinha uma estranha assimetria, com um olho que não abria tanto quanto o outro, e o nariz que se desviava levemente para a esquerda. Mas era como se ele tivesse alguma coisa especial, um ar interessante que compensava suas imperfeições.

De verdade, isso não importava. Ele poderia ser a pessoa mais legal do mundo, ainda assim não era certo que o avô e a mãe impusessem um professor sem ao menos falar antes com Gus. Aquilo fazia com que ela pensasse mais uma vez na maneira como eles a tinham forçado a ir para Praga, e tantas outras coisas que deixaram a sensação de estar sendo continuamente roubada de sua própria vida, mais e mais, até que desistir parecesse ser a sua única opção...

♪ 🎵 ♪

Uma hora antes da visita do casal Devi, Lucy finalmente tirou o pijama para entrar no chuveiro. Ela tinha seu próprio banheiro gigante — "o *spa*", como Reyna sempre dizia —, com uma banheira enorme, chuveiro duplo e uma borda de mármore para se sentar, onde Lucy apoiou a perna direita para se depilar e, em seguida, a esquerda. Sentiu o espírito da irmãzona aflorar e estava ansiosa para conhecer Will. Se não gostasse dele, com certeza, diria algo à mãe, mesmo que ela gritasse ou, como era mais comum, congelasse.

Secou os cabelos, depois fez um leve rabo de cavalo, bem natural. Aplicou um pouco de pó no rosto e brilho colorido nos lábios. Havia amostras de perfume na gaveta do banheiro, mas nada de que ela gostasse. Abriu o armário, indecisa entre duas roupas: um vestido de bolinhas, azul e creme, com clima de anos cinquenta, confortável e elegante, ou um pretinho básico?

As bolinhas pareciam excessivamente alegres; então, dado o estado de espírito, escolheu o pretinho e colocou sobre ele um casaco verde-jade para alegrar um pouco.

Olhando no espelho do guarda-roupa, achou-se sem graça, mas adequada.

A irmã mais velha, e não a estrela.

Ela já estava se acostumando com isso.

No último minuto, colocou o pingente que o pai tinha lhe dado, e então pensou: *hora de dançar conforme a música*, rindo de sua própria piada idiota.

6

Vozes ecoavam da sala de estar. Vovô Beck devia estar servindo coquetéis. Lucy podia imaginá-lo com sua gravata-borboleta típica, os cabelos brancos volumosos, penteados para trás, no estilo da barbearia onde ia todas as semanas. Para completar, ele estaria exalando uma mistura de *Chanel Pour Monsieur* com seu drinque predileto, à base de gim.

Antes de entrar na sala, Lucy foi para a cozinha, em busca de Martin. Ele sempre a ajudava a se sentir mais conectada à Terra. Normalmente ele folgava aos domingos, mas Lucy imaginou que ele estaria lá uma vez que sua mãe não tinha condições de se transformar numa cozinheira *gourmet* nem de lidar com um jantar formal sem ajuda. Para sua surpresa, em vez de Martin, Lucy encontrou dois rapazes e uma mulher de aparência cansada, com aventais verdes, trabalhando compenetradamente em torno do balcão da cozinha.

Antes que ela pudesse se lamentar, Martin apareceu, vindo da adega com duas garrafas de vinho.

— Oi, querida. Precisa de alguma coisa? Está um pouco agitado por aqui no momento.

— Bufê? — ela sussurrou. — Sério?

— Foi minha sugestão — respondeu Martin. — Parece que eles são vegetarianos radicais, nem comem queijo. Eu não sabia o que fazer, Lucy!

— Não consigo acreditar que meu avô, em sã consciência, está contratando um vegano. — Até onde Lucy sabia, o avô acreditava que os veganos eram pessoas que ficavam sentadas, só julgando o resto do mundo, sem tomar banho nem pagar impostos.

— O velhote é cheio de surpresas. — Martin ergueu o queixo de Lucy com dois dedos e estudou o rosto dela. — Você está linda! É melhor ir para lá e juntar-se ao grupo. Boa diversão!

♪ ♫ ♪

Estavam todos de pé, em um semicírculo, de costas para a porta. Olhando para a batuta do maestro Wilhelm Furtwängler[6]. Claro! Foi a primeira coisa que vovô Beck exibiu aos novos convidados. Ele tinha toda uma história elaborada sobre a famosa batuta: como tinha ido a Berlim para o leilão, e os problemas que teve em levantar a enorme soma de dinheiro vivo num banco estrangeiro. Pelo ponto em que estava a história, Lucy adivinhou

---

6 Wilhelm Furtwängler (1886 - 1954) foi um maestro e compositor alemão, tido como um dos maiores regentes do século 19. Foi titular da Orquestra Filarmônica de Berlim durante o período nazista da história da Alemanha.(N. do E.)

que ele logo diria: *fiz uma oferta melhor que um grande amigo meu, e ele nunca mais falou comigo!* Frase que seria seguida por uma gargalhada animadíssima, como se isso fosse a coisa mais hilária do mundo. A seriedade voltaria à conversa assim que ele tornasse a se referir a Furtwängler, nome que sempre pronunciava com uma cara muito séria.

Lucy olhou para as costas das pessoas, sentindo-se intrusa, quase uma "penetra".

Gus estava vestindo seu blazer de escola e calça cáqui, com os cachos úmidos recém-saídos do banho. O pai estava bem, com seu terno cor de carvão. A esposa de Will, Aruna, exibia uma trança de cabelos escuros e brilhantes que chegava quase até a cintura. Seu vestido era mais esvoaçante e suave que qualquer peça do guarda-roupa da mãe de Lucy, algo que poderia ser definido como um estilo *hippie* moderno. A mão de Will repousava logo abaixo da ponta da trança da esposa, e os olhos de Lucy seguiram para cima, pelo braço dele, até o pescoço e a parte de trás de sua cabeça — ele parecia tão relaxado! Mal sabia que isso logo acabaria. Ele não tinha ideia de onde estava se metendo, e o que significava trabalhar com os Beck-Moreau.

Foi então que ele voltou o olhar para trás, distraidamente, como qualquer pessoa faz quando tem a sensação de que pode haver alguma coisa para se ver. Por trás dos óculos de aros de metal, seus olhos encontraram os de Lucy. Ela ergueu a mão de um jeito que tanto dizia *Oi* quanto *Interrompa vovô Beck por sua própria conta e risco.*

Mas ele não captou o segundo significado.

Virou-se totalmente, deixando a mão cair, e falou, bem no momento em que vovô Beck ia anunciar exatamente o quanto pagou pela batuta: — Lucy!

Todos se viraram também. O rosto do pai de Lucy se iluminou, como se não a visse há muito tempo. Aproximou-se dela e beijou seu rosto. — Ei, linda.

— Lucy — o avô disse, em um volume que teria feito mais sentido em uma sala muito maior, por exemplo, num auditório —, quero apresentar Will R. Devi.

Ela estendeu a mão e Will a cumprimentou.

Ele repetiu o nome dela, acrescentando o sobrenome, lentamente, e sem esconder que significava algo para ele: — Lucy Beck-Moreau. Emocionante.

Se ela não estivesse tão ocupada pensando no que vestir, poderia ter se dado conta do óbvio: Devi sabia tudo sobre ela. O sentimento de penetra desapareceu no mesmo instante, substituído por um estalo de emoção. Como costumava ser, a presença dela se impunha.

Não foi ruim.

— Obrigada. Prazer em conhecê-lo, também.

— Olá, sou Aruna — disse a esposa. A mão dela era mais quente e suave que a de Will. Ela tinha a pele dourada, lábios com formas perfeitas. Tudo, aliás, com formas perfeitas.

A mãe de Lucy pediu licença para ir até a cozinha verificar o jantar, e vovô Beck aproveitou para seguir com sua história: — De qualquer forma, dezessete mil dólares não pareceu muito. Isso foi há vinte anos, vejam só, era um monte de dinheiro na época para esse tipo de coisa.

Will riu. — Ainda é.

A expressão de vovô congelou momentaneamente. Lucy olhou para o pai e segurou a vontade de rir. Ninguém tinha respondido dessa forma antes, o que significava que o avô precisaria improvisar, estava fora de seu roteiro! Mentalmente, Lucy pensou em uma resposta: *me considero um tipo de curador.*

— Bem, eu me considero um tipo de curador. Não queremos que estas coisas se percam para a história — disse o avô, como se tivesse lido a mente de Lucy. Em seguida, ele deu um passo até a bandeja de bebidas. — Quem está pronto para outra?

Aruna foi até ele com o copo de martini estendido, e o pai de Lucy a seguiu. Will, porém, abandonou os outros adultos e disse: — Ei, Gus, por que você não vem aqui conversar comigo e com Lucy?

Pelo jeito como se moveu e vendo sua expressão aberta, Lucy percebeu que Gus já gostava de Will, e muito mais do que já tinha gostado de Temnikova. — Will disse à mamãe que eu deveria jogar mais *video games.*

— Não acredito! — Lucy olhou para Will. — Foi mesmo?

— Sim, é sério — disse Will. O sorriso, como tudo no rosto dele, era torto. — Na verdade, esse tipo de pausa só faz bem para as mãos e para o cérebro.

— E você conseguiu o emprego mesmo depois de dizer isso a ela?

— Parece que sim.

Um dos copeiros do bufê entrou na sala e circulou com uma bandeja de canapés. — Torta vegana de alcachofra — ele anunciou. Will pegou uma, Lucy pegou duas, e Gus sacudiu a cabeça.

— Então, Lucy — Will desviou a atenção para ela —, estou morrendo de vontade de perguntar. Você ainda toca?

Ela hesitou, não por não saber a resposta, mas por não estar esperando a pergunta. E claro que deveria ter pensado nisso. — Não.

— Por diversão, quero dizer — explicou ele, como se ela não tivesse entendido. — Para você mesma.

— Não.

Ele franziu a testa, parecendo confuso. Lucy fez de conta que não era com ela e colocou uma tortinha de alcachofra inteira na boca. — Isto está bom! — ela disse, depois de engolir o canapé e antes que Will perguntasse mais alguma coisa sobre o piano. — Considerando que não tem manteiga nem queijo nem nada. — E levou a outra tortinha até a boca de Gus. — Experimente, é boa mesmo!

Ele selou os lábios.

Will deu uma cutucada em Gus. — Vá em frente. Isso não vai envenená-lo.

— Eu não... — E Lucy empurrou a torta na boca aberta do irmão. Os olhos ficaram esbugalhados, fazendo Lucy e Will rirem. — É... Até que está boa... — disse Gus quando conseguiu falar.

— Viu? — observou Will. — Você deveria ouvir a sua irmã. — E piscou para ela. Nesse momento, ela se arrependeu de não ter escolhido o vestido de bolinhas.

♪ ♫ ♪

— Um brinde! — Vovô Beck tilintou a faca de sobremesa contra a taça de vinho, presunçoso, feliz, com o rosto visivelmente corado. Depois da rodada de martinis, o grupo acabou com duas garrafas de vinho durante o jantar, e o pessoal do bufê tinha acabado de trazer outra. Lucy tinha quase certeza de que ela, Will e Gus eram os únicos sóbrios na mesa.

— Para o Will — disse o avô. — E para Gustav...

Lucy ergueu a taça de água e sorriu para Gus. Ela continuava achando que os pais deveriam tê-lo deixado conhecer Will antes de tomar uma decisão, mas tudo parecia estar correndo muito bem. Ele merecia ser tão feliz quanto parecia agora, sempre.

— ... para o seu trabalho árduo e para os muitos sucessos futuros.

— Ouçam, ouçam — disse a mãe de Lucy. O pai mal tinha conseguido soltar uma palavra a noite toda, mas finalmente conseguiu dizer *À saúde*, sem ser interrompido.

Todos tilintaram as taças e beberam, em seguida Will disse:
— Posso fazer outro brinde?

— Por favor. — Vovô Beck levantou a garrafa de vinho. — Alguém precisa de mais bebida?

Aruna estendeu a taça sobre a mesa com um sorriso. Ela realmente era impressionante; Lucy notou que o pai, o avô e até mesmo Gus trocaram olhares a noite toda, e sempre tinha a ver com Aruna: tudo o que ela dizia era espirituoso, encantador e inteligente, e a voz dela tinha um tom especial, baixo e relaxante. Lucy também reparou que ela estava sempre tocando na mão de Will.

O gesto fez Lucy lembrar de vovó Beck e como ela sempre tocava a pessoa com quem estava falando. Levemente e com calma, sem agarrar, sem ansiedade. Lucy sentia falta disso.

Will levantou o copo de água, e todos se calaram, esperando que ele falasse. Lucy tentou antecipar o tipo de coisa que ele diria. Alguma coisa engraçada? Espirituosa?

Ele atraiu o olhar dela e pareceu perder o foco por um segundo.

— Vá em frente, Devi — vovô Beck o animou.

Will riu e continuou: — É realmente um privilégio trabalhar com esta família que eu admiro... Bem, todo mundo conhece o conjunto de genes talentosos que vocês carregam. E todos já fizeram uma grande contribuição com a sua arte. Assim, brindo a isso: à arte, à música, à alegria da criação e à maravilha da beleza sob todas as suas formas.

Uma pausa coletiva os apaziguou. Ele parecia tão... sincero. Será que ele poderia — alguém poderia — realmente traduzir isso? Ela ficou se perguntando enquanto o observava.

De repente, aquele momento se desmanchou quando vovô Beck se levantou bem à sua maneira, despachando todos da mesa:

— Ao piano! Não consigo pensar em uma ocasião melhor para ouvir o que está à nossa disposição.

♪ ♫ ♪

O piano.

É claro que existiam pianos melhores, mas este tinha uma história própria. Se a batuta rendia um relato, nosso piano dava um conto — com aventuras, guerra, tragédia e viagens cruzando o mar. Lucy simplesmente se desligou da conversa enquanto vovô Beck recitava a saga do piano a Will e Aruna. Todas as notas dessa sinfonia já estavam gravadas em sua alma:

Um piano de cauda Hagspiel totalmente restaurado.

Fabricado em Dresden, em 1890, por Gustav Hagspiel — uma das duas pessoas que inspirou o nome de Gus. A outra tinha sido Mahler, o compositor.

Comprado pelo tio de vovô Beck, Kristoff, em 1912.

Kristoff foi morto na Primeira Guerra Mundial, na Batalha do Marne. Depois disso, ninguém na família sabia o que fazer com o piano, pois apenas Kristoff tocava. Eles quase o venderam antes de sua mudança para a América, mas quando a bisavó de Lucy percebeu o que aconteceria no país sob o domínio de Hitler, decidiram despachá-lo para manter viva a memória de Kristoff, que, dessa forma, continuaria sempre com eles.

Depois de uma viagem de seis meses a bordo de um transatlântico, o piano chegou à nova casa da família sem um arranhão.

Como era o único filho, vovô Beck herdou o instrumento no mesmo ano em que a mãe de Lucy nasceu, e no mesmo dia planejou que ela estudaria música naquele piano.

— E isso aconteceu? — Aruna perguntou à mãe de Lucy.

— Sim, por um tempo — ela respondeu.

Todos os olhos da sala estavam grudados no piano. Aruna e Will talvez estivessem imaginando a jornada do instrumento na época da guerra, encaixotado no convés escuro de um velho navio. Lucy pensou na fotografia que enfeitava o criado-mudo da mãe: ela, ainda um bebê, sentada no colo da mãe, diante do teclado dessa coisa que tinha sido uma presença tão forte em sua vida, durante tanto tempo.

Agora, ela quase evitava esta sala. O cheiro de partituras antigas e a visão particular da banqueta do piano traziam uma combinação de nostalgia, evocando uma Lucy que já não existia, com as memórias de tantos momentos de desespero pelos quais ela havia passado até finalmente desistir, depois dos terríveis anos entre os recitais de Himmelman e de Praga. Nesta mesma sala, Lucy tinha vivido algumas das suas maiores realizações e também experimentado grandes frustrações. Quantas lembranças de momentos felizes e outras tantas de enorme angústia pessoal, sem mencionar a recente morte de Temnikova? E o Hagspiel do tio-bisavô Kristoff sempre ali, testemunhando tudo.

— Gostaria de experimentá-lo — disse Will.

Vovô Beck fez um gesto, oferecendo a banqueta. — É para isso que estamos aqui!

Will e Gus se sentaram ao piano. Aruna se ajeitou na pequena namoradeira, e Lucy se juntou a ela. Vovô Beck se posicionou na parte de trás do piano, é claro, e os pais de Lucy ficaram em pé, do lado oposto. Martin também estava na sala, segurando uma bandeja cheia de taças e uma garrafa de conhaque.

Aruna se inclinou e colocou os lábios tão perto que Lucy sentiu sua respiração. — Quando estiver na hora de ir, só cutuque o meu cotovelo, e eu tiro Will daqui. Depois que começa a tocar, ele perde o controle de coisas como tempo, espaço e também de certas sutilezas sociais.

— Não se preocupe, minha mãe nunca perde o controle desse tipo de coisa! — Lucy murmurou.

— O que vamos tocar? — Will perguntou a Gus.

Gus parecia perdido. Em geral, ele não era consultado. Simplesmente recebia ordens.

Will tocou algumas notas. — Ah, isso é bom. Eu sinto a história. — Começou com um pouco de Gershwin, um dos compositores modernos preferidos da avó de Lucy.

Como ele sabia? Bem, até aí, podia ser mera coincidência — afinal, Gershwin é um dos compositores mais conhecidos do século 20. Lucy olhou de relance para vovô Beck para ver se ele também tinha pensado em vovó, mas seu rosto não demonstrava nada.

Então ela observou Will: a perna esquerda subia e descia, obedecendo a batida suave de seu calcanhar; os dedos deslizavam pelo teclado, confiantes — eram menos arqueados que os de Grace Chang, mas exibiam mais flexibilidade que os de Temnikova e produziam uma rica dinâmica. Ele era bom; de verdade, era bem melhor do que bom.

— Gus — disse ele, enquanto tocava —, você conhece isso?

— Mais ou menos. Na verdade, não. — Gus tinha deslizado até a borda direita da banqueta.

— Toque o que você estava trabalhando com a senhora Temnikova para o recital — sugeriu vovô Beck.

Will fez uma careta e sorriu para Gus. Apenas Lucy e Aruna puderam ver. — Não, nada disso! O trabalho começa na terça-feira. Hoje vamos apenas nos divertir.

Lucy esperou que o avô fizesse um pronunciamento sobre o que Gus deveria estar tocando, mas ele permaneceu em silêncio, assim como os outros. Era como se Will tivesse enfeitiçado todos eles.

— Tudo bem, Gus — disse ele. — Que tal improvisar um pouco?

Ele abandonou Gershwin e começou a tocar uma linha do baixo que não era clássica nem *jazz*. Algo que tinha mais a ver com *blues* ou *rock* até.

Gus manteve as mãos sobre as coxas. — Eu não...

— Sim, você consegue. — Will não parou. — Vamos em frente.

A respiração de Lucy ficou mais curtinha. Aflita, ela se sentiu tão nervosa como Gus deveria estar, sendo solicitado a ser espontâneo diante do avô, o rei do cálculo. E, no entanto, aquela situação era excitante! Quando tinha sido a última vez em que sentira algo além de uma combinação de tédio e sufoco em sua casa? Will tinha energia, e essa vibração preenchia a sala.

— Vamos, Gustav — disse ele —, comece.

— Vá em frente, garoto — incentivou o pai, batendo o pé e parecendo perigosamente prestes a dançar. — *Ça passe ou ça casse!* — continuou ele, que sempre acabava falando alguma coisa em francês quando estava embriagado. Era algo como *afunde ou nade*.

A perna de Lucy se contraiu, tensa: ela não queria que esse momento perdesse o brilho. Ao contrário, estava torcendo para que a situação florescesse mais ainda, e queria ouvir o irmãozinho, pois ela sabia o quanto ele podia impressionar a todos naquela sala. — Divirta-se, Gus — ela insistiu.

Ele se virou para Lucy, e ela sorriu. *Mostre a eles!*, pensou.

E ele mostrou. No início, suas notas não combinaram exatamente com o que Will tocava, mas logo ele pegou o jeito e Lucy exultou, soltando o corpo sobre a almofada da namoradeira, vibrando por Gus. Se Will realmente fosse a pessoa que parecia ser, quem sabe, então, as coisas poderiam ser diferentes para Gus. Seria o fim do estrangulamento e...

— Lucy! — Will disse, de repente, em voz alta, interrompendo seus pensamentos. — Agora você! — E fez um gesto com a cabeça, intimando-a a se levantar.

Eu?

Desconcertada, ela enfiou as mãos sob as coxas. Gus parou de tocar e levantou abruptamente da banqueta para abrir espaço, com os olhos em chamas. Ele realmente achou que ela iria.

— Não, obrigada — respondeu, mantendo a voz firme.

No piano, Will seguia tocando o tema sobre o qual Gus improvisara.

Aruna cutucou Lucy, num gesto de incentivo. Com que direito ela fazia isso? Elas tinham acabado de se conhecer! Lucy sacudiu a cabeça. — Não. — *Não, não e não.*

Pois ela já não tinha falado claramente, e para o próprio Will, que não tocava mais nem por "diversão" nem para "ela mesma". E definitivamente não para aquele pequeno público!

Lucy se levantou, mantendo-se de costas para o avô, que, na sua imaginação, deveria estar pensando: *não ouviu dizer que a nossa Lucy é uma desistente?*

Com firmeza, caminhou em direção à saída da sala, desvencilhando-se do pai, que ainda tentou segurar delicadamente seu braço, dizendo: — Fique, Lucy! — Sentiu pena por ele não conseguir ser assim tão amável com ela sem a ajuda de muitas taças de vinho.

E então Will parou de tocar. A mãe disse baixinho: — Lucy, nossos convidados...

Ela respirou fundo e voltou a olhar para todos na sala.

— Peço desculpas. Não me sinto bem, boa noite. — Soou tão falso que ela não se surpreendeu que ninguém respondesse.

Já no salão, esbarrou em Martin, que estava de pé nas sombras e certamente acompanhara a história toda, ela supôs. Lucy passou por ele e subiu os dois lances e meio de escada até seu quarto, que felizmente ficava longe o suficiente para que ela pudesse bater a porta sem que ninguém ouvisse.

7

— *O que fez você escolher Alice Munro?* — *o professor Charles perguntou,* durante a reunião individual sobre o projeto do semestre. Lucy estava sentada ao lado dele, à mesa, enquanto o resto da classe se reunia em seus grupos de crítica.

Porque você gosta dela?, pensou, mas disse: — Ela parece direta. As histórias, suas personagens parecem... verdadeiras.

O professor se iluminou.

— Eu estudei essa autora na faculdade, sabia?

— Ah. Verdade?

— Então posso apontar alguns bons recursos capazes de ajudar se você tiver algum tipo de impasse. Caso contrário, fico de fora. — Não era o seu melhor dia com o cabelo. Ele deve ter acabado de cortar ou, quem sabe, precisava justamente de um corte. Lucy teve vontade de alisar uma mecha loiro-acinzentada que pendia para o lado, sobre a orelha.

— Já decidiu como vai escolher cinco histórias para analisar? — continuou ele. — Você poderia fazer uma ampla seleção, distribuindo a obra por décadas, ou se concentrar em uma coletânea em especial, ou, talvez, em um período específico.

Lucy observou os pulsos dele, que estavam cruzados e repousavam sobre o joelho. Imaginou-o com uma caneta na mão, lendo seu jornal como um universitário, debruçado sobre a mesinha do dormitório do *campus*, com o cachorro aos seus pés. Então ela se imaginou fazendo o mesmo: talvez Inglês pudesse ser seu novo assunto. O que seria necessário para que isso fosse relevante para a mãe? Um doutorado, depois uma livre-docência em uma escola da Ivy League[7], provavelmente. Isso só deveria levar, o que, uns vinte anos?

— Bem, comecei a escrever algumas coisas — explicou ela. — Mas ainda não consegui reduzir a cinco. O que acha?

Ele respondeu, mas Lucy não conseguiu se concentrar no professor como fazia habitualmente. Continuava relembrando a noite anterior, aquela expressão esperançosa no rosto de Will quando tentou fazê-la tocar. Ninguém mencionou nada, naquela manhã, exceto Gus, que disse, apressadamente, enquanto comia cereal: — O Will é legal.

Lucy soltou um *hãhã*, sem parar de comer, e evitou seu olhar.

— ... o escopo de uma carreira — dizia o professor Charles. — Pegando, talvez, a primeira história publicada e comparando-a com a mais recente. Este poderia ser um caminho, você decide.

— Vou pensar nisso.

---

7 Grupo de faculdades de elite dos Estados Unidos, que sempre estão entre as mais procuradas. (N. do E.)

— Tenho certeza de que você fará um bom trabalho. — Ele girou na cadeira, afastando-se dela.

— É mesmo? — Lucy perguntou, voltando a atenção para ele.

— Claro — disse ele. — Você não está preocupada, não é?

— É o meu primeiro trabalho realmente importante desde que voltei para a escola. Em uma aula normal, quero dizer, sem um professor particular.

— Lucy? — Seus olhos se contraíram daquele jeito que ele tinha, de sorrir sem realmente sorrir. — Você é brilhante, suas percepções em sala de aula são sempre pontuais e bem pensadas. Mal posso esperar para ver o que você fará nesse trabalho, e se precisar de ajuda, estou à disposição.

Sentiu o coração acelerar e imediatamente Will e o piano sumiram dos seus pensamentos. Aos dezesseis anos, acreditar que o melhor da vida já tinha passado era uma coisa muito deprimente. Mas saber que o professor Charles via nela uma promessa trazia uma nova esperança.

— Obrigada, professor!

— E obrigado pelo pão de abóbora de sexta-feira. Desculpe, eu comi antes de lhe dar a chance de ganhar a aposta.

— Sabia que isso aconteceria — disse Lucy, sorrindo para ele.

♪ ♫ ♪

O humor de Lucy continuou melhorando até a tarde seguinte.

O professor Charles havia lhe emprestado um dos seus livros com uma seleção de histórias da autora, e quando Lucy folheou o volume, ainda na classe, encontrou as anotações dele feitas a lápis, muitos trechos sublinhados e alguns *post-its* com comentários recentes, feitos especialmente para ela.

O dia parecia tão bom que, durante a aula de educação física, ela venceu uma partida de tênis contra Soon-Yi Pak, coisa que quase nunca acontecia, pois a garota costumava acabar com ela no jogo. Mais que isso: durante a partida, ela viu seu reflexo na porta de vidro por um momento e se surpreendeu com o ângulo perfeito de sua flexão enquanto aguardava o saque da adversária. Lucy se sentiu poderosa. Para completar, um cara que ela não conhecia muito bem disse "Bom jogo", ao passar por ela no corredor.

Naquele dia, Reyna não mencionou o divórcio dos pais uma vez sequer na hora do almoço, e Carson comeu com elas, o que sempre era divertido. Ao voltar para casa, entrou pela porta dos fundos, mergulhou na cozinha ensolarada, e cumprimentou Martin, que tirava uma assadeira de *brownies* do forno.

— Você é a mãe perfeita — disse Lucy, dando um beijo na bochecha do cozinheiro.

— Eu tento. — Ele colocou os bolinhos para baixo, cheirou a forma, depois espetou cada um deles cuidadosamente com uma espátula. — Estes são vegetarianos: um pedido especial de Gus.

— Como assim? Vovô vai adorar saber disso.

— Acho que não. Ele só quer algo especial para oferecer a Will, um jeito de comemorar a primeira aula. Você conhece o seu irmão, ele é um docinho.

A boa vibração do dia esmoreceu um pouco. Lucy tinha esquecido que Will estaria lá, não queria dar de cara com ele e deixar escapar alguma coisa inadequada sobre o que tinha acontecido na noite de domingo.

— Parecem bem "normais" — comentou enquanto cutucava um dos *brownies* veganos.

— Vamos ver!

♪ ♫ ♪

Havia uma fresta: a porta da sala de música estava apenas encostada, e Lucy tomou todo o cuidado para passar sem ser notada. Então percebeu que não havia som, nenhum ruído que indicasse movimento de alguém por ali. Talvez Will e Gus estivessem no escritório de vovô Beck, à procura de um CD ou de algum álbum de sua vasta coleção.

Mas quando estava se aproximando da escada, ouviu a voz de Gus vindo lá de cima. — Lucy! — Ela ergueu o olhar e viu o irmão, com o rosto corado, inclinando-se sobre o corrimão do segundo andar. — Eu e Will estamos jogando tênis no *video game*. Ele é muito bom!

Tênis? Ela pôs um pé sobre o primeiro degrau. — É melhor voltar para o seu jogo. Você não quer ficar mal no primeiro dia... — Em seguida, Lucy correu pela escada, e Gus desapareceu por um segundo. Mas, assim que chegou ao patamar do segundo andar, ela viu Will se juntando a Gus no corrimão.

— Que tal uma partida, Lucy? Vejo no placar que você já tem uma série de vitórias!

Sua expressão era quase a mesma de quando havia convidado Lucy para tocar piano. Um jeito de olhar que a deixava irritada. E qualquer convite dele poderia ser perigoso.

— Não é preciso muito para bater Gus — ela respondeu. — Desculpe aí, Gustav.

— Tudo bem, eu sei. Mas Will diz que vou melhorar.

— Tenho certeza de que o vovô vai ficar feliz ouvindo isso. Você pode fazer uma demonstração dos seus talentos como tenista no recital de inverno. — Na mesma hora, ficou arrependida de ter dito isso. Deveria, sim, ter ficado feliz vendo que o laço em torno da vida de seu irmãozinho estava se afrouxando. — É brincadeira — acrescentou, tentando disfarçar uma certa invejazinha. Gus e Will jogariam *video games*, comeriam *brownies* e quem sabe até ensaiassem alguns compassos do "Bife". Ótimo para eles!

— Faço pausa a cada quarenta e cinco minutos — disse Will. — Isso ajuda o cérebro, segundo a ciência.

— Tudo bem, tenho lição de casa — disse Lucy, subindo o próximo lance de escadas.

Gus não deixou passar: — Agora você sempre diz isso.

— Bem, acontece que agora eu sempre tenho lição.

— Lucy, espere! — A voz de Will estava bem atrás dela; sim, ele tinha ido atrás de Lucy escada acima.

Ela se virou e mexeu na bolsa, fingindo procurar alguma coisa ao mesmo tempo que afastou os cabelos dos olhos.

Ele se inclinou sobre o corrimão e disse a Gus: — Pode descer agora, encontro você num minuto. — E, em seguida, dirigiu-

-se a Lucy: — Sobre o que aconteceu na outra noite... desculpe-me por ter colocado você sob os holofotes. Aruna me disse...

— Não se preocupe com isso.

— Pensei que você ainda tocasse pelo menos um pouco.

— Eu não toco... E eu já tinha dito. — Ela subiu mais três degraus.

— Nunca?

Ele ainda estava no seu pé. Mais uma vez, Lucy se virou e deu de cara com Will um lance abaixo dela, o que os colocou frente a frente, olho no olho. — Você vai me seguir até o quarto?

Lucy estava quase chorando. Aquele aroma estúpido de *brownies*, o olhar feliz de Gus, o brinde de Will na noite de domingo. *À maravilha da beleza*. Gus e Will no piano, na maior alegria... Tudo conspirando para lembrá-la do quanto ela já tinha amado tudo isso. Com todo seu coração.

Escrever um trabalho chato de inglês nunca poderia substituir aquele prazer.

Will colocou a mão no corrimão. — Eu só queria pedir desculpas.

— Eu já disse para você não se preocupar com isso.

Ele ergueu a mão e a segurou no ar entre eles, os dedos moldavam alguma coisa, uma palavra? Talvez. Algo que ele queria dizer, mas não conseguiu. Ela observou a mão, olhou para a boca dele e ficou esperando o que sairia dali. Enquanto aguardava, percebeu que uma orelha de Will parecia estar fora do lugar certo, ligeiramente abaixo da lateral do rosto. Nariz torto, orelhas tortas, um olho menor que o outro.

— O quê? — ela perguntou finalmente.

— Você *nunca* toca. É verdade que você, Lucy Beck-Moreau, nunca toca?

A visão se turvou. Lucy sacudiu a cabeça. — Nunca.

— Isso me deixa triste.

O que ela poderia dizer a respeito? Aquilo era um elogio e também um julgamento, e isso a entristeceu. Sentiu as lágrimas ameaçando cair a qualquer momento, então virou as costas na mesma hora e caminhou em direção ao sótão antes que ele dissesse mais alguma coisa. Mas não adiantou:

— Você não quer mesmo? Nunca?

Ela poderia rir. Ou ficar possessa e dizer com todas as letras que não queria conversar sobre isso. Ou ainda poderia continuar ali e explicar o mecanismo emocional complicado que envolvia a questão, já que voltar a tocar tinha virado parte de um pacote que incluía ceder para o avô, sofrer com a falta da avó e trair a si mesma.

Mas.

O que você quer, Lucy? O que você quer?

Ela enxugou o rosto, mas não olhou de volta para ele. — Não sei.

Talvez. Talvez.

Intermezzo

Na manhã da sua primeira apresentação em Praga, Lucy acordou com dor de cabeça e um terrível torcicolo. Para complicar, estava sentindo algo estranho na parte inferior das costas. O nome daquilo era... estresse. Estremecendo, deitou-se no chão do quarto de hotel e fez os movimentos de ioga que Grace Chang tinha lhe ensinado. Alongou, respirando fundo várias vezes para tentar se acalmar.

Ela estava pronta. Vinha estudando aquela peça há mais de três meses, tempo suficiente para aprender, memorizar e se apropriar completamente da música. Mas ela raramente *se sentia* pronta no momento da apresentação.

Os exercícios de alongamento ajudaram, mas ela continuava sentindo dificuldade em acalmar a mente. Lucy tinha enfrentado muitas situações de pressão antes e, normalmente, conseguia atingir um estado ideal, combinando a sua determinação feroz com uma serenidade profunda que faziam dela uma vencedora.

Mesmo no ano passado, quando ela não estava tão empolgada, na hora H se concentrou e tocou com perfeição.

Tentou meditar; às vezes, funcionava.

Pense numa palavra.

Mas a única palavra que surgia em sua mente era *vencer*.

O que não facilitava muito as coisas...

Essa competição, mais do que as anteriores, parecia ter um significado especial para vovô Beck. Talvez porque a mãe de Lucy tinha tentado participar dela várias vezes na sua juventude, quando desejava construir uma carreira similar à de Lucy. Por outro lado, vovô estava envelhecendo, e talvez imaginasse que esta seria a sua última vez em Praga, mais ainda porque o recital não acontecia todos os anos.

Todos esses pensamentos estavam surtindo o efeito inverso do desejado: ela se sentia cada vez mais tensa quando deveria estar mais relaxada!

Vamos, Lucy, pense em uma palavra neutra.

Mesa, banana, muffin...

Muffin de banana.

Na mesma hora, percebeu que estava com fome. Levantou-se do chão, flexionou o pescoço de novo, tocou os dedos do pé algumas vezes e foi para a parte principal da suíte. Tanto o pai quanto o avô tinham acordado: vovô Beck já estava vestido e olhava a cidade, de pé, junto à janela. Seu pai continuava sentado no sofá onde tinha dormido, ainda com o roupão branco do hotel.

— Você pediu café da manhã? — perguntou Lucy.

— Não.

Procurou o cardápio entre os papéis que listavam os serviços do hotel e se acomodou ao lado do pai. — Posso? Vovô... — disse ela, olhando para trás –, o que você quer?

Ainda virado para a janela, respondeu: — Nada para mim.

Lucy ergueu as sobrancelhas e encarou o pai. Vovô Beck comia aveia e frutas todas as manhãs quase como se fosse um dever religioso. Aquilo era realmente estranho, mas o pai não retribuiu o olhar de Lucy. E foi então que ela notou o celular na mão dele.

— O que há de errado? — perguntou.

— Não há nada de errado — vovô respondeu. Finalmente saiu da janela e ficou de frente para eles, dizendo: — Mudei de ideia. Peça um pouco de *bacon* com ovos, Lucy. Frito dos dois lados, *gema mole*. Reforce *bem* o ponto da gema, por favor.

— Stefan... — O pai de Lucy começou.

— O que está acontecendo? É a vovó?

— Está tudo bem — respondeu o avô.

— Quero falar com ela.

— Ela ainda está descansando.

— Só para ouvir a voz dela — Lucy disse ao pai.

— Lucy... — Ele coçou a parte de trás do pescoço. — Ela não pode, ela...

— Falar exige muito fôlego — o avô interferiu. — Precisamos tirá-la de nossas mentes hoje, Lucy. Concentre-se em seu desempenho. Supere esta etapa. E amanhã, vamos ver.

— Vamos ver o quê? — *Como assim, tirar vovó de nossas mentes?* — Ela vai ficar bem, não é? — Lucy quis saber.

— É claro — respondeu vovô Beck, bem sério.

O pai de Lucy levantou-se do sofá. — Vou tomar banho. Só café e torradas para mim, Lucy.

♪ ♫ ♪

Ela poderia ganhar. Ao ouvir os três concorrentes que tocaram antes dela, sentiu que realmente era possível.

Bem, talvez não o concurso todo, mas pelo menos aquela rodada.

Mas, de verdade, ela não se importava.

Depois do café da manhã, Lucy voltou ao assunto e fez o pai admitir que vovó Beck não estava tão bem quanto vovô tinha dito, mas o pai afirmou não saber de detalhes do que estava acontecendo e repetiu o conselho do avô para que ela se concentrasse em seu desempenho. Lucy fez um grande esforço para não continuar pensando nisso; depois do banho, prendeu os cabelos num coque estiloso e, muito tempo antes da hora, foi para a sala de concertos para se aquecer em um dos pianos dos bastidores.

Finalmente sentiu o pescoço relaxando, e a dor de cabeça diminuir até quase desaparecer.

Em seguida, sentou-se ao lado dos outros concorrentes na fileira da frente, à direita do palco. Ela seria a primeira após o intervalo.

Enquanto aguardava, permaneceu ali e aproveitou o tempo para pensar na peça que apresentaria. Embora não se importasse com a vitória, queria mostrar o seu melhor para todas aquelas pessoas, inclusive para o primeiro-ministro tcheco, que, ela ouvira dizer, costumava comparecer a esse evento.

Afinal, ela era Lucy Beck-Moreau.

— Lucy?

Ao ouvir a voz do pai, saiu daquela espécie de transe de pré-apresentação, imaginando que ele queria lhe desejar boa sorte.

— Oi — respondeu ela.

Ele se agachou na frente da filha.

— Tenho que dizer uma coisa. Porque... Eu preciso. Vovô achou que deveríamos esperar até você tocar, mas não é certo. Acho que você me odiaria.

— É a vovó.

— Ela... teve... uma coisa chamada sepse. Quer dizer que a pneumonia é bacteriana. Isso é ruim. — Ele colocou suas mãos sobre os joelhos dela. — Aconteceu enquanto estávamos voando para cá. Agora ela está na UTI, recebendo cuidados especiais, com um respirador artificial. É por isso que não podemos telefonar para ela.

Lucy escutou, tentando entender cada uma daquelas palavras.

— Será que ela vai ficar bem?

— Parece que os rins já não estão funcionando bem... O fígado também está prejudicado. E o coração.

O intervalo tinha terminado e as pessoas começaram a voltar para seus lugares. Risos. Conversas.

— Ela vai morrer — concluiu Lucy, porque seu pai não tinha coragem de dizer. Então ele se inclinou para a frente, como se fosse abraçá-la, e ela o empurrou.

— Não — disse Lucy.

— Nós íamos contar hoje, *poulette*[8]. Logo mais.

— E por que você mudou de ideia? Por que mudou de ideia *agora*? — O choque de Lucy estava se transformando em pânico, fazendo com que ela sussurrasse de um jeito assustado. — Eu tenho que subir nesse palco agora! Por que você não me disse ontem à noite? Ou hoje cedo? O que eu devo fazer?

— Você não precisa tocar.

Você me diz isso agora, Lucy pensou. *Depois de todos esses anos! Agora você vem dizer que eu não preciso.*

De repente, vovô Beck estava na frente deles, em pé, com os olhos brilhando.

— É claro que ela tem que tocar. Lucy, sua avó com certeza iria querer!

A garota que tinha tocado, e não tão bem, logo antes do intervalo, estava sentada duas cadeiras à direita e fingiu não estar ouvindo. Mas outras pessoas também começaram a perceber: os Beck-Moreau reunidos em torno de uma conversa obviamente infeliz.

— Stefan — disse o pai —, vamos...

— Pai, é tarde demais. Eu não posso simplesmente... Eu tenho que ir lá para cima.

— Boa menina — disse o avô.

Boa menina. Ela ouviu as palavras, mas então as luzes do

---

[8] Poulette, *em francês, significa franguinha e aparece no texto como um apelido carinhoso dado pelo pai à Lucy. (N. do E.)*

teatro se apagaram, e felizmente ela não precisou ver o rosto do avô. Ele estava sabendo de tudo naquela manhã. Já sabia na noite anterior quando dissera que as coisas estavam bem.

Um dos membros do festival saiu das coxias para lembrar que os celulares deveriam ser desligados e que o público não poderia fotografar ou filmar. Falou em tcheco, inglês, francês e alemão.

Em seguida, apresentou Lucy.

Aplausos.

Ela se levantou. O vestido azul-escuro que a mãe a ajudara a escolher agora parecia meio engomado e juvenil demais — naquele momento, desejou estar usando outra roupa.

Percebeu que seu corpo se movimentava por inércia.

Suba as escadas do palco. Vá para o piano. Sente-se no banco. Ajuste os pedais. Porque você está no programa.

Momentum.

Decisões que ela havia tomado, apresentações planejadas com um ano de antecedência.

Eu não quero ir, ela dissera à avó.

Você tem que ir, a mãe tinha determinado.

Lucy estava cumprindo o que estava previsto desde sempre: trabalhar arduamente, tocar bem, superar-se, fazer jus à vida.

O público se acalmou, algumas pessoas aproveitavam para tossir antes do início da apresentação, ainda segurando os programas.

Lucy apoiou as mãos no colo e respirou fundo. Tudo o que tinha a fazer era tocar como sempre fazia. Era preciso apenas passar por isso, e se ela chegasse à próxima rodada ou não, poderia graciosamente abandonar o festival, em nome de uma emergência familiar. Pronto: estariam a caminho de casa. As pessoas ficariam compadecidas e admirariam sua dedicação.

Quando tocava em público, Lucy geralmente mantinha o olhar sobre o piano, mas, desta vez, virou o corpo e se esticou até visualizar o avô, que sempre se posicionava num lugar de onde podia ver as mãos dela. Ele acenou com a cabeça — como conseguia sentar ali e não chorar? Que tipo de coração de pedra era aquele?

E o que ela estava fazendo no piano, diante desse público?

Momentum.

O tio-bisavô Kristoff comprou um piano e morreu na guerra.

E agora ela não poderia se despedir da avó.

Lucy olhou para as mãos sobre o teclado. De repente, elas não lhe pertenciam mais. Teve a sensação de que já não eram suas há muito tempo. Diferente de antes, o piano não fazia com que ela se sentisse ligada à família ou ao público ou ao Universo. Quando tinha acabado? Antes, muito antes desta viagem. Há tempo demais para se lembrar.

Levantou os braços: ela poderia tocar e evitar uma cena e, então, lidar com isso em particular dali a vinte minutos. Sem fazer onda.

Ou.

Ela poderia fazer uma onda. Enorme.

O público começou a se agitar, impaciente.

E então Lucy se ergueu, empurrando a banqueta do piano para trás. Encarou o avô e o pai por um momento para que eles pudessem ver a sua serenidade. A sua certeza. Não era pânico,

não era fobia do palco nem mesmo choque sobre a avó. Nada além de uma decisão, da sua própria vontade, levando-a para os bastidores escuros do palco. Um grupo de membros do festival se afastou para que ela passasse. Um deles ainda perguntou:
— Srta. Beck-Moreau? Está tudo bem?
— Sim.

Lucy caminhou até encontrar uma porta e, sem nenhuma ideia de onde ela levava, abriu-a. O caminho a conduziu direto para fora do teatro, num beco. O céu parecia brilhante e havia um cheiro estranho no ar. Ela desceu a viela e prosseguiu até alcançar as ruas de Praga, recebendo olhares de pessoas que deviam estar se perguntado o que fazia aquela garota com aquele vestido, os cabelos presos e duros de *spray*, andando pela rua como se fosse uma fugitiva de um baile de formatura.

Depois de algumas quadras, Lucy chorou. Pela avó e por si mesma.

Olhou em volta: a cidade era um milagre de pedra e arcos, torres altas e água. Lucy absorveu a beleza e pensou em todos os lugares ao redor do mundo em que tinha estado sem realmente ver nada. Nunca havia tempo. O que mais estava faltando para que ela finalmente tomasse essa decisão? Além das cidades, além da escola, além da morte de sua avó? O que mais? O quê?

Sem nenhum dinheiro e sem saber para onde estava indo, Lucy se viu completamente perdida e exausta — seus pés, o dia todo dentro daquelas sapatilhas frágeis, a matavam. Então acenou para um táxi e deu o endereço do hotel. Sabendo quem ela era, o *concierge* pagou a corrida.

Depois que o pai a abraçou, aliviado e, ao mesmo tempo gritando com ela por causa do susto que dera com seu sumiço, Lucy teve de enfrentar o avô. Com uma expressão impassível, ele disse: — Tomo isso como sua decisão final, Lucy. Não me venha dizer amanhã que mudou de ideia.

E esse foi o fim de tudo.

Momentum. Parado.

7a

Will tinha voltado para a sala de baixo com Gus, e Lucy se deitou na cama, no escuro, e lá ficou até ter certeza de que ele havia ido embora. Ela ouvia a própria respiração, sentia seus dedos entrelaçados, repousando em cima do estômago.

Você quer tocar de novo? Mais uma vez?

A pergunta dele a assustou.

Assim como o *"agora você, Lucy"* da noite de domingo, o convite que a tinha deixado em pânico.

Porque, além da surpresa de ser convocada na frente de todo mundo, acima da sua determinação de nunca deixar o avô achar que ela tinha algum arrependimento sobre Praga, mais do que a agitação de se sentir novamente bajulada...

Ela queria tocar de novo.

Pela primeira vez em oito meses, ela queria se sentar ao piano e tocar.

8

De novo, Lucy estava quase atrasada na quarta-feira, por isso entrou voando na sala enquanto o sinal tocava. Foi a última a chegar. Quando o professor Charles a viu, sorriu e disse: — Foi por muito pouco. O próximo pão de abóbora é por minha conta.

Mary Auerbach, da sua carteira na primeira fila, parou de esvaziar a mochila e olhou para os dois por alguns segundos; logo em seguida, encarou Lucy, com a cara que era sua marca registrada: "*sei de tudo que está rolando na escola, mas, o que é isso*"? Lucy ignorou, acomodou-se no meio da sala e tentou se concentrar.

Inglês. Escola. Reyna. Ser a queridinha do professor Charles.

Uma semana atrás, isso tudo teria sido suficiente. Com o piano para trás, ela ficava sob o radar em casa, e era assim que gostava — melhor ser objeto de decepção do que ter que fingir o tempo todo que estava preocupada com algo que, de verdade, não a preocupava.

A não ser que ela ainda se preocupasse.

— Lucy? — o professor Charles estava perto da sua mesa. — Parece que você quer dizer alguma coisa.

— Eu?

Algumas pessoas riram.

— Sobre o quê? — perguntou ela.

Ele ergueu o exemplar de Otelo.

— Ah. Não. Desculpe.

— Vou chamá-la de novo dentro de cinco minutos, está bem?

— Tudo bem.

Ela olhou para a página do livro: em sua imaginação, as palavras iam se transformando em notas musicais.

♪ 🎵 ♪

Na hora do almoço, Lucy voltou a se sentir quase normal. Durante a segunda aula ficou se justificando, numa tentativa de se convencer de que aquilo tudo não importava. Não significava que ela nunca mais pudesse se sentar ao Hagspiel novamente, como se o lugar agora só pertencesse a Gus. O avô até poderia ficar por perto, observando a cena.

Mas não era o que desejava. Estava apenas experimentando um pouco de nostalgia, só isso. Deveria estar desfrutando de sua liberdade e não sonhando acordada com a possibilidade de voltar à gaiola.

Carson foi ao encontro de Lucy e Reyna no segundo andar.

— Preciso ficar com pessoas sãs — disse ele, deixando a mochila cair no chão.

— E você escolheu a gente? — questionou Lucy.

— Os caras *não* vão parar de falar sobre o Halo, e, além disso, a Soon-Yi Pak está me perseguindo.

— Espere — disse Reyna —, não era *você* que estava perseguindo ela?

— Sim. Sim, estava. Acontece que eu descobri que ela não pode comer queijo nem trigo nem tomate nem amendoim nem carne de porco nem açúcar e nem uma lista inteira de outras coisas. Não tenho tempo para isso.

Lucy tirou seu próprio almoço da mochila — um sanduíche de creme de amendoim no pão integral, e uma laranja de sobremesa.

— Todo mundo tem falhas — disse ela.

— Errado. Decidi que Jules Shanahan é perfeita, mas ela nunca almoça no *campus* e não temos nenhuma aula juntos.

— É por isso que ela parece perfeita para você — observou Lucy. — Você está com medo de garotas reais e perigosamente próximas.

Carson fez um gesto para Reyna e Lucy.

— Sei, sei... Parece que tenho medo de vocês?

— Nós não contamos.

— De qualquer forma, fique feliz por estar sozinho — afirmou Reyna. — O amor é um inferno e sempre acaba em briga. — Aproveitou para atualizar as notícias sobre o divórcio dos pais: o advogado da mãe estava em período de férias de duas semanas na Itália, então estava tudo parado. — Só quero que acabe logo — completou.

Lucy ouvia sem prestar muita atenção, mais concentrada em tentar descascar a laranja em uma única tira, e Reyna seguia contando que o pai, de repente, queria que todos fossem à igreja juntos, envolvendo-se muito nessa coisa de terapia familiar e "expressando seus sentimentos" para Reyna e a irmã.

— Ele está sempre nos perguntando como estamos indo. Não percebe que é tarde demais — reclamou a amiga.

— Esses homens — disse Carson, desdenhando.

— Não é uma piada.

— Eu sei. Desculpe. Deixe as dores do divórcio verterem sobre mim e não mais brincarei.

— Por hoje basta — disse Reyna.

Carson olhou para Lucy.

— E então, o que está acontecendo com você? — perguntou ele.

Ela ergueu a casca de laranja, inteirinha, como se fosse uma proeza. — Olhem isso! Façam uma reverência para mim.

— Legal.

— Lucy não lhe contou sobre a morte da senhora Temnikova? — Reyna perguntou.

— Quem?

— A professora de piano do meu irmão.

— Lucy fez respiração boca a boca nela.

— Uma mulher de sorte — disse Carson. — Exceto pela parte ruim, a de ter morrido.

— Eles já a substituíram — complementou Lucy.

Reyna ergueu as sobrancelhas. — Uau! Zás-trás.

— O cara que contrataram é... — Lucy deu de ombros. — Jovem.

— Bonito?

Lucy pegou o celular e buscou uma foto *on-line* de Will. Passou para Reyna, que disse: — Ele não é *tão* jovem. Nem bonito.

Ela entregou o celular para Carson.

— Não tenho opinião — disse ele.

— Bonito é quem lhe parece — disse Lucy, tomando de volta o celular. Até onde ela sabia, seus padrões de homem atraente eram... diferentes dos de seus amigos. Os "gatos" da escola não pareciam tão interessantes assim, e ela tinha certeza de ser a única pessoa na Speare que entendia a atração que o professor Charles exerce. Para ela, era uma combinação de bondade, inteligência e bom humor. E os olhos. Algo nos olhos. Tudo se unia para tornar seu rosto mais que a soma de suas partes. Acontecia o mesmo com Will. Ela não o conhecia muito bem ainda, mas poderia dizer que ele tinha um tipo de personalidade que compensaria qualquer coisa que estivesse faltando.

— De qualquer forma, acho que o fim de semana vai ser legal — disse Reyna. — Vamos fazer alguma coisa?

Carson rolou a tela do celular com o polegar. — Quando você diz "nós", eu realmente estou sendo convidado também, ou você está falando sobre você e Lucy, como sempre? Quero dizer, devo prestar atenção ou é melhor me desligar de vocês e fingir que meus sentimentos não estão sendo feridos?

— A primeira opção.

Planejaram pegar Carson depois da consulta de Lucy no ortodontista e dirigir até *Half Moon Bay*, no carro de Reyna, enquanto ela ainda tinha um — o veículo era mais uma vítima em potencial do divórcio, pois o contrato de *leasing* estava no nome do dr. Bauman.

Seria bom sair de casa e se lembrar de que havia mais coisas na vida além do que acontecia por lá.

♪ ♫ ♪

Quando chegou em casa, depois da escola, Lucy entrou pela porta dos fundos, ainda suando por conta da caminhada colina acima. Martin estava sentado em um banquinho no balcão da cozinha, com o caderno e uma xícara de chá diante dele. Trabalhava para a família desde sempre: vovó Beck o contratara quando Lucy era um bebê e Martin tinha acabado de completar 40 anos.

— Aqui está você! — disse ele, olhando rapidamente. — Estou fazendo a lista de supermercado. Precisa de alguma coisa?

Lucy pôs a mochila na despensa e avaliou a situação dos seus lanches. — Você compra um pouco de pistache? E também chocolate quente?

Ele anotou o pedido com sua caneta-tinteiro. Martin nunca usava esferográfica ou caneta de gel, e muito menos uma esferográfica de estilo antigo. Uma prateleira do armário de temperos era totalmente dedicada a armazenar seus vidrinhos de tinta — a maioria em tons de azul e roxo. Certa vez, quando era pequena, Lucy pegou um desses frascos de tinta e levou até o seu quarto brincando de mergulhar os dedos para fazer arte num de seus cadernos escolares. A tinta deixou suas mãos manchadas durante vários dias, mas Martin nunca a colocou em apuros. Ao contrário, sempre protegera Lucy. Por isso, ela o amava.

— Vou esconder os pistaches da sua mãe — disse ele. — Ela acha que eles engordam.

— Ela comentou alguma coisa sobre o meu peso? — Lucy se estudou na porta de vidro do forno. O mesmo de sempre: nem magra nem rechonchuda.

— Não, querida. Só sobre o peso *dela*. — Martin largou a caneta e passou a mão sobre os fios curtos cinzas que pontilhavam sua cabeça raspada. — Então, o que acha do novo professor?

Lucy se afastou de seu reflexo. — Não sei. Quero dizer, Gus adora ele. Isso me faz feliz.

— Hum.

— E você, o que acha?

Martin cruzou os braços sobre o balcão da cozinha. — Zoya Temnikova era uma mulher extraordinária. Você provavelmente não percebeu isso, mas ela e eu chegamos a nos conhecer bem, como apenas dois empregados da casa podem conseguir.

— Martin! Ninguém pensa em você como um "empregado da casa".

Ele sorriu e disse:

— Na verdade, eu a admirava. Estou triste que ela se foi. E vou sentir falta da garrafa de vodca que ela me dava todo Natal. — Ele se endireitou no banco e destacou a lista de compras de seu bloco de notas. — Dito isso, acho que Will é exatamente o que Gus precisa. E mais: sua avó teria adorado esse professor.

— Como você sabe? — Lucy perguntou. Ela suspeitava que ele estava certo. — Você só o viu duas vezes.

— Eu sei, só isso. Sua avó e ele... Os dois são, seriam, espíritos da mesma natureza.

9

Durante o resto da semana, Lucy fez questão de não ficar em casa quando Will estava lá. Não queria ouvir mais perguntas nem dar continuidade àquela conversa. Muito menos ser convidada para tocar ou escutar comentários sobre como tinha sido trágico o fato de ela ter desistido. Todos os dias, Lucy ia para a lanchonete assim que a aula terminava e pegava dois cafés — um para ela, outro para o professor Charles; depois fazia a lição de casa na sala enquanto ele ainda estava lá, corrigindo trabalhos. Lucy se sentia segura perto dele, não temia surpresas.

Sábado de manhã, percebeu que não estava a fim de encarar o dr. Bauman, pai de Reyna. Seria a primeira visita ao consultório depois que soubera dos detalhes mais sórdidos do divórcio. Como agir com as pessoas quando elas sabem que *você* está sabendo de algo que elas — e você — preferiam que não soubesse?

— Eu poderia simplesmente parar de usar isso. — Lucy estava despejando cereal no seu prato, com a mãe diante dela, trabalhando no *laptop*, sobre o balcão da cozinha. Gus e o pai estavam fora, fazendo alguma coisa de pai e filho que Lucy suspeitava envolver rosquinhas e chocolate, o que eles nunca confessariam.

— Usar o quê?

— Meu aparelho.

A mãe ergueu o olhar. —Você não pode parar *agora*. Seria como abandonar a maratona no trigésimo quinto quilômetro. — Seus olhos se encontraram por um segundo, pois ambas pensaram o óbvio: não seria a primeira vez.

Lucy deixou passar.

— Talvez eu pudesse continuar com outra pessoa — sugeriu.

— Eu sei. É desagradável. — Os olhos da mãe subiram até os cabelos de Lucy, que declarou, agitando os fios arrepiados, que não estava usando a fronha de seda.

— Eu gostava de ir lá. Gostava dele — disse Lucy. De todos os pais que ela conhecia, dr. Bauman era o mais fofo e legal. Tinha cabelos pretos e os mesmos olhos azuis intensos que Reyna tinha herdado, e ele era engraçado e encantador. Não era à toa que tantas mães frequentavam o seu consultório.

Na verdade, Lucy queria que a mãe admitisse que a situação era mais do que desagradável. Algo fora perdido. Em vez disso, a mãe voltou a digitar e disse: — Você não precisa pensar nele como um modelo de homem. Ele é um bom profissional e basta. Você tem que acabar com isso.

— Mas é assim tão... — *Triste.* — Tudo bem. — Lucy concluiu. Ela já devia saber que procurar a mãe em busca de consolo sobre basicamente qualquer coisa era perda de tempo.

Naquele dia, a caminhada para a casa de Reyna pareceu muito longa. Embora fossem apenas sete ou oito quarteirões, era preciso enfrentar uma subida puxada nos últimos trechos. Quando finalmente chegou, Lucy ficou diante da entrada do consultório e pensou novamente em cabular o compromisso e ir direto para o quarto de Reyna. Mas isso a colocaria em apuros, e acabaria tendo que voltar mais tarde.

O novo recepcionista era um rapaz — uma solução prática para frustrar qualquer situação inadequada enquanto o divórcio não saía.

— Oi — disse Lucy —, tenho consulta marcada às dez horas.

— Fique à vontade. O dr. Bauman logo vai atendê-la.

Sentada em uma daquelas poltronas onde era impossível ficar à vontade, Lucy começou a digitar um torpedo para Reyna quando o dentista saiu da sala, sorrindo. — Lucy, você está cada vez mais bonita!

Ele dizia isso desde sempre, mesmo durante os anos superestranhos da adolescência quando aquele tipo de elogio era uma mentira deslavada. Antes, sempre recebia essas delicadezas como uma coisa amigável e paternal. Agora, ela não conseguia esconder o mal-estar e tentou se desvencilhar de seu abraço com a maior naturalidade possível, sem ser rude.

— Obrigada — disse ela.

— Sente-se, querida. — Ele a conduziu pelos ombros para o interior do consultório.

Não aconteceu nada de diferente. Ele fez o mesmo tipo de exame de sempre, mas a forma como colocou os dedos sobre os lábios dela e o cheiro das luvas de látex, a maneira como a perna dele roçou ligeiramente quando teve que pegar a ficha, os barulhinhos — *hum-hum* — que ele fazia enquanto examinava a boca dela... de repente, tudo o que antes parecia tão normal e inocente agora tinha um ar meio pecaminoso, influenciado pelas coisas que ela sabia. A antiga recepcionista, a história com a mãe de Soon-Yi Pak. E mais outras.

No mesmo segundo em que o dr. Bauman tirou a mão do seu rosto, Lucy se afastou automaticamente, num reflexo nada sutil. Para disfarçar, fingiu estudar o cartaz que estava na parede ao lado, com imagens de dezenas de dentes branquinhos, lábios retraídos e gengivas vermelhas.

O dr. Bauman rodou a cadeira para a escrivaninha, arrancou as luvas e fez algumas anotações na ficha. — Alguma dor de cabeça ou outro tipo de dor? Especialmente quando você acorda?

— Não.

— E o resto, vai bem?

— Sim.

— Como anda Gus?

— Bem. — Ela passou as mãos sobre os joelhos, alisando a costura do seu *jeans*.

Pensou que ele ia comentar algo sobre os dentes, o tipo de ajuste que faria no aparelho, aumentando ou diminuindo o tempo de uso. Mas ele disse:

— Você vomitou no meu Jaguar quando tinha nove anos. Ajudei você a organizar um enterro para o seu porquinho-da-

-índia. Fomos aos seus concertos. — Ele parecia magoado e cansado. — Sou eu, Lucy.

Ela se obrigou a olhar para ele e acenou com a cabeça.

— As coisas são sempre mais complicadas do que se pensa — continuou ele. — Você vai descobrir quando for mais velha.

Ela esperava que não.

— Tudo bem. Me dê cinco minutos e, na próxima vez, poderemos terminar. — Ele sorriu uma triste versão de seu antigo sorriso vencedor. — Presumo que você vá lá em cima para ver Rey. Diga a ela que eu mandei oi.

♪ ♫ ♪

Reyna tinha dividido o conteúdo de seu armário em várias pilhas. Apontou para uma das menores. — Isso é para você experimentar. Principalmente os *tops*, é óbvio, já que as suas pernas são quilômetros mais longas que as minhas. Mas há algumas saias que podem não ficar indecentes.

— Obrigada.

Lucy sentou-se na beira da cama por algum tempo, pensando se devia ou não transmitir o recado do dr. Bauman. O humor de Reyna parecia um pouco... volátil. Ela tirou um vestido de festa brilhante de um cabide e o ergueu.

— Meu pai me deu isso para usar na festa de arrecadação de fundos do museu. Um modelo meio periguete, não acha?

— Parece o tipo de roupa que as pessoas usam nesses eventos.

Ela atirou o vestido na direção de uma pilha próxima.

— Descartar! — disse.

Lucy estendeu a mão e puxou o vestido para perto dela: era tão lindo, de um vermelho-rubi que ficava totalmente incrível sobre a pele de Branca de Neve de Reyna.

— Talvez você devesse guardar este. Coloque na pilha "vou pensar no caso".

Reyna ficou parada por uns segundos encarando o vestido, depois balançou a cabeça e voltou para o armário, empurrando os cabides para o lado. — Sinto muito, mas neste momento eu odeio essa roupa. E tudo o que ela me faz lembrar — disse e olhou para trás: — Experimente as roupas, por favor. Isso vai me animar.

Alguns dos *tops* preferidos de Reyna estavam na tal pilha, por exemplo, a polo da Burberry com mangas xadrez, que ela tinha comprado há pouquíssimo tempo. Lucy sentiu um aperto no peito, mas vestiu só para satisfazer a amiga. Então ela percebeu que Reyna estava na ponta dos pés, tentando alcançar as caixas de sapatos guardadas na prateleira superior do armário.

— Aqui. — disse Lucy, pegando as caixas sem nenhuma dificuldade.

Reyna franziu o rosto olhando para tudo aquilo. Então Lucy colocou as caixas no chão e abraçou Reyna, que disse: — Ai, meu Deus, Lucy. É tão horrível. Você nem imagina.

— Sinto muito. — O estômago de Reyna tremeu um pouco contra o dela, como se estivesse segurando um enorme soluço.

— A gente era uma família feliz. Quer dizer, eu achava...

— Eu sei. Eu também.

Reyna se soltou, e Lucy aproveitou para pegar a caixa de lenços de papel que estava na mesinha de cabeceira. Reyna tirou um e assoou o nariz.

— E o pior é explicar para Abby *sem explicar*. Eu e mamãe tentamos ter cuidado com o que dizemos. Não podemos soltar tudo e falar "Papai é um saco de merda mentiroso e falso", sabe?

— Entendo.

— Odeio os homens. É sério. — Reyna atirou o lenço no chão, pegou outro e, enquanto assoava o nariz pela segunda vez, finalmente conseguiu dar uma boa olhada em Lucy com a polo. Ela riu, soluçando.

— Você não pode usar isso. Quando foi que seus seios ficaram tão impressionantes? É obsceno.

— Vou guardar isso para você. E o vestido, tá bem? E qualquer outra coisa. Vou guardar tudo com as minhas coisas lá em casa para o caso de, algum dia, você mudar de ideia.

Reyna acenou com a cabeça e abraçou Lucy de novo.

— Você é uma boa amiga. A melhor.

— Você também. — Lucy tirou a polo e colocou a própria camisa de volta. — Vamos sair daqui. Podemos arrumar essa bagunça depois.

♪ ♫ ♪

Passaram na casa de Carson e se dirigiram calmamente para a Highway 1 no Mini Cooper de Reyna — Lucy na frente e Carson curvado no espaço mínimo do banco traseiro. À direita, o oceano Pacífico brilhava azul e profundo, sob a luz do meio-dia, desenhando sombras gigantescas nos penhascos da falésia. Era hipnótico, deslumbrante.

Lucy pensou:

Lindo lindo lindo.

Desde quando ela não tinha esse tipo de pensamento? Um sentimento de alegria, a sensação de que as coisas estavam certas ou, pelo menos, bem, porque mesmo que a sua própria vida não fosse perfeita, havia esse *mundo*. E ela estava *vivendo* nele, de alguma forma, longe dos pais, das aulas, das salas de ensaio.

— À maravilha da beleza sob todas as suas formas — disse ela em voz alta, para sentir a força das palavras de Will naquele brinde, agora saindo da sua própria boca.

— O quê? — Reyna gritou, fazendo sua voz sobressair sobre o vento que soprava pelas frestas das janelas do carro.

— Nada.

Tinha que existir um jeito de se maravilhar de novo, sem que houvesse necessidade de estar conectada a um piano. Mais tempo na natureza, talvez? Ou ajudando os outros? Quem sabe ela poderia se inscrever para uma viagem de escavação de cisternas no Sudão ou algo assim.

— Eu não consigo ouvir você!

Carson deu uma guinada para a frente para tirar o fone de Reyna do painel. — *De qualquer forma* — disse ele, batendo no ombro de Lucy —, o que você está dizendo?

— É legal aqui fora. Só isso. — Ela virou-se desajeitadamente no banco da frente para ver se ele estava com o celular na mão, como sempre. E estava. — Você teria notado se tivesse deixado essa droga de lado por cinco minutos.

— Aha! Bem, adivinha só? Eu *notei* e estava atualizando meus seguidores sobre esta vista magnífica.

Ele mostrou o celular e Lucy aproveitou para pegar o aparelho.

— Seus *seguidores*? Bem, agora estou dizendo a eles que você está indo curtir a vida por algumas horas.

— Lucy! Me dá isso!

— Você parece minha irmãzinha, Carson Lin — Reyna disse, rindo.

Lucy se esquivou das mãos de Carson, que tentavam alcançá-la por cima dos ombros, e inclinou o corpo para a frente até conseguir jogar o celular no fundo da bolsa.

— Pronto.

Carson se largou no banco de trás, derrotado. — Uau. Nem sei o que dizer sobre isso. Eu me sinto violado.

— Chama-se intervenção — disse Reyna. — Você vai sobreviver. Agora alguém liga o som de volta, por favor!

— Minha vez de escolher a música. — Lucy conectou o fio do estéreo em seu celular e rolou o dedo pela tela até encontrar Vivaldi e teclar *play*.

Logo que as notas da abertura encheram o carro, Reyna gemeu. — Depois dos quinze primeiros anos de sua vida, você ainda não cansou disso?

— Talvez, em vez de já ir concluindo que odeia, você possa ouvir!

— Não é ruim — admitiu Carson.

— Psiu!

O *allegro* do concerto "Inverno" começou. Lucy adorava essa peça. Obsessivamente.

Ela aumentou o som e abriu a janela todinha, sentiu o vento frio chicoteando o rosto Os violinos avançavam num ritmo constante até o momento em que a peça explodia no tema principal. Essa era a parte preferida de Lucy: aquele milésimo de segundo entre a antecipação e a alegria plena.

Alegria pura.

Lucy fechou os olhos e estendeu o braço para fora do carro para sentir o vento. E se esticou mais e mais, e então soltou um grito, tímido no início, depois mais alto. Vagamente consciente das risadas de Carson e Reyna, ela bateu a mão na porta do carro e abriu os olhos de novo, que se encheram de lágrimas com a força do vento. À sua frente estava o oceano implacavelmente deslumbrante.

O mundo estava repleto de beleza.

Ela queria agarrar tudo aquilo e guardar a sensação dentro de seus ossos. No entanto, sempre parecia estar fora de seu alcance. Às vezes, e só por pouco tempo, como agora, sentia que era quase possível.

Ela sabia: não se pode esperar ter esse tipo de felicidade o tempo todo.

Mas, às vezes, sim. Às vezes, a gente podia se permitir manter um pouco de alegria por mais de cinco minutos. Não era pedir muito, ter um momento como esse e ser capaz de retê-lo um pouquinho.

Sentir-se viva.

10

As pernas pesavam feito chumbo. Fazendo um esforço enorme, ela tentou fugir de qualquer maneira, com a sensação de que era a centésima vez que andava em volta daquela pista. Seu corpo era grande e desajeitado, e o professor Charles parecia ser o treinador, só que ele nunca tirava os olhos de sua prancheta. Ela era invisível? De repente... percebeu que estava com muita vontade de fazer xixi. Tinha que ser já! Encontrou um banheiro público, mas todas as privadas estavam inundadas ou imundas e nenhuma das portas dos reservados fechava totalmente. Ela teria que se inclinar para a frente e segurar a porta tentando desviar de toda aquela sujeira.

E alguém estava tentando entrar, empurrando a porta, insistindo, dizendo seu nome, *Lucy, Lucy, vamos lá, Lucy...*

— Lucy?

Ela abriu os olhos. O pai estava de paletó, debruçado sobre a cama dela.

— Merda — murmurou ela, estremecendo com a pressão na bexiga. — Que horas são?

— Hora de sair.

— Que *dia da semana* é hoje?

— Segunda-feira, *poulette*... Acorde, acorde, *vamos!*

Ela jogou as cobertas para o lado e correu para o banheiro.

♪ ♫ ♪

— Mamãe cansou de esperar e já foi com Gus. — Eles estavam no carro do pai, a mochila ainda aberta no meio das pernas de Lucy, papéis saindo e se espalhando por todos os lados. — Acho que você vai ter que encarar uma conversa com ela quando chegar em casa hoje.

— Com certeza.

Estava desesperada por um café e até achou que o pai provavelmente pararia, se ela pedisse, mas não podia correr o risco de se atrasar de novo, aparecendo na aula de inglês com um copo de café na mão.

— Tudo bem? — ele disse, cutucando o joelho dela com o braço.

Seu pai tinha um talento especial para fazer esse tipo de pergunta em momentos com zero tempo para as explicações que teriam que vir depois de um "não". Então ela sempre se via dizendo "sim", como fez agora.

Eles andavam distantes um do outro ultimamente. O pai quase nunca estava por perto, apesar de não ter outro trabalho além de ser empresário de Gus e participar do conselho de alguns negócios de vovô Beck. De qualquer forma, como poderia explicar para ele o que estava acontecendo se nem ela mesma entendia... *E se eu estiver a fim de tocar de novo?* Ela se imaginava perguntando. De todas as pessoas da família, era com o pai que conversaria com mais facilidade.

— Foi só um sonho chato, coisas da ansiedade... — disse ela. Estavam a dois quarteirões da escola.

— Ah. Tem teste hoje?

— Não. É só... a vida, eu acho — disse Lucy sacudindo a cabeça.

— A vida — o pai repetiu, parando em frente ao portão da entrada. — Cá estamos.

Lucy se inclinou e deu um beijo no rosto áspero do pai. Só de perceber o cheiro de café no hálito dele, seus sentidos se animaram — talvez ela pudesse correr até a lanchonete depois do inglês.

— Peça desculpas à sua mãe mais tarde, tá? Sobre o atraso.

— Pai...

— Faça isso.

♪ ♫ ♪

Quando ia entrar na sala, o professor Charles, que estava de costas para a porta, dirigiu-se à classe e perguntou:

— É a Lucy?

O tom de sua voz fez com que ela parasse ali mesmo, antes de cruzar a entrada.

Os alunos responderam afirmativamente. O olhar de Mary Auerbach denunciava um sorriso irônico.

Ele levantou a mão e, ainda sem se virar, acenou e disse:
— Tchauzinho.

Espere aí. Como assim? Aquilo era sério? Ele deveria olhar para ela, pelo menos. Ele devia se virar e...

Ele não podia simplesmente enxotá-la para fora da classe.
— Sinto muito... Eu...

O professor Charles ergueu a mão de novo.
— Não.

Mary não se segurou e riu sarcasticamente.

Sua idiota. Lucy deu as costas para a classe, empurrou a porta e saiu para o corredor, humilhada e furiosa. Sabia que estava atrasada e, claro, era sua culpa, mas ele tinha que fazer isso na frente de todo mundo? Especialmente com ela. Quem mais levou café e pão de abóbora e entendeu suas palestras da maneira que ele queria que fosse? *Ninguém, só eu.*

Caminhou pelo corredor e chorou, envergonhada. Provavelmente deveria ir para a biblioteca ou algo assim e trabalhar no seu projeto ou em qualquer outro dever de casa. Mas seu estômago roncou, ela precisava de cafeína e, acima de tudo, queria sair do prédio.

Talvez Reyna estivesse disposta a cabular a segunda aula e tomar café da manhã com ela. Mas, no meio da mensagem de texto, Lucy se deu conta de que não estava a fim de falar com ninguém.

Saiu da escola, sozinha.

♪ 🎵 ♪

Pensou que estaria segura esgueirando-se pela cozinha por volta das dez e trinta — a mãe raramente aparecia por lá àquela hora, a menos que Martin estivesse de folga. Mas os dois estavam lá, em meio a uma conversa que parou abruptamente quando ela entrou.

— Nem tente me dizer que está doente — observou a mãe. — Papai comentou que você estava bem.

— Estou... Estava... Não me sinto muito bem agora.

Verdade. Ela tinha passado numa lanchonete antes de voltar para casa, mas, apesar do café e dos ovos com bacon, seu estômago ainda doía cada vez que pensava no "não" do professor Charles.

A mãe apertou os olhos. Lucy se preparou para começar a enumerar alguns sintomas adicionais quando a mãe chegou pertinho e colocou o cabelo de Lucy atrás da orelha esquerda.

— Bem, minha tia Birgit faleceu esta manhã. Acabamos de receber a ligação — ela disse.

Ah. A irmã bem mais velha da vovó Beck, que nunca tinha saído da Alemanha. Lucy só a encontrara uma vez, anos atrás, quando estava em uma turnê.

— O que aconteceu?

— Ela tinha 97 anos, foi o que aconteceu. — Os olhos da mãe encontraram os dela, e Lucy viu lágrimas lá, ou pelo menos algum sinal de sofrimento, e não soube por que isso deveria ser estranho, mas o fato é que ficou surpresa.

— Sinto muito — disse, abraçando a mãe. O gesto pareceu artificial. Ainda assim, ela se segurou por alguns poucos segundos.

A mãe recuou e tomou fôlego pelo nariz, de um jeito barulhento. — Vovô e eu estamos indo para o enterro, em Dresden. Faz muito tempo desde a última vez em que ele esteve lá. Vamos espalhar as cinzas da vovó.

Lucy buscou o olhar de Martin; ele olhou para o chão. Meses antes, as cinzas de vovó tinham virado uma questão. Quando ela morreu, a primeira ideia foi conseguir um nicho no pombal; depois, pensaram em espalhá-las no mar. Então vovô não quis mais discutir o assunto e as manteve em seu quarto, e Lucy percebeu que acabariam ficando lá e pronto.

— Por que não fazer isso aqui? — Lucy perguntou. Ela não gostava de pensar na memória da avó indo para tão longe.

— É o lugar onde ela nasceu. E onde ela e vovô se conheceram. Ela sempre quis voltar para lá depois da reunificação.

Não acho que era desse jeito que ela imaginava voltar para lá.

— Vovô está em casa?

— Acho que sim, provavelmente no escritório. Por quê? — A mãe parecia desconfiada.

— O que acha? Quero conversar com ele.

— Ele está cansado, Lucy.

— Não vou convidá-lo para correr. — Ela queria falar sobre as cinzas, talvez houvesse uma maneira de fazer parte da cerimônia, mesmo que não pudesse estar lá. Ele devia isso a ela — afinal, roubara a chance de Lucy se despedir da avó.

— Tudo bem, espertinha. Depois, você vai para a cama já que está tão doente que nem consegue ficar na escola.

♪ 🎵 ♪

Desde sempre, o escritório do avô era um lugar fascinante para Lucy. Misterioso. Todas as paredes eram revestidas com discos, carretéis de filmes, CDs, fitas cassete, principalmente discos de vinil com suas capas duplas e longos encartes. Tinham cheiro de mofo misturado com poeira e um toque do perfume do avô. Ele a ensinara a usar seu toca-discos. Nisso, não fora mesquinho nem controlador, queria mesmo que ela conhecesse sua coleção tão bem quanto ele. Fazia tanto tempo...

Na verdade, ele não estava lá. Talvez estivesse cochilando. O que era bom, porque, agora, prestes a entrar naquele espaço, ela tinha perdido a coragem de falar sobre a avó. De qualquer maneira, empurrou a porta com o pé.

Estava escuro. Ele mantinha as persianas fechadas para proteger as gravações do sol e do calor. Lucy caminhou até a escrivaninha, acendeu o abajur e uma onda de luz aqueceu o quarto. As coisas sobre a mesa dele nunca mudavam: um mata-borrão, uma pilha de fichas de arquivo, seu conjunto de canetas e, em pé, o retrato emoldurado de vovó. Lucy sentou-se na cadeira dele, tocou em tudo e endireitou sua pilha de fichas de arquivo.

Elas eram para o catálogo dele.

Cada gravação guardada naquela sala tinha uma ficha anexa, com a crítica do avô registrada num cartão que, Lucy acreditava, era feito com suas notas escritas em tom de "Eu sei melhor que ninguém".

Às vezes, a letra cursiva, com uma caligrafia cuidadosa, cobria todo espaço do cartão. Em alguns casos, porém, havia poucas palavras sobre a peça, sobre a gravação ou, ainda, sobre o maestro ou o solista:

Uma decepção.

Primeiro movimento vigoroso, mas falha como um todo.

Colorido e cheio de energia no scherzo[9], *com um adágio adequadamente triste. Acústica encantadora para uma gravação ao vivo. Gostaria de ter estado lá.*

A mediocridade vence novamente! Por que esse homem ainda continua tocando?

Lucy se levantou e examinou as prateleiras até encontrar uma gravação especial, que estava exatamente onde deveria estar, junto com os primeiros românticos: Schubert e Schumann, Berlioz, Verdi. Era o LP de um compositor menos conhecido daquela época, algo que Lucy descobrira anos atrás quando vivia querendo saber tudo o que seu avô fazia. Na época em que ela se importava com a música mais do que com qualquer coisa.

O tal compositor também tinha sua ficha, é claro. Ela deslizou o disco para fora e o colocou no toca-discos, soltou os fones de ouvido para eliminar o ruído, e ficou lá relendo a ficha do álbum, que ainda sabia quase de cor:

---

9 Scherzo é o nome dado a alguns movimentos de uma composição que possuem maior duração, como uma sonata ou uma sinfonia. Às vezes, coloca-se a palavra scherzando na anotação musical para indicar que uma determinada passagem deve ser executada de maneira graciosa. (N. do E.)

Gravação razoável de uma bela peça. A execução da cadenza li-vre *é esperta, e faz jus ao que uma* cadenza livre *deve ser. Exultante. Vívida. Traz à mente Hannah. Sempre que ouço, vejo-me lembrando de nossos passeios descalços sobre as folhas naqueles primeiros outonos de nosso casamento, e de como ela deixava os cabelos compridos soltos pelas costas. Sempre quis tocá-los, e agora eu não me lembro se o fiz.*

Como o tempo nos trai.

Muitas vezes, Lucy se perguntou por que ele tinha deixado algo tão pessoal num lugar que, ele sabia, ela ia acabar encontrando. Havia outras notas pessoais e lembranças espalhadas por toda essa coleção, mas nada tão particular como isso. A conclusão a que tinha chegado é que este talvez fosse o único modo de ele se expressar.

Se não tivesse certeza de que ele iria notar, Lucy furtaria aquela ficha.

A música agora fluía em seus ouvidos e penetrava em seu coração. Ela imaginou o avô e avó, Hannah, andando descalços sobre as folhas, o barulho gostoso que seus pés provocavam cada vez que pisavam na folhagem, os cabelos da avó, que Lucy tinha conhecido já curtos e grisalhos, antes escuros e longos, caindo em cascata pelas costas, e o avô estendendo a mão para tocá-los e depois mudando de ideia.

Ela ficava imaginando o que aquela última linha podia significar e tentava adivinhar se ele chegara a dizer à avó tudo o que essa música despertava nele.

Esse era o efeito da música: ela fazia as pessoas sentirem. Só se você fosse vovô Beck, seria *permitido a* você sentir. Mas ouvir e ler as palavras dele, imaginar como suas lembranças o tocavam, tudo isso permitia a Lucy ver seu avô como alguém além de um coração de pedra que ficara sentado no meio do público enquanto a esposa estava morrendo.

Música, seu avô sempre lhe dizia, era linguagem. Uma linguagem especial, um dom das Musas, que todas as pessoas nascem compreendendo, mas só alguns — poucos — conseguem traduzir completamente.

Para seu avô, ela, Lucy, era uma dessas raras pessoas.

Ouvir e tocar são duas coisas diferentes; cada uma envolvia seu próprio tipo de tradução. Agora, Lucy escutava e traduzia.

As folhas. Os pés descalços. Os cabelos soltos da avó. O toque do avô, que não chegou a acontecer.

Sim, o mundo era lindo.

Mas a música fazia com que aquela beleza pertencesse a cada um, de um jeito só seu.

Nada mais poderia fazer isso. Nada.

11

Naquela tarde, Lucy desceu pelas escadas, sorrateiramente, bem na hora da aula de Gus, e se escondeu no corredor, do lado de fora da sala de piano. Reconheceu os incansáveis ritmos regulares de Bach. Não era a sua peça preferida. Ela havia executado aquela *ricercata* em uma competição certa vez.

Então a música cessou, e Will disse:

— Tudo bem, pense no fraseado. Enfatize a estranheza daquele trecho, certo?

Mais música. Diferente. Melhor.

— Ótimo — Will disse. — Você percebeu?

— Sim. — Gus parecia animado, como se tivesse feito uma descoberta, e repetiu o trecho.

Lucy recostou-se na parede e repassou a peça em sua cabeça, acompanhando o irmão. Sentiu a lembrança da música vibrando em seus dedos.

— Se você relacionar estas duas medidas com estas outras duas... — instruiu Will, interrompendo Gus de novo —, o que você obtém?

— Hã...

— Espere um instante, Gus. Continue trabalhando nesse fraseado.

Repentinamente, a porta da sala de música se abriu e Will apareceu do lado de fora. Simpático, como sempre, de *jeans* e camiseta azul-marinho de mangas compridas.

— Ah! — disse ele. — É você. Tive a impressão de que tinha alguém aqui fora. Pensei que poderia ser sua mãe ou seu avô. Sabe, espionando.

Lucy se endireitou.

— Desculpe. — Ela espiou pela porta e vislumbrou as costas de Gus, trabalhando sobre o teclado com o máximo de concentração.

— Tudo bem. Fico feliz em ver você. Depois que conversamos, na semana passada, você desapareceu.

— Estive ocupada.

— Você... quer entrar?

Ela balançou a cabeça, mas não se mexeu. Então ele puxou a porta até quase fechá-la:

— Você está bem?

— Saí mais cedo da escola hoje. Mas, sim, tudo bem. Não estou doente.

Ele tinha um jeito de olhar para Lucy como se estivesse sempre pronto para ouvir mais do que ela queria dizer. Tinha sido assim na escada, na noite em que se conheceram, e também agora.

— Estava no escritório do meu avô — continuou ela. — Ouvi esta peça, e... — Lucy mexeu nos cabelos, tocou o rosto e olhou para trás, querendo se certificar de que ninguém estava por ali. Gus continuava praticando diligentemente. — Sabe, aquilo que me perguntou outro dia... Sobre ter sentido vontade de tocar?

Ele acenou a cabeça.

— Você acha mesmo que eu conseguiria?

— Você está perguntando se eu acho que você... seria capaz? — ele perguntou, com um sorriso perplexo. — Claro. Oito meses não é pouco tempo, mas também não é muito, não para alguém com o seu talento.

— Não. Como se... eu pudesse... eu... — Era muito difícil de explicar. — Deixa para lá, tudo bem.

Ela se moveu como se já estivesse indo embora.

— Você quer dizer se teria permissão — Will disse, mantendo a voz baixa. — Depois do que aconteceu, do jeito como você desistiu.

Seus olhos se encontraram. Lucy aguardou uma resposta.

Ele deu um sorriso.

— Ninguém vai prendê-la.

Lucy pôs a mão na parede e alisou o gesso texturizado. — Eu sei — disse ela, sem entender exatamente o que esperava ouvir dele. — Desculpe. Você está ocupado.

— Tudo bem. Quero dizer, estou, mas, olha, seja lá o que decidir, você me faz um favor? Se precisar falar sobre essas coisas, se quiser um conselho ou uma opinião ou apenas um ouvido, pense em mim como um amigo?

Ela deixou o braço cair ao seu lado.

— Sério?

Ele acenou positivamente com a cabeça.

— Sério.

— Tudo bem.

— Bom — disse ele —, é melhor eu voltar para a sala. Enquanto isso, você pode tentar se imaginar tocando novamente, para você mesma. Sem mãe ou avô. Sem competição. Esqueça tudo isso. Imagine: só você.

Ele apontou: — Você e a música.

♪ ♫ ♪

Naquela noite, Lucy não dormiu, mas se permitiu sonhar.

Ficou tentando imaginar como seria: só ela e a música, como Will dissera. Isso não foi nada fácil, mas finalmente conseguiu, chegou lá, mentalmente, e se sentiu...

Bem, foi doloroso. Porque parecia impossível.

Tropeçava sempre na parte em que seu avô descobriria.

Acho que esta é a sua decisão final, Lucy.

Não tinha sido uma pergunta, e ela nunca teve a chance de dizer se era ou não.

Nunca pôde ter certeza.

Intermezzo

Depois de Praga, quando chegou em casa, Lucy ainda teve a chance de ver o corpo da avó antes da cremação. Mas não quis. A ideia parecia macabra, e não mudaria nada. O pai, o avô, a mãe e Martin foram. Lucy decidiu ficar em casa com Gus, que também não quis ir.

— Eu a vi no hospital — ele disse a Lucy, quando estavam na sala de TV, reclinados em seus lugares preferidos, no canto, com o aparelho ligado, mas sem som. — Logo depois.

— Qual foi a última coisa que ela disse para você? — Lucy perguntou.

— Não me lembro.

Ela se ergueu um pouco.

— Como assim, você não se lembra?

— Não grite comigo. Não me lembro. Ela não estava falando muito. Ela estava, sei lá, no espaço.

Lucy recostou-se novamente.

— Tudo bem.

Eles olharam para a tela em silêncio. Então Gus disse:

— Você simplesmente saiu do palco?

— Sim.

— Você se sentiu... — ele girou o dedo em volta da orelha e continuou: — Assim... louca? Como se não soubesse o que estava fazendo?

— Não. Eu sabia perfeitamente o que estava fazendo.

— O que você...

— Gus, não quero falar sobre isso. — Ela se levantou e pôs o som da televisão de volta, depois saiu na direção do seu quarto.

No caminho, ela se flagrou parando para olhar o Hagspiel. Sem pensar, foi até a banqueta. A nogueira cor de mel do piano parecia implorar para ser tocada, mas ela se recusou.

Com cuidado, evitando um contato real com a madeira, Lucy tirou as várias partituras com as quais estava trabalhando antes de partir para Praga, separou-as do trabalho de Gus e fez uma pilha que colocou no armário onde guardavam suas músicas. Depois disso, nunca mais quis ver as notas em uma página novamente.

Examinou a sala em busca de coisas que poderia ter deixado para trás e as coletou: o travesseiro especial que usava para os treinos longos, a lixa de unha na mesinha ao lado da namoradeira, uma pilha de CDs.

Quando teve certeza de ter tirado dali todas as evidências de si mesma, Lucy saiu e fechou a porta.

12

Terça-feira de manhã, já no carro e sem estar atrasada, ela falou:

— Ouvi você trabalhando no Bach ontem, Gus. Estava bom.

— Comecei com a Temnikova. Mais ou menos há um mês.

— Você está aprendendo rápido.

Os olhos da mãe se movimentaram para os de Lucy pelo espelho retrovisor por um breve segundo. Então, olhando para Gus, ela disse:

— É *isso* que você está preparando para o recital? Fico pensando se você não deveria fazer algo que conhece há mais tempo. Vou conversar com o Will — comentou a mãe, aproveitando a parada num semáforo para teclar um lembrete no celular.

Assim que deixaram Gus na escola, ela perguntou a Lucy:

— Você acha que Bach é uma boa ideia? É tão complexo. Lembra-se de como você...

— Sim, eu me lembro. — Certa vez, ela havia tocado essa mesma peça em uma competição e se confundira um pouco no meio. O tema se repetia de tantas formas, era fácil se perder.

— Eu me preocupo que seja um pouco... árido. E não é tecnicamente ambicioso? Trata-se de uma apresentação para arrecadar fundos. Não é uma competição. As pessoas querem se divertir.

Lucy olhou para fora da janela. *Só você. E a música.* Fácil para Will dizer.

— E nós não gostaríamos de desapontar todas aquelas "pessoas" importantes — disse Lucy.

Com um suspiro exasperado, a mãe falou:

— Você sabe do que estou falando, Lucy.

— Sim, você está certa. Não vale a pena tocar se não conseguir ser perfeita todas as vezes, como sempre digo.

Seja lá o que fosse que sua mãe quisesse dizer, o fato é que não disse. Ficou em silêncio durante todo o trajeto até a escola de Lucy, que saiu e bateu a porta do carro, torcendo para que o professor Charles não a odiasse totalmente por causa do dia anterior.

♪ ♫ ♪

Lucy chegou cedo. Mary Auerbach e o professor Charles eram os únicos na sala de aula, e estavam na mesa dele, rindo de alguma coisa quando Lucy entrou. Ela manteve os olhos em frente, foi direto para o seu lugar e começou a tirar os cadernos da mochila. Eles continuaram conversando. Lucy então pegou o livro da poeta que o professor lhe emprestara e os interrompeu:

— Obrigada por isso. Sei que é o seu próprio exemplar e é especial. Quer de volta? Ou...

Mary revirou os olhos e se dirigiu para sua cadeira. Outros alunos começavam a aparecer.

— Bem, quero, sim, depois que terminar. Mas você pode ficar com ele por quanto tempo precisar, Lucy.

— Me desculpe por ter chegado tarde de novo — ela murmurou, segurando o livro junto ao peito. — Depois de ter prometido que ia me esforçar mais.

— Obrigado por dizer isso.

Ela esperava mais. Pelo menos um *ainda somos amigos* ou *sei que você pode fazer melhor*.

Ele ergueu as sobrancelhas, como se perguntando por que ela continuava ali.

— Tenho uma pergunta rápida sobre o meu trabalho. — Ela colocou as mãos sobre a mesa e olhou para a caixa de entrada onde tinha deixado o bilhete e o pão de abóbora tempos atrás.

— Se for rápido. — O sino tocaria em um minuto; a sala já estava cheia.

— É... — Ela estudou os dois ou três pêlos que se mostravam acima do colarinho da camisa dele e percebeu que não se importava mais com o texto nem estava preocupada em impressioná-lo. Como ela podia ter pensado que escrever um trabalho de inglês despertaria nela a mesma emoção que a música?

— Eu esqueci o que ia dizer.

— Quando se lembrar, pergunte. Depois da aula?

— Sim, está bem — respondeu ela, desconfiando que não iria.

♪ 🎵 ♪

No almoço, Lucy disse a Reyna que queria sair depois da escola.

— Vamos subir uns morros — sugeriu Reyna. — Estou comendo demais há um mês, puro estresse.

Decidiram enfrentar as escadas da *Lyon Street*. Pelo menos trezentos degraus, mas uma vista incrível quando se chegava ao topo. É verdade que também precisariam encarar muitos turistas, porque aquele era um desses dias com ar de cartão-postal: pequenas nuvens macias flutuando num céu azul radiante sobre casas de milhões de dólares. Elas subiram a escadaria duas vezes e, logo em seguida, Reyna declarou que tinha direito a metade de um pedaço de bolo na melhor doceria da cidade.

— Não acho que funcione dessa forma — disse Lucy.

— Não funciona mesmo... Mas estou a fim de um doce.

Encontraram uma mesa ao ar livre.

— Minha avó costumava me trazer aqui o tempo todo. Ela quase sempre comia profiterole com creme — lembrou Lucy.

— Você ainda sente muita saudade dela? — Reyna quis saber.

— Sim. — Ela queria dizer algo mais, mas teve medo de começar a chorar.

Reyna fez uma cara de solidariedade, e levou uma garfada enorme de bolo até a boca de Lucy. — Isso vai aliviar a dor.

Lucy abriu a boca, e Reyna empurrou o bolo para dentro.

— Que classe! — disse Lucy, rindo, quando conseguiu falar de novo.

— Então, o que aconteceu para você querer sair comigo em vez de ficar com o professor Charles, como sempre?

— Sinto sua falta, é claro. — Ela pegou o próprio garfo e comeu mais bolo. — Além disso, acho que estou superando essa história. — Ela sempre brincava com Reyna sobre suas paixões estranhas, como a do violinista Joshua Bell, que ela tinha perseguido, certa vez, em um festival de música, ou com seu professor particular Bennett, apesar de ele — definitivamente — ser *gay*.

— Ah! A magia se foi? — Reyna perguntou.

Lucy balançou os ombros.

— Um pouquinho. — A ausência repentina de sua paixão parecia mais uma perda do que algo que ela quisesse mesmo deixar passar. Não entendia como isso funcionava, se era uma espécie de interruptor liga-desliga no seu subconsciente ou o que fosse. Talvez ela simplesmente não tivesse conseguido superar a forma como ele a tinha tratado ontem.

— Aqui está uma sugestão: alguém com menos de trinta, e que seja da escola.

— Ops, não é por aí! — Lucy não conseguia pensar em um cara da escola que a interessasse. Seu último namorado e o primeiro beijo tinham acontecido na oitava série. Nada a ver com a escola. Tinha sido com um pianista — Christian Lundberg, um garoto sueco grandão, com olhos claros e boca macia. Os dois estavam participando de um evento de caridade em Berkeley, 24 horas ininterruptas de piano, com um repertório bem eclético, algo que sua mãe curtia muito. Ela e Christian saíam durante os intervalos e, por volta das duas da manhã, tontos de sono, estavam zanzando lá fora quando ele, sem mais nem menos, perguntou: — Você quer ser minha namorada?

Lucy concordou com um "tudo bem".

Naquela noite, ficaram de mãos dadas, trocaram números de celular e começaram um relacionamento típico de dois jovens na oitava série, ambiciosos e ocupados demais para qualquer coisa além de alguns telefonemas, muitas mensagens virtuais e um passeio real para assistir a um filme. Foi aí que ele a beijou. Não durante os *trailers* ou os créditos, mas bem no meio da história, que Lucy estava adorando. Ela acabou se irritando por causa disso. E o pior é que o beijo nem foi grande coisa.

— Os garotos da escola têm medo de você — disse Reyna.

Ela já tinha ouvido esse papo.

— Explique-me novamente por que eu iria querer sair com alguém que tem medo de mim?

Reyna pousou o garfo.

— Tudo bem, talvez "medo" não seja a palavra certa. É mais uma atitude, um jeito de se comportar. Quando você voltou, no ano passado, era "aquele tipo de garota que vive na biblioteca e está sempre tomando café" e que nunca falava com ninguém, além dos professores, eu e Carson. Nós três sempre comemos sozinhos, e você nunca faz nada extracurricular.

— Minha *vida inteira* foi extracurricular. Estou cansada.

— Eu sei, mas antes de desistir do piano, você costumava reclamar sobre como *queria fazer coisas normais*. Nada muito além de participar do conselho estudantil ou da equipe de tênis ou até mesmo ir a *festas*. Você não faz nada disso. Então não conhece as pessoas, e elas não conhecem você. Os meninos ficam com medo ou acham que você está comprometida.

— Eu fui naquela aula da Cruz Vermelha com você — disse Lucy. — Foi um evento patrocinado pela escola.

— Parece que não funcionou muito.

— Acho que eu ainda estou me ajustando. Com a minha liberdade e tudo o mais.

Reyna apontou o dedo ameaçando Lucy de brincadeira.

— Então trate de se ajustar mais rápido. O último ano está chegando. — Dizendo isso, fez um sinal com os olhos, e Lucy se virou para ver o que a amiga estava apontando. Uma mulher mais velha tinha se aproximado da mesa — distinta, magra, de batom rosa e cabelos grisalhos puxados para trás em um coque. Ela parecia familiar, mas Lucy não conseguia reconhecê-la.

— Desculpe-me — disse ela, repousando a mão no ombro de Lucy. — Ouvi o seu irmão no rádio, no mês passado. Ele foi simplesmente maravilhoso. Você poderia lhe dizer?

Lucy sorriu.

— Sim, claro. Obrigada.

— Ele deveria continuar.

— Ele vai.

— E espero que vocês, meninas, pensem em participar da Gala de Abertura do ano que vem — disse ela, antes de entrar na padaria. Claro! Era por isso que ela parecia tão familiar: a Noite de Gala da Sinfônica, para a qual vovô Beck emitia um cheque polpudo todos os anos. Ela dirigia o evento.

— Ele deve continuar — Reyna sussurrou, imitando a mulher. — E não desistir, como *algumas pessoas*.

— Ela bem que poderia ter dito isso, certo?

Reyna assentiu com a cabeça e encarou Lucy alguns segundos antes de comer o último pedaço de bolo.

— O quê? — disse Lucy.

— Nada.

— Não faça isso, Rey. Fala!

— Você já... Vendo Gus fazer todas essas coisas legais, você já desejou não ter desistido? Sentiu vontade que ainda fosse você? — Reyna se inclinou para a frente. — Quero dizer, sei que você é a irmãzona perfeita. Mas, às vezes, só *às vezes*, você fica com inveja?

— Da atenção? Não. Bem, talvez um pouco. — Ela raspou a cobertura do prato com o garfo. — Acho que sinto mais ciúme vendo como ele adora tocar. — E da sorte de trabalhar com um professor como Will. Grace Chang tinha sido simpática e boa, mas Will era...

Reyna inclinou a cabeça. — Você acha que um dia... poderia voltar?

— Não sei. — Era a verdade, era toda a verdade.

— Bem, eu sentiria falta da atenção. — Ela se levantou e estendeu os braços sobre a cabeça. — Mas eu também sentiria sua falta se você voltasse. É incrível ter você ao meu lado na escola, não me deixe novamente!

— Não vou — Lucy prometeu.

13

A cerimônia da tia-avó Birgit seria na segunda-feira após o dia de Ação de Graças. A mãe e o avô de Lucy partiriam na quarta-feira anterior para ajudar nos preparativos, resolver alguns problemas da propriedade e visitar parentes distantes; o pai ficaria com Lucy e Gus.

— Vou combinar tudo com Martin para garantir que vocês tenham todas as coisas de sempre. — A mãe de Lucy deixou o celular e o *laptop* sobre a mesa durante o jantar, uma refeição simples de sábado: uma salada grande com sobras de frango, queijos variados e torradas de baguete. Os óculos de leitura de vovô Beck estavam empoleirados na ponta do nariz enquanto ele folheava a pequena agenda de couro que usava e completava desde que Lucy conseguia se lembrar disso.

Pelas "coisas de sempre", Lucy adivinhou que a mãe queria dizer recheio de maçã com linguiça, suflê de milho, torta de chocolate com pecã. Mas este seria o primeiro dia de Ação de

Graças sem vovó. *E* o primeiro, em anos, sem Temnikova, que sempre era convidada nesses feriados. Agora, também, o primeiro sem a mãe e o avô.

Ela revirou a salada no prato e olhou para o pai.

— Posso convidar Reyna e Abby? — perguntou.

A mãe respondeu antes que o pai conseguisse falar qualquer coisa.

— Elas não vão estar com a família?

— Acho que, com o divórcio, vai ser um dia de Ação de Graças meio estranho. — Ela insistiu com o pai: — Então, posso?

— É claro que pode. — Ele se serviu de mais vinho e arrancou um pedaço da baguete. — Convide quem você quiser.

— Will e Aruna? — Gus perguntou.

— Boa ideia — disse Lucy. Ela tinha ficado sentada do lado de fora da sala de música durante a prática deles na maioria dos dias daquela semana, no chão, com as costas contra a parede. Imaginando, pensando, ouvindo, a presença dela ignorada por Gus e, só às vezes, notada por Will. Na tarde de quinta-feira, antes de sair, ele a encontrou na cozinha, comendo um pacote de salgadinhos.

— Oi — disse ele.

— Oi! — Ela estendeu o saco para ele.

— Obrigado. — Ele pegou um pouco, e ficaram ali mesmo, mastigando. — Isso me lembra... — começou ele, e então ficou quieto. Lucy parou de comer e esperou que ele dissesse uma de suas coisas profundas, perspicazes. Ele segurava um salgadinho:
— Faço um guacamole incrível.

Eles riram.

— Não deve ser melhor do que o de Martin — disse ela.

— Então, como está?

Ela deu de ombros, fechando o pacote com um nó.

— Confusa, acho.

Então ele arrancou um quadradinho do bloco de notas magnético de Martin, sempre pendurado na geladeira, rabiscou algo e lhe entregou. Era o seu número de celular.

— Se algum dia estiver a fim de conversar, porque, você sabe, amigos ligam para os amigos.

Ela olhou para o papel, sorrindo.

— Amigos também enviam mensagens para os amigos?

— Enviam sim. Quando os amigos não estão dirigindo.

— Estou confusa — ela brincou —, mas não pensando em suicídio.

Lucy ainda não tinha ligado nem enviado uma mensagem. Não que não tivesse pensado nisso, só não tinha certeza do que diria.

Depois de algum tempo, vovô Beck tirou os óculos da ponta do nariz e marcou um lugar na sua agenda com eles. — Antes de ir convidando todo mundo, vamos falar sobre o que estamos achando do senhor Devi até agora.

— Ele pediu para chamá-lo de Will.

— Sim, tudo bem. Você acha, Gus, que fizemos a escolha certa?

A voz do avô tinha aquele tom lento e grave que quase prenunciava sua desaprovação. Por outro lado, o fato de pedir a opinião de Gus era bom sinal, e pela forma como ele se virou na direção do menino, Lucy poderia dizer que ele realmente se importava com a resposta.

Gus foi enfático com o seu "sim".

— Ele certamente tem uma excelente reputação — acrescentou o pai. — Peter Blakely o chamou de o "Operador de Milagres" em um artigo *on-line* que eu encontrei. — Piscou para Gus. — Não que você necessite de um milagre, Gustav.

— Peter Blakely é um fanfarrão — vovô Beck respondeu —, e um sicofanta.

— O que é isso? — Gus perguntou.

— Alguém que faz a carreira montado nos rabos de glória de outras pessoas.

— Ele é um jornalista respeitado — o pai falou para Gus.

— Mas que o seu avô, por acaso, odeia.

Lucy suspeitava de que não havia alguém ligado ao assunto de quem vovô Beck realmente *gostasse*. Seus inimigos, reais e imaginários, estavam por toda a parte.

Em seguida, a mãe fez um gesto para ela.

— Lucy o ouviu trabalhar com Gus no outro dia e achou que estava indo bem.

O avô e o pai se viraram para Lucy.

— Verdade? — vovô Beck perguntou. — Por favor, compartilhe o que viu! — Ele cruzou as mãos e olhou para a neta, com expectativa. Foi um desafio. Qualquer coisa que ela dissesse, ele poderia ir contra, apenas porque ela tinha desistido. Não só porque ela tivesse desistido, mas porque ela era uma Desistente.

Ela optou por não recuar.

— Ele tem uma espécie de musicalidade mais ampla, não sei. Temnikova realmente não tinha isso, sabe? Ela era ótima com a técnica, ela...

— Era a melhor — disse o avô, com o olhar impassível, firme.

— Sim, talvez, mas meio... fria. — Ela procurava o jeito certo de dizer. — A técnica parecia desconectada de tudo. Mais voltada para *o que* fazer do que *por que* fazer, quando...

— E você também sabe como tudo isso deveria se encaminhar?

— Pai — a mãe de Lucy disse —, deixe-a terminar.

— Acho engraçado que Lucy agora seja a especialista — retrucou vovô Beck.

Ela procurou os olhos do avô. Ele não parecia estar insensível como sempre: o rosto estava avermelhado. Por um momento, Lucy pensou que a raiva dele sobre tudo o que acontecera tinha passado, e que seus principais sentimentos por ela eram desilusão e desinteresse. Mas estava errada. A raiva continuava ali, tão fresca quanto naquele dia em Praga, quando ela voltou para o hotel.

Você, pirralhinha metida. Você, ingrata, descabeçada... Você acha que o que fez honrou a vida da sua avó? Isso a envergonhou, Lucy!

— Eu o ouvia praticar com ela todos os dias — continuou ela. — Fui a cada apresentação que pude. Sei tanto quanto você. — Ela se endireitou, sentindo a madeira da cadeira da sala de jantar fazendo pressão contra suas costas. Tentou se lembrar da citação, a de Vladimir Horowitz, que Grace Chang tinha escrito para ela, que o avô conhecia e gostava. Como era mesmo? Estava na ponta da língua.

Ele riu.

— Ah, sim, tenho certeza. Como você explica o sucesso do seu irmão se Temnikova era um fracasso como professora?

— Eu não disse isso.

— Realmente, Stefan... — disse o pai de Lucy. — Chega!

— Ele é melhor que todos os outros de sua idade. Isso não significa que seja tão bom quanto *pode* ser. — Então ela se lembrou da citação: — Cérebro, coração e meios. Sem coração, você é uma máquina. Will tem *coração*. Sei que não faz muito tempo, mas você pode dizer isso cinco segundos após conhecê-lo. E é isso que ouço quando ele está trabalhando com Gus.

Gus disse "sim".

Lucy não desviou o olhar do avô, porque era, sim, uma continuação silenciosa daquela conversa em Praga.

— Eu tenho que dizer — a mãe falou no tom alto e alegre que usava quando queria que o assunto mudasse — que agora que estão comentando que contratamos Will, eu ainda não ouvi uma palavra negativa sobre ele. E vocês sabem como essas pessoas são um bando de fofoqueiros.

Sim, nós sabemos, Lucy pensou.

— Vamos ver. — Vovô Beck se levantou da mesa. Ele teve que se apoiar no espaldar da cadeira por um segundo, mas todos sabiam que era melhor não expressar preocupação ou oferecer ajuda.

— Boa noite, vovô — disse Gus.

Lucy observou-o sair.

Cérebro, coração e meios. O avô dela tinha dois deles. Quando vovó Beck morreu, ele perdera o terceiro. E Lucy receava que também ela tivesse perdido.

14

Na segunda-feira Lucy ainda fervia ao lembrar do enfrentamento com seu avô.

Durante todo o domingo, vovô Beck agiu como se nada tivesse acontecido. Mas ele estava diferente e ela sentiu a mudança. Por muito tempo, Lucy tinha ficado calada, acreditando em sua mensagem não proferida: a de que, ao desistir, ela tinha perdido o direito de reclamar sobre qualquer coisa que tivesse a ver com a música.

Você já não tem permissão de se importar com esse assunto.

Agora, ela percebia que isso era besteira.

A música era, sim, importante para ela. Nunca tinha deixado de ser.

Imagine que não há nenhum vovô, Will tinha dito.

Impossível! Para lidar com o piano, ela tinha de lidar com o avô. Ela o enfrentou uma vez e provavelmente poderia fazê-lo de novo. Mas quantas vezes mais teria que passar por isso?

Ela precisava de ajuda, de alguém que a entendesse.

Do banco de trás do carro de sua mãe, a caminho da escola, ela finalmente se decidiu e enviou sua primeira mensagem a Will.

De amiga para amigo. Pronta para conversar.

♪ 🎵 ♪

Lucy checou o celular a cada intervalo de aula, esperando a resposta. Quanto mais o tempo passava, mais ela se questionava.

Sério: você apenas vai voltar a tocar como se não fosse uma grande questão para a sua família?

Pare de pensar neles. É com você, apenas você! E a música. Ou, talvez, você só esteja sentindo falta da atenção, como Reyna tinha imaginado.

No almoço, Reyna estava dizendo a Carson sobre a ida à casa de Lucy no dia de Ação de Graças, quando a tão esperada mensagem finalmente chegou: ela agarrou o celular e sorriu ao ver que era resposta de Will:

Estarei na sua casa amanhã. Dá para esperar até lá?

Lucy enviou uma mensagem, um rápido **sim**, e largou o celular.

— Bem rápida no gatilho, hein, xerife? — observou Carson.

— Sim — disse Reyna —, e quem era? Todos os seus amigos estão aqui!

Ela olhou para eles, refletindo se devia e o que podia compartilhar.

— Will.

Os dois perguntaram ao mesmo tempo:

— Quem?

— O novo professor do meu irmão.

— O cara bonito-não-bonito? — Carson perguntou.

— O cara que você pode conhecer na quinta-feira — ela disse a Reyna. — Gus está convidando Will e a esposa para o jantar.

— Entãooo... — disse Carson, coçando o queixo e avisando que faria uma pergunta idiota: — Por que vocês estão trocando mensagens?

Lucy balançou os ombros.

— Só estamos marcando uma hora para conversar.

— Sobre o quê? — Reyna quis saber.

— Eu... — Will ia ouvir o que ela tinha a dizer. Isso era tudo o que dava para contar neste momento. Depois, quem sabe o que ela decidiria sobre o piano? Lucy não tinha certezas nem estava pronta para tentar explicar nada. Então preferiu dizer: — É sobre uma surpresa para Gus.

Reyna deixou o assunto de lado, mas, quando saíram da escola rumo à lanchonete para pegar café para viagem, ela retomou a conversa.

— Então, o belo e jovem professor de piano está enviando mensagens para você. Fale mais sobre isso.

Ela fez isso parecer... assustador.

— Você mesma disse que ele não é tão bonito nem tão jovem assim.

— Jovem pelos *seus* padrões. Então, ele é casado?

— Reyna, eu não estou...

— Merda! Não tem lugar no estacionamento. Corre lá dentro, Lucy, vou dar uma volta no quarteirão até você sair.

Lucy pegou os cafés e ficou na rua aguardando Reyna. Fora, estava mais frio do que ela esperava. Dia de Ação de Graças nesta semana; depois, Natal e, em seguida, o longo período de janeiro e fevereiro. Ela se perguntou o que ia fazer da vida durante esse tempo.

A amiga parou o carro, e, assim que Lucy entrou, Reyna disse: — Só estou falando para lembrar que aquele professor do Parker Day foi demitido porque andava trocando mensagens de texto com alunos.

— Ele me enviou *uma* mensagem.

— E você deveria ver os registros de mensagens do meu pai que o advogado da minha mãe conseguiu.

— Tudo bem, para! É sério! Primeiro: ele não é meu professor. Segundo: que coisa nojenta. Terceiro... podemos falar de outra coisa?

— Sim. Se você me prometer que vai tomar cuidado.

— Reyna!

— Quero dizer, com o seu coração, tá? — Ela olhou para Lucy. — Eu conheço você. Agora vamos mudar de assunto, fale sobre o que quiser.

Lucy tentou começar outra conversa. Estava arrependida de ter mencionado Will, ainda não era o caso. Acabou dizendo a Reyna que, apesar de estar ansiosa para que a mãe e o avô viajassem no feriado, ela também desejava ir à cerimônia, participar da dispersão das cinzas de sua avó, na Alemanha.

— Hã... — disse Reyna, entregando seu copo de café para Lucy enquanto fazia uma curva à esquerda. — Você acha que o seu avô... Será que ele perceberia se faltasse um pouquinho das cinzas? Assim, sei lá, meia xícara?

Quando entendeu onde a amiga estava querendo chegar, Lucy olhou para Reyna.

— Não sei... o que você acha?

— Eu não perceberia. — Ela pegou o café de volta. — Ou você talvez pudesse simplesmente perguntar... Talvez ele dê um bocadinho para você.

— Acho que não. Ele ficaria ofendido e chocado e faria com que eu me sentisse uma sociopata só por ter pensado nisso. Poderia magoá-lo também... Pensar em dividir o corpo da vovó dessa forma, mesmo um corpo que já foi reduzido a tão pouco. Além disso, seria necessário falar sobre a morte da vovó, e esse não é o assunto predileto de nossa família.

— Certo. Então, você tem que roubar.

Quando chegaram, Reyna perguntou: — Você tem certeza sobre o dia de Ação de Graças? Tudo bem mesmo se a gente for?

— Tudo certíssimo.

— Adoro você, Luce. Não sei como eu estaria encarando tudo isso do divórcio sem você. — Elas se abraçaram, e Reyna perguntou: — O que vamos fazer com ela? Quero dizer, as cinzas?

— Nós? — Lucy riu.

— É óbvio. A ideia foi minha!

— Não tenho certeza. Talvez espalhá-las no Seal Rock ou algo assim?

Todos os anos, no aniversário de Lucy, a avó a levava ao Cliff House para jantar, e depois elas ficavam no paredão de cimento vendo as ondas e ouvindo o barulho do mar. — Mas talvez eu queira guardar um pouco. Não sei — disse Lucy.

— Bom, não hesite quando tiver a chance. Pegue uma boa colherada.

♪ ♫ ♪

Martin estava debruçado sobre a máquina de lavar louça, tirando, polindo e guardando pratos.

— Oi, querida — disse ele.

Lucy colocou a mochila sobre o balcão.

— Sobrou algum daqueles *brownies* do Will? — Martin apontou para um recipiente plástico sobre a geladeira. Ela o abriu, tirou dois pedaços e recolocou no lugar. — O que se pode beber com *brownies* vegetarianos em vez de leite?

— Fico tremendo só de pensar.

Ela encheu um copo com leite e sentou-se ao balcão. — Posso contar um segredo? — Ele entenderia sobre as cinzas da avó. Martin a amava, pelo menos tanto quanto Lucy a amou.

— Não, se for me trazer problemas mais tarde. — Fechou a máquina de lavar louça, depois limpou a pia e ligou o triturador de lixo.

Quando a barulheira cessou, Lucy disse: — Deixe pra lá. Vou contar depois, quando já for tarde demais para me impedir.

— Fico agradecido. Estou indo, você precisa de alguma coisa?

Ela negou com a cabeça e o observou desenrolar as mangas para baixo, pôr novamente o relógio, tirar o avental preto e pendurá-lo no gancho da despensa. Eles se despediram, e Lucy ficou imóvel, sentindo ali, em sua cozinha, a doçura do *brownie* em sua língua, o copo de leite frio na mão.

Mesmo essas pequenas coisas tinham um tipo de beleza.

Ela segurou-as bem pertinho.

15

Foi difícil esperar até a tarde de terça-feira para conversar com Will. Ela quase enviou uma mensagem, perguntando se ele poderia falar com ela na segunda mesmo, mas parou, imaginando as caras que Carson e Reyna fariam se soubessem disso. Ao chegar em casa, trancou a porta e foi direto para a sala de piano, onde Will e Gus estavam praticando. Parou do lado de fora e ficou escutando.

— ... ouve esta nota estranha e repetida? — Will perguntava. — É uma coisa impressionante no tema, não é?

— Às vezes não consigo ouvi-la — Gus confessou.

Ela não deveria se intrometer.

— Isso acontece porque você está ficando muito preso em cada compasso. Tente se soltar, deixe-se levar e encare a música como um todo. Você quer ter um mapa da peça em sua cabeça, mas não pense sobre o passo a passo disso. Veja.

Incapaz de esperar mais, Lucy entrou abruptamente na sala.

— Desculpe interromper.

Gus parou de tocar. Will, apoiando-se no piano, sorriu.

— Você pode interromper a qualquer momento. — Ele usava *jeans* preto e tênis, blusa marrom-chocolate com capuz. Era muito estiloso. Esportivo, mas elegante.

Gus deslizou para fora da banqueta e veio até ela, dando socos falsos na sua direção.

— Proponho boxe no *video game!* Vamos lá! — disse o irmão.

Ela colocou a mão na testa, enquanto ele arremetia os punhos no ar, rindo. Lucy olhou para Will, e os dois riram.

— Quero falar com o Will por um minuto.

Gus deixou cair os braços nos lados.

— Por quê?

— Porque sim.

— Você pode boxear ou fazer uma corrida rápida — sugeriu Will a Gus. — Já está quase na hora de uma pausa, de qualquer maneira.

Ele saiu, relutante. E Lucy sentiu-se tímida, de repente, não tendo certeza de onde ficar. Escolheu um ponto atrás da poltrona do avô; Will sentou-se na banqueta do piano, as mãos segurando a borda dos dois lados das pernas.

— Ei, ouvi que você me defendeu de seu avô na outra noite — disse ele. — Fico agradecido. Gosto deste trabalho, sabe. E meio que sinto como se estivesse em período de experiência aqui.

— O Gus falou sobre isso?

Ele fez que sim com a cabeça.

— Se você ainda não descobriu — Lucy disse —, meu avô é um pouco obcecado em relação a resultados.

— Sim, já percebi. Sua mãe também.

— Não é bem isso. Ela está simplesmente... — Simplesmente o quê? Tentando compensar a decepção que causou ao pai no passado? Tem medo dele? Ou fica do lado dele por conta do dinheiro que viria quando ele morrer? Não, a mãe dela não era gananciosa e, de qualquer maneira, ela já tinha recebido sua própria herança da vovó.

— Acho que ela só não sabe mais como deveria ser.

Will assentiu.

— Eu também estava ficando assim — disse ela. — Com o meu avô.

— Ah, bom para você! — Um barulho no bolso fez Will buscar o celular. — Desculpe, só um instante! — Ele digitou algo com o polegar, depois o colocou de lado. — Continue.

— Então — disse ela —, sobre o que estávamos falando... — Ela fez uma pausa. — Você sabe...

— Sim. Sobre o que estávamos falando... Na escada, no corredor... Sobre "aquilo". Estou prestando atenção. — Ele pousou as mãos sobre os joelhos e apoiou o corpo levemente para a frente, enquanto Lucy se perguntava por que, afinal, ela confiava nele. Por enquanto, Will era só um nome na folha de pagamento de vovô Beck, e ele mal tinha chegado: estava circulando pela casa há algumas semanas. E, acima de tudo, ele era o professor de Gus, e só dele.

— Isso é confidencial, tá bem? Quer dizer, talvez eu não devesse... — Ela apertou o espaldar da cadeira. — Sim, acho que não. É que...

— Você roubou um banco?

— Não! — ela riu.

— Bem, desde que isso não seja algo que, por lei, eu tenha que denunciar, vá em frente. Vou tratar como um assunto confidencial.

— Acho que... Acho que *sei* que a resposta é sim.

Ele sorriu. O corpo de Lucy relaxou, mas uma onda de emoção tomou conta do seu peito.

— Isso é difícil para mim — ela prosseguiu. — Porque é como você disse. Eu não estou autorizada. Eu não estou... ele não quer. E, de uma forma estranha, sinto que ele está certo. Ou, sei lá, é como se voltar a tocar fosse a mesma coisa que ceder para ele ou algo assim, e sei que é maluco, porque eu também sinto que não tocar é ceder e...

— Lucy. — Ele ergueu uma mão. — Esqueça seu avô.

— Mas não consigo. — A emoção começou a transbordar em lágrimas que ela afastou.

Ele fez que sim com a cabeça.

— Tudo bem. — Will então se levantou, pegou uma caixa de lenços que estava sobre a mesa e passou para ela, em pé, do outro lado da poltrona. — Deve ser difícil mesmo — disse ele.

Lucy assoou o nariz.

— Naquele dia, quando saí do palco, eu não tinha a intenção de desistir. Quero dizer, eu pretendia... Eu queria, mas não sabia que estava desistindo *para sempre*.

— Claro que não! Nenhuma decisão é para sempre.

— Mas ele disse que era.

— Ah.

— Você nem sabe a história toda, aposto. Só o que todo mundo disse e o que os *blogs* publicaram.

— Você saiu do palco em Praga e nunca mais voltou. — Ele ofereceu outro lenço e Lucy aceitou. — Suponho que há mais coisas que isso — disse Will.

— Ah, sim. — Ela riu e chorou ao mesmo tempo, limpando o nariz novamente.

Will deu uns passos e se aboletou na banqueta do piano.

— Por que você fez isso? Eu mesmo fiquei muito curioso. Segui a história por um tempo, esperando que você explicasse, mas parecia que não estava a fim.

Ela tentou imaginar. Ele, oito meses, ou menos, antes de se encontrarem, lendo sobre ela na internet, intencionalmente, procurando respostas quando ela nem tinha ideia da existência dele.

— O que as pessoas diziam? — perguntou Lucy. — Naquela época, fiz questão de não descobrir.

— Bem, a suposição mais popular especulava que você tinha tido um colapso nervoso por causa de medo do palco, e que aquilo aconteceu num momento em que você estava cansada de tudo. Todo mundo do meio sabe bem como é a pressão.

— Só isso? — Como a mãe de Lucy vivia dizendo, as pessoas gostavam de fofocas. E adoravam ver aqueles que um dia tinham sido grandes despencarem diante de seus narizes. — Vamos lá. Não falaram nada pior do que isso? Que eu estava metida com drogas? Grávida? Pronta para ir para um hospício?

Ele cruzou os braços e balançou a cabeça.

— Não. Ei, isso é internet. São seres humanos na sua melhor forma, o tempo todo. Nada além de amor por Lucy Beck-Moreau — ele disse e deu um sorriso torto.

Lucy sorriu e disse: — Ah.

— Você quer falar agora? — ele quis saber. — Contar a sua versão de tudo?

— Quantas horas você tem?

Ele fingiu examinar o relógio. — Bem...

Lucy deu a volta e se sentou na poltrona.

— A principal coisa que eu precisava dizer é que quero tocar, mas também não sei como isso vai funcionar. Tudo o que sei é que sinto falta. De partes disso.

— Entendo.

— Talvez toque só para mim. Não quero ser perfeita e não quero...

— Você não precisa ser perfeita.

— Diga isso ao meu avô.

— Por que estamos falando sobre ele novamente?

— Oops. — Lucy respirou fundo. — Estava pensando... talvez você possa me ajudar. Não como ajuda Gus. Não como professor. Não preciso disso. Eu preciso... desculpe. Só pensei nisso tudo ontem e acho que ainda está muito cru.

— Parece muito simples para mim.

— Sério?

— Quando eu disse para pensar em mim como um amigo, não estava falando só por falar. Você precisa de um amigo que a acolha. Você quer apoio.

Ela olhou para o rosto dele. Viu confiança e sinceridade.

Ouviram os passos de Gus no corredor. Will espiou para a porta.

— Ouça, o sigilo tem que servir para os dois lados. Posso ficar em apuros com a sua família, você sabe, se eles acharem que estou ajudando você, ou seja lá como quiser chamar isso.

Ela assentiu com a cabeça rapidamente, antes que Gus entrasse na sala, e corou.

— Corri em volta do quarteirão — disse o irmão.

— Muito bem — Lucy falou, levantando-se.

— O que vocês estão fazendo?

— Lucy roubou um banco — disse Will. — Precisava de aconselhamento jurídico.

— O quê? — Gus perguntou, com um sorriso incerto.

— Brincadeirinha, Gustav — disse Lucy. — Vou voltar para minha caverna e fazer a lição de casa.

♪ ♫ ♪

Mais tarde, quando vovô Beck estava lá embaixo lendo, e a mãe e o pai tinham saído com Gus para comprar um terno novo para o recital, Lucy vasculhou as gavetas da cozinha até encontrar um pote de vidro de tamanho médio com uma tampa de rosca.

Achou um que serviria perfeitamente e correu para o quarto do avô. A urna com as cinzas estava em cima da cômoda, sobre a echarpe de renda de vovó. Lucy deu uma espiada na urna: tinha esquecido que as cinzas estavam guardadas num saco de plástico, fechado com um pedacinho de fita adesiva. Com o maior cuidado, desfez o lacre lentamente e conseguiu abrir o saquinho sem rasgar.

Cinzas não parecia ser a palavra certa. Tinha mais a ver com um amontoado de conchas escavadas, brancas e farináceas. Lucy tocou de leve a camada superior. Tudo que tinha sido o corpo de sua avó agora estava reduzido a isso.

O saco pesava mais do que ela imaginara. Cautelosamente, derramou o que podia sem deixar vestígios de que havia retirado um tantinho daquele volume. Apressou-se para limpar os resíduos que caíram sobre a echarpe, vedou novamente o saco, colocou a tampa na urna e foi para o seu quarto.

Deitada na cama com o recipiente descansando sobre a barriga, Lucy mandou uma mensagem para Reyna.

Cinzas recolhidas. Sem problemas.

Um momento depois, a resposta:

essa é a minha garota sorrateira

Então clicou nos contatos e olhou para o número de Will. Depois de alguns momentos de hesitação, decidiu enviar um torpedo para ele, só para agradecer por ele a ter ouvido.

A resposta veio imediatamente.

Sempre que precisar, Lucy.

16

Na quarta-feira antes do feriado, houve só um período de aulas, e um professor substituto de inglês. Quando Lucy chegou em casa, a mãe estava desvairada fazendo as malas, enquanto subia e descia as escadas com uma lista na mão e o celular colado na orelha. Usava sapatos confortáveis, mas elegantes, perfeitos para a viagem, e uma saia reta preta de tecido molinho na altura dos joelhos. Lucy entrou no *closet*, livre da principal zona de ação, mas perto o suficiente para ajudar a mãe caso ela precisasse, e se acomodou na poltrona antes de perceber que vovô Beck estava sentado na cadeira do outro lado do quarto. Tão surpreso quanto ela, ele falou:

— Lucy! Você acabou de chegar em casa?

Por instinto, ela se endireitou na cadeira.

— Sim. Eu... — Ela tinha voltado com calma, caminhando para olhar algumas vitrines. Era algo do tipo que uma "moleca teimosa" faria mesmo sabendo que a mãe estava se preparando para viajar? — ...Estava fazendo um trabalho, na biblioteca.

Ele assentiu, aprovando.

— Fico imaginando o que você faz com seu tempo livre agora.

Ele, imaginando? Desde quando? Se ele imaginava tanto, poderia ter perguntado.

Na verdade, eles não se falavam desde aquela conversa áspera de sábado: o clima poderia não estar bom, e Lucy se preparou. Mas ele parecia ter esquecido, ou pelo menos fez um trabalho impressionante fingindo que tinha.

— Inglês é a sua matéria preferida agora?

Deus! Como podia ser tão incômodo ficar perto de alguém da mesma família?

— Sim — respondeu ela, com um aceno afirmativo de cabeça.

— Você é boa nisso, então? — Ele se inclinou um pouco para a frente, como se estivesse interessado, apesar do livro ainda aberto no seu colo. Lucy quase podia ver, pipocando em sua imaginação: a melhor faculdade, Ivy League, é claro; e mestrado em Nova York, prêmio Pulitzer, naturalmente! A dominação do mundo.

— Vou levando.

— Lucy, você não precisa ter vergonha de dizer que se destaca em alguma coisa. — Ele tirou os óculos de leitura e os dobrou no bolso da camisa. — Você estava envolvida com uma lição de casa na biblioteca, e na véspera do feriado. Não imagino muitos alunos fazendo isso.

— Fazem, sim!

Como se não tivesse ouvido, ele disse:

— Sei que você é dedicada. Fica acordada no seu quarto todas as noites, aproveitando o tempo. Suas notas são boas. É claro que há espaço para melhoras, mas...

— Só gosto de livros. Agora, que tenho tempo para ler.

A mãe entrou de repente no quarto, falando com alguém pelo celular com seu alemão esfarrapado.

— Atenda aqui, papai — pediu, passando o aparelho para ele. — É sobre o serviço de carro em Dresden. Não me entendem.

Ele pegou o celular e saiu do quarto. Lucy também se levantou e juntou suas coisas, aproveitando para fugir enquanto podia.

— Pensei que todo mundo lá falasse inglês — observou ela.

— Eu também — respondeu a mãe. — Lucy, espere. Quero conversar com você antes de ir.

Lucy aguardou, imóvel.

— Sente-se, querida.

Ela voltou a se acomodar na poltrona enquanto a mãe se sentou na cadeira. Esta era uma cena dos seus piores pesadelos: ficar presa em uma saleta com o avô e a mãe em rápida sucessão.

— O quê?

— Estou um pouco preocupada com a prática de Gustav enquanto estivermos fora. Temo que o piano caia no esquecimento.

— Mãe, você conhece o Gus. Ele não é preguiçoso.

— Não, não é.

— Vão ser, o que, cinco dias?

— Cinco dias é muito tempo para se perder quando uma grande apresentação está tão próxima — afirmou ela. — Você sabe disso.

Lucy lembrou-se do que tinha dito a Will sobre a mãe: que ela não conhecia nenhuma outra maneira de ser.

— Tenho certeza de que Will tem tudo sob controle — assegurou ela. Lucy queria sair. Ameaçou se levantar, mas a mãe apontou para baixo.

— Estamos dando uma chance justa para Will porque Gus gosta muito dele. Mas ainda não estou totalmente convencida sobre os métodos dele. Gus parece estar praticando *menos* que nunca. — Ela olhou para o corredor, onde vovô Beck continuava falando ao celular. — O recital está tão perto — sussurrou ela. — E depois desse há muitos outros já agendados. — Ela mordeu a unha rosada do dedo mindinho. — Estou pensando em tirá-lo da escola no ano que vem, mas essa é outra conversa.

O que ela queria? Que Lucy a tranquilizasse?

— Gus estará pronto — respondeu.

— Espero que sim. Pensei que... já que ultimamente você parece estar mais interessada no que Gus está fazendo...

Ela parou, como se tivesse completado a frase.

— Você pensou o quê?

— Que você poderia ficar de olho nas coisas por aqui. Ver se Gus mantém a programação, observar se, de alguma maneira, Will está aquém das nossas expectativas. Se você achar...

— Não vou ficar controlando Will, mãe. Nem Gus. — Lucy se ergueu e pôs a mochila no ombro. Ela praticamente teve de passar por cima dos pés da mãe para sair.

A mãe pegou o braço dela e disse: — Você é a irmã mais velha.

— Exatamente. E papai é o pai dele. Peça *a ele* para ser seu espião. — Ela puxou o braço para se desvencilhar.

A mãe levantou tão rápido que Lucy sentiu o ar de seu movimento por trás.

— Você nunca gostou disso, Lucy.

Lá estava. Em voz bem alta.

As duas já estavam no corredor agora. Vovô Beck tinha conseguido desligar o celular e continuava em pé, seriamente atento. Lucy quase mordeu a língua para tentar evitar aquele drama. Era coisa antiga. Nada mudaria, não importa o que ela fizesse por conta própria, com Will, ou com qualquer outra pessoa, nada corrigiria *isso*.

Mas então, talvez porque estivessem prestes a serem separadas por um hemisfério, Lucy perguntou o que sempre quis perguntar à mãe:

— E *você*, gostava?

Porque, claro, a mãe tinha ficado exatamente na mesma posição na sua época de escola. Tocar para satisfazer vovô Beck! Ser colocada em competições, viajar, tocar, ser *alguém*. E, assim como Lucy, ela desistiu.

Vovô não descreveria a situação dessa forma. Ele sempre disse que a mãe de Lucy simplesmente não tinha o talento inato que tanto ela quanto Gus possuíam, e que ela havia atingido seu potencial, tomando a decisão inteligente de mudar de rumo. Qual seria o motivo de insistir quando não se está destinado à grandeza? Por outro lado, ela não se movimentara para muito longe: ainda tentava ser a filha perfeita de vovô Beck.

Cruzando os braços como se fosse um escudo, a mãe disse:
— *Fiz* o melhor possível.

— Eu também — Lucy rebateu.

Vovô Beck deu um passo adiante. Agora, a mãe e o avô cercavam Lucy, impedindo seu acesso à escada, a menos que andasse em linha reta através de um deles.

— Você poderia ter continuado — disse ele, com o velho fogo nos olhos. — Poderia ter *vencido*. Em Praga. E em tudo o que viria depois.

Ela encarou o avô como tinha feito no outro dia.

— E qual é o objetivo de ganhar se você não tem uma vida? Se você é infeliz? Se perde coisas importantes que acontecem com as pessoas que você ama?

— Você não era infeliz — retrucou ele, ignorando a alusão à avó.

Lucy riu. Ele realmente acreditava! Achava mesmo que sabia mais sobre o que *ela* sentia.

— Só espero que você não faça isso com Gus — continuou ela. — Ele ainda adora tocar. Mas talvez não seja assim para sempre.

Vovô Beck franziu a testa.

— Ele disse alguma coisa para você?

— Não, mas... — ela desistiu. Ele não ia mudar. Nunca enxergaria.

— Pense no que pedi, Lucy — insistiu a mãe, se afastando.

— Não tenho que pensar. Já disse que não.

Ela se dirigiu para a escada sem evitar ouvir a voz da mãe:

— Vou ligar para você do aeroporto. Precisamos discutir isso!

— Vá em frente!

Ela não precisava atender e não teria que ver nenhum dos dois por quase uma semana inteira. Neste instante, não se importava se nunca mais os visse.

2

Cadenza Livre

17

Lucy e Gus estavam comendo no balcão enquanto Martin limpava a cozinha. Ele tinha preparado o espaguete de véspera do dia de Ação de Graças, molho de vidro, parmesão de pacote e pão de alho pronto.

— Esta é a melhor comida do mundo! — exclamou Gus, lambendo a lateral do sorvete-sanduíche servido de sobremesa.

— Nossa, obrigado! — Martin brincou. — E para que eu passo dois dias cortando e picando coisas para amanhã se você fica feliz com um pote de molho bolonhesa pronto?

O pai ainda não tinha voltado do aeroporto. Antes de sair para levar a mãe e o avô, ele tinha ido até o quarto de Lucy. Ela estava deitada na cama com os fones de ouvido, entretida com a voz aflita e meio chateada de Kasey Chambers no volume máximo. Não ouviu o pai batendo à porta.

Mas ele entrou e ficou ao lado da cama, gesticulando para que ela tirasse os fones. Coisa que Lucy não fez, então ele se abaixou e puxou o fio.

— *O quê?* — ela perguntou.

— Venha dizer tchau para sua mãe e seu avô.

— Não quero.

— Não me interessa. Venha fazer isso.

Ela desviou o olhar. Talvez até tivesse perdoado o pai pelo que aconteceu em Praga, mas a verdade é que ele não era inocente nessa confusão.

— Ligo para ela depois — Lucy murmurou para a parede. O pai viu que não poderia fazer nada, a menos que a arrastasse para fora do quarto.

— Tudo bem — disse ele, conformado, e saiu.

Lucy continuou deitada, sentindo um misto de irritação com um resquício de culpa e preocupação. Talvez tivesse ido longe demais. Então pensou sobre sua conversa com Will, a promessa de ajuda e amizade, e de repente se sentiu melhor. Ela tinha decisões a tomar sobre sua vida. *Sua* vida. E não estava mais sozinha.

Agora, na cozinha, uma onda de alguma coisa parecida com euforia tomou conta dela. Cinco dias inteiros sem o constante olhar de desaprovação do avô e livre do julgamento de sua mãe. Tempo para imaginar. Tempo para planejar esquemas.

— Posso dormir no seu quarto hoje à noite? — Gus perguntou.

— Humm... — disse ela, fingindo pensar. — Não.

— Por que não?

— Talvez eu tenha meus próprios planos.

Martin, que massageava algo no peru, olhou para ela.

— Planos para uma convidada passar a noite em seu quarto? Não me faça dedurar você.

— Ha-ha. — Ela realmente não *tinha* planos, mas sentiu que talvez devesse ter, com todo esse tempo sem supervisão em seu horizonte. — Talvez amanhã à noite, Gus, tudo bem?

Ele fez beicinho.

— Pode ser que amanhã à noite eu não queira.

— É um risco que vou ter de correr. — Ela deu um beijo estalado no rosto do irmão, que se contorceu e se afastou, mas ela sabia como ele gostava disso.

♪ ♫ ♪

— Estava pensando que poderíamos espalhar as cinzas da vovó esta noite. — Lucy olhou para o armário com o celular no ouvido. Não estava a fim de ficar no quarto remoendo a briga com a mãe. — Minha mãe estressada está fora da cidade. E, no momento, meu pai está Desaparecido em Missão. Vovô também se foi. Martin vai dormir aqui, para começar de madrugada com os preparativos do jantar e, portanto, não tenho que cuidar de Gus. Além disso, é feriado.

— Uma ocasião perfeita — respondeu Reyna.

— Me encontra em dez minutos? No banco. — Seus olhos se fixaram no vestido de festa vermelho-rubi pendurado ao lado das outras roupas de Reyna. — E vista algo bonito. Tipo sensual.

— Você supõe que eu esteja disponível.

— Não está?

— Bem, sim. Mas vou precisar de mais de dez minutos para ficar sexy. Vinte?

— Até já, então!

Entrar naquele vestido era um desafio — o zíper era quase impossível de alcançar, já que ficava no meio das costas, mas, depois de uma certa ginástica, Lucy conseguiu. Quando se viu no espelho do guarda-roupa, soltou uma gargalhada. Decididamente, não era ela! Apertado, curto, brilhante e vermelho! Por outro lado, por que não? *Poderia* ser ela. Nem que fosse só nesta noite.

♪ ♫ ♪

O banco que ficava no alto da escadaria do parque, bem em frente à casa de Lucy, sempre tinha sido um ponto de encontro, desde a sua infância. Primeiro, porque era o máximo da distância permitida quando Lucy saía de casa sem os pais e, depois, o mesmo banco acabou virando uma tradição em todos os encontros do pessoal da escola.

O sol já tinha se posto; a luz no quarto de Gus no terceiro andar estava acesa. Ela imaginou o irmão, lá dentro, lendo, provavelmente, ou quem sabe pensando no recital de piano, ou sonhando com as delícias que Martin estava preparando para o jantar de amanhã. Ele também poderia estar desenhando. Lucy torceu para que fosse isso, ou alguma outra atividade, pelo menos remotamente relacionada a "diversão".

A silhueta de Reyna veio oscilando pela escada, os cabelos balançando e os braços encolhidos junto ao corpo.

— Está congelando! — ela gritou para Lucy a meio caminho. — Vamos entrar no carro!

— Venha até aqui primeiro.

Lucy estava com o pote de cinzas no colo, os dedos gelados descansando nas bordas. Pensou em segurar os restos de cinzas nas mãos. Para que sua avó se diluísse em meio ao vento.

— É isso? — Reyna perguntou quando chegou ao topo, respirando com dificuldade.

— Minha parte.

— Você está bem? — Ela sentou no banco ao lado de Lucy e colocou um braço sobre seu ombro. — Tem certeza de que está pronta para isso?

— Acho que sim. Bem... não posso deixá-la debaixo da minha cama para sempre.

Reyna puxou o casaco de Lucy, abrindo-o. — Ai, meu Deus. O que você está vestindo?

Lucy se levantou e abriu totalmente.

— Reconhece isso?

— Uauuau...

— Você se importa? Eu fiquei pensando... — Ela encolheu os ombros, sem ter certeza de como completar a frase. O vestido era justo demais, desconfortável até. Mesmo assim, sentiu que deveria usá-lo, mas não conseguia explicar por quê.

— Não, tudo bem. É que... — Reyna riu. — Suas pernas são incríveis! Mas agora não sei se eu estou à altura! — Ela também se levantou e girou para exibir a saia reta preta, a blusa de bolinhas enfiada para dentro e um cinto largo. Saltos superaltos.

Parecia uma garota de um daqueles calendários sensuais dos anos quarenta.

— Maravilhosa! Eu me pergunto se a gente conseguiria se safar, vestida assim em um enterro de verdade.

— Acho que sua avó gostaria.

— Vamos tirar uma foto — disse Lucy. Pegou o celular e posicionou na frente delas: juntaram bem os rostos e abriram os olhos, cuidando para não piscar na hora do *flash*.

— Carson precisa nos ver assim — disse Reyna, depois de entrar no carro. Já estavam dirigindo, ainda sem rumo, indecisas sobre por onde começar. — Mande uma mensagem, quem sabe ele está em casa.

Lucy seguiu as ordens, trocando algumas mensagens com Carson.

— Ele está — ela relatou a Reyna —, e desesperado para fugir. A avó está pegando no pé dele por causa das notas.

— Vamos levá-lo conosco. Tudo bem?

— Claro.

Carson morava perto de Embarcadero. Seu pai tinha vindo de Taiwan no final da década de oitenta, com as economias de toda a família. Com esse dinheiro, comprou um antigo armazém degradado e transformou o predinho numa série de *lofts* que agora eram vendidos por mais de um milhão de dólares cada.

Sem achar vaga para estacionar, Reyna ficou circulando pelo bairro até Carson aparecer na rua, vindo ao encontro delas. Lucy teve de sair para que ele entrasse, batalhando para se livrar do casaco, desnecessário dentro do carro superaquecido de Reyna. Foi assim que Carson deu de cara com Lucy em versão vestido de festa vermelho e ficou mudo por alguns segundos.

— Hum, oi — disse ele, encarando a amiga. Abaixou a cabeça para dentro do carro para perguntar a Reyna: — Preciso subir e trocar de roupa?

— Basta entrar.

Elas explicaram o plano e a ocasião para Carson.

— Isso está de acordo com a lei? — ele quis saber. — Você pode jogar as cinzas em qualquer lugar, sem permissão?

— *Hãã*. — Lucy não tinha pensado nisso. — Vamos perguntar à internet!

Antes mesmo de terminar a frase, ele já estava com o celular na mão.

— Ah, agora que você *precisa* de algo de mim, fique contente por eu ser o campeão da internet móvel nesta área.

— Isso existe mesmo? — Reyna perguntou.

— Não, mas deveria existir. Tudo bem, me dê uns dezessete segundos.

— Para onde estamos indo, então, Luce? Vamos mesmo para Seal Rock?

— Sim. Mas não ainda. Vamos fazer algo não ligado ao funeral primeiro. — As luzes ao longo da costa da baía estavam bonitas, em clima de festa. — Já sei! Píer 39! Não vou lá há muitos anos.

— Em pleno feriado? Vai estar cheio de turistas — Reyna gemeu.

— Sobre as cinzas: este *site* diz que a Califórnia tem um monte de regras rígidas — começou Carson —, mas também diz que não são realmente aplicadas, e cito: "Sua própria bússola moral-barra-julgamento pode estar igualmente certa dentro dos limites do bom senso".

Reyna sacudiu a cabeça. — Como eu sempre digo.

— *Cala a boca* — Carson zombou. — Você nunca disse isso.

— Mas deveria ter dito.

— Os limites do bom senso? Está escrito desse jeito mesmo? — Lucy perguntou. — Então, vamos ao Píer? Estamos de acordo?

— Não vou conseguir andar com estes sapatos — alertou Reyna.

— Isso é fácil de resolver — disse Carson. — Eu carrego você.

— Não vamos ficar muito tempo — Lucy assegurou. — Meus sapatos são cruéis também.

— Carrego as duas.

Quinze minutos depois, chegaram ao centro da ação. Reyna estava certa, apesar do frio, turistas, marinheiros e universitários lotavam o cais, entrando e saindo das lojas e restaurantes, parando para ver artistas de rua.

— O que você acha que minha avó diria se eu decidisse ser malabarista? — Carson perguntou enquanto eles se misturavam pela multidão. — Quer dizer, fazer carreira, como um profissional.

— Você poderia tentar a minha nova estratégia para lidar com os avós e a culpa — disse Lucy. — Primeiro, ignore; depois, recuse.

— Desde quando? — Reyna riu.

— Desde agora. — Fácil falar quando o avô está dentro de um avião.

— É essa coisa de imigrante — complementou Carson. — Quantas gerações até os filhos não precisarem fazer todos os sacrifícios valerem a pena?

— Meu avô não fez exatamente sacrifícios — observou Lucy. — A família dele sempre teve dinheiro — completou. Ele era criança quando os pais vieram para cá e por isso nem ficou com sotaque. — Ele não teve que batalhar como o seu pai, Carson. E, ainda por cima, com o peso de toda a família nas costas... é diferente.

— Não se esqueça de um fato importante: não ser branco.

— Mas chinês é como branco em São Francisco — Reyna observou.

Carson colocou o braço em volta de Reyna. — Eu te adoro, mas isso é uma das coisas mais idiotas que já ouvi, minha amiguinha branca. Além disso, somos de Taiwan, lembra?

Ela cambaleou sobre os calcanhares sob o peso do braço dele.

— Isso tudo é muito interessante, mas esses tijolos no pé são o inferno. Vou quebrar meu tornozelo.

— Vamos comprar doces — sugeriu Lucy, apontando para uma vitrine com chocolate, toda decorada com temas natalinos. Uma família que estava sentada num banco do lado de fora da loja se levantou. — Segura aí — ela ordenou a Reyna e Carson. Entrou e avaliou o que havia à disposição: um doce chamado "pedra de açúcar", barrinhas trançadas de chocolate branco e tortas com recheio crocante de pecã. Todos os doces prediletos da avó. Estava quente dentro da loja repleta de pessoas; ela desabotoou o casaco.

Dois caras de uniforme branco da marinha estavam bem na frente dela na enorme fila. Viraram ao mesmo tempo e lançaram um olhar cheio de mensagens para Lucy, aquele mesmo tipo de olhar do paramédico no dia da morte da professora. Desta vez, ela não se importou.

— Oi! — disse um deles. Parecia jovem, com o rosto rosado e recém-barbeado.

— Oi! — Lucy sorriu.

— E aí?

— Tudo bem. E você?

— Tudo bem. — Ele sorriu, mostrando um pequeno espaço entre os dentes da frente.

A fila avançou. O amigo mais alto, de cabelos escuros, disse: — O nome dele é Scott.

Scott ficou ainda mais rosado e estendeu a mão. Lucy a apertou.

— Lucy.

— A namorada de Scott acabou de terminar com ele.

Lucy supôs que o amigo provocava Scott assim o tempo todo, provavelmente de propósito, envergonhando-o sempre que podia.

— Isso foi muito idiota da parte dela — Lucy respondeu, para ser legal e também para fazer Scott se sentir melhor.

— Obrigado — ele murmurou.

Uma música antiga do U2 começou a tocar dentro da loja. Scott estava perto o suficiente para que ela visse o pelo aveludado em sua bochecha. Ela sentiu a música nas veias e depois começou a se dar conta de tudo: o intenso aroma de açúcar e de chocolate ao redor deles; o homem de gorro tricotado com o símbolo do Píer 49, sorrindo para a filhinha que usava uma fita verde nos cabelos. A forma como a menina gordinha e cheia de espinhas brincava com todos os clientes, simpática, atrás do balcão. A onda de ar frio que entrava na loja quente cada vez que alguém abria a porta.

A vida era... boa. E linda.

E Lucy sentiu-se bonita naquele momento.

— Não fique chateado por causa da namorada. Você vai encontrar alguém — ela disse a Scott. E, sem pensar muito, beijou a bochecha dele.

— Uh, acho que ele acabou de encontrar — disse o amigo.

— Que tal nos lábios?

Seu primeiro pensamento foi: *por que não?* Era um tipo de lance que combinava com alguém usando aquele vestido vermelho.

Antes que qualquer coisa acontecesse, ela voltou a ser ela mesma. Existia o impulso; depois, a loucura.

— Você é o próximo — disse ela, apontando para o balcão. — Quer dizer, na fila!

Fizeram o pedido, pagaram, e então Scott se virou para ela, dizendo: — Quer beber alguma coisa?

— Não posso. Tenho... *dezesseis anos*. E estou com meus amigos lá fora.

— Ah! Bem, não desaponte muitos corações esta noite. — Ele tocou no quepe, num cumprimento simpático e sorriu, mostrando a lacuna entre os dentes. — Feliz dia de Ação de Graças.

— Pra você também!

Lucy pegou os doces e deixou a loja, rindo sozinha. De repente, sentiu-se eufórica, curtindo o ar frio que batia em seu rosto e a sensação do vestido justo contra a pele. O mundo estava repleto de possibilidades. Apesar da dor nos pés, ela quase pulou por cima do banco para entregar as guloseimas para Reyna e Carson.

— Fez um novo amigo lá? — Carson perguntou e deu um sorrisinho sem graça que ela já tinha visto outras vezes, quando ele estava irritado ou perplexo com alguma coisa, o mesmo de quando recebera um B-menos em um teste de História que ele achava estar perfeito.

Ele provavelmente tinha visto o beijo de Lucy em Scott, através da vitrine da loja.

— Este negócio é bem desagradável — disse Reyna, tocando timidamente um pedaço do doce de açúcar com a língua. — Qual é, como é que se come isso? Pontudo. Dá a sensação de que vou quebrar um dente.

Com certeza, ela teria mencionado algo se também tivesse visto o beijo.

— É por isso que se chama "pedra de açúcar" — disse Lucy enquanto se acomodava.

Carson inclinou o corpo à frente do banco para que pudesse ver Lucy, e franziu a testa, como se estivesse fazendo uma pergunta silenciosa. Ela encolheu os ombros. Ele mordeu um pedaço da torta e não disse mais nada.

— Vamos olhar a água — sugeriu Lucy. — Talvez seja um bom lugar para as cinzas.

— Você deixou o potinho no carro. — Reyna mancava, segurando no braço de Carson.

Já ao lado de um corrimão, os três olharam para a água, lá embaixo, batendo contra os pilares e espumando nas bordas.

— Acho que não se trata exatamente de um "terreno sagrado" — observou Lucy.

Carson se desvencilhou do braço de Reyna, subiu na base inferior da grade e cuspiu na água.

— Que nojo! — Reyna exclamou. — Por que fez isso?

Ele olhou para a água.

— Não sei.

— Doentio.

Lucy, tomando cuidado com o salto alto, juntou-se a Carson na grade, subindo um pouco acima dele. Então se inclinou o máximo que pode, cuspiu também e depois riu porque, de repente, tudo parecia muito maluco. Como ela chegou a pensar que o avô, a mãe e alguém além dela tinham o controle sobre a sua vida? Ela poderia fazer as coisas acontecerem, sozinha.

— Você acabou de *cuspir*, Lucy? Vocês são loucos! — Reyna gritou. — Não sei qual é a dos dois aí, mas eu estou caindo fora. — Caminhou alguns metros grade abaixo e encontrou sua própria parte para se apoiar.

Lucy sentiu os olhos de Carson sobre ela. Então uma rajada de vento frio soprou uma cortina de cabelos sobre o seu rosto. Quando ergueu o braço para afastá-los dos olhos, perdeu o equilíbrio e oscilou para a frente, ainda no alto da grade — Carson a agarrou pela cintura e a puxou para baixo.

— Meu Deus, Lucy — ele deixou cair os braços, soltando-a. — O que foi aquilo?

Ela sabia que ele não estava se referindo à escalada na grade. — Eu só estava demonstrando a minha gratidão para nossas forças armadas. Afinal, é dia de Ação de Graças.

— Bem, eu acabei de salvar você! Sinta-se livre para me agradecer.

Ela colocou os braços em volta do pescoço dele.

— No rosto ou na boca? — ela perguntou, ainda rindo.

Carson a empurrou para trás, com delicadeza, sem achar graça.

— Não faça isso.

Lucy se soltou.

— Ei, caras — Reyna gritou. — Sinto muito, mas meus pés...

♪ ♫ ♪

Resolveram ir para Seal Rock — não era um trajeto curto. Reyna falou durante a maior parte do caminho, reclamando da dor nos pés e contando que ela e Abby sairiam cedo da casa de Lucy no dia seguinte para participar de duas sobremesas familiares separadas, com a mãe e com o pai. Carson passou a maior parte do tempo procurando coisas no celular, em silêncio.

A noite, que prometia tanto, acabou ficando estranhamente amarga. O mesmo ar frio que tinha feito Lucy sentir-se tão viva no Píer agora apenas castigava seu rosto. Os três desceram as escadas desertas da Cliff House rumo ao mirante, Lucy e Reyna andando com cuidado, descalças.

— Estou ficando congelada — disse Reyna. — Parece que meus dedos foram decepados.

— Não dá para ter queimaduras de frio com este tempo — observou Carson. — A temperatura tem que estar literalmente de congelar, o que não é o caso. — Ele consultou o celular. — 5,5 ºC. Sossegue, você vai ficar bem.

Lucy examinou a praia, segurando o pote de cinzas junto ao peito. Maré alta. As ondas batiam, rugiam de volta e voltavam a bater na encosta.

— Vou para perto da água — disse para Reyna e Carson. — Vocês ficam aqui.

Desceu o próximo lance de escadas até sentir a areia, granulosa e úmida, sob seus pés descalços.

— Cuidado! — Reyna gritou.

Quando sentiu a areia endurecer e a água do mar se afastar, Lucy parou. Abriu o frasco. A vertigem se transformou em dor, e ela se lembrou do que vovó Beck dizia sempre que alguém da família estava estressado. *Vou repetir o que a minha mãe falava: "Das wird sich alles finde", tudo vai se ajeitar.*

Talvez fosse verdade.

Lucy segurou o pote contra o corpo.

A avó gostaria disso: o vento selvagem, as ondas. Gostaria até do que tinha acontecido — o beijo de Lucy num marinheiro, nesta ocasião em particular.

E ela gostaria de Will. Lucy tinha certeza de que Martin aprovaria isso.

A borda de uma onda rodopiou ao redor dos pés de Lucy, entorpecendo-os, enquanto ela olhava para o horizonte pouco visível naquela hora. Respirou fundo, permitindo que o ar espesso a preenchesse.

"Das wird sich alles finde."

Atirou as cinzas de vovó Beck na noite azul e negra.

18

Lucy acordou com os aromas da cozinha, e isso a deixou feliz. O dia de Ação de Graças não era o pior dos feriados e, este ano, menos ainda. Ela comeria o tradicional peru e a companhia não podia ser melhor: Reyna, Gus e agora Will.

Fechou os olhos por um instante, pensando nisso.

Tudo bem, talvez fosse um pouco cedo para colocar Will na lista das suas "pessoas preferidas". Não o conhecia há muito tempo, mas era assim que se sentia. De qualquer forma, não era o tipo de vínculo que se forma ao longo de anos passando o tempo juntos. Tinha sido uma coisa quase instantânea, que a gente sabe e pronto. Quando se virou e abriu os olhos, lá estava o vestido vermelho, junto com os sapatos de salto e o casaco, empilhados ao lado da cama. Tinha sido realmente *ela*, usando aquelas coisas? Pendurou o vestido no fundo do armário com as outras roupas de Reyna e ajeitou o quarto. Depois do banho, vestiu *jeans* confortáveis, um blusão largo e meias azuis com pequenas protuberâncias na parte inferior, que a impediam de deslizar sobre o piso de madeira.

Havia dias de festa com vestidos vermelhos; depois, havia o resto.

♪ ♫ ♪

O pai estava apoiado no balcão da cozinha, conversando com Martin e bebendo café. Vestia praticamente a mesma coisa que Lucy: *jeans* velho, blusão macio e chinelos. Ela envolveu os braços sobre os ombros dele, por trás, e ele aproveitou para fazer um afago nas mãos de Lucy, como se estivesse perdoando o incidente com o seu fone puxado e sua recusa na hora de se despedir da mãe.

— Divertiu-se ontem à noite? — ele perguntou, e ela se afastou, sentindo-se presa a alguma coisa.

— Só saí com a Reyna.

Ele se virou e sorriu.

— Eu sei. Vi o seu bilhete, mas você se divertiu?

— Sim. Me diverti.

— Muito bem. — Ele colocou a mão sob o queixo dela e estudou seu rosto, como se pudesse detectar algo diferente lá.

— O quê? — perguntou ela.

— Nada.

— Tudo beeeem. — Lucy foi até a cafeteira. — Cadê o Gus?

— Já está no *video game*. Hoje ele está liberado!

Martin tocou as costas dela. — Preparo alguns ovos para você, querida?

— Não — disse o pai, que se levantou e completou: — Eu cuido disso!

Lucy e Martin trocaram um olhar, como se quisessem checar se tinham ouvido direito. E tinham. O pai foi enxotando os dois para longe da geladeira e tirou ovos, manteiga e creme de leite.

— Ah, não sei se tem espaço... — Martin falou, nervoso.

— Espaço para o quê?

— Para nós dois na cozinha?

Lucy levou o café para o balcão, para abrir caminho.

— Bobagem — disse o pai. — Vou levar cinco minutos para fazer, comeremos em dois e mais um minuto para limpar. Sabe? Os franceses inventaram a omelete.

Martin se afastou.

— Eu me rendo. Vou sumir daqui.

Ele saiu mesmo e Lucy ficou observando o pai se preparar diante dela, no balcão, quebrando os ovos em uma tigela. Tentou quebrar o primeiro usando apenas uma mão, mas deixou cair a casca. Enquanto a pegava, perguntou: — Você ligou para sua mãe?

— Não. Mas ela também não me ligou. — Embora tivesse ameaçado, ainda não havia mensagens no celular de Lucy.

— Quero que você ligue para ela.

Lucy suspirou. Ele moeu pimenta na tigela e continuou: — Não suspire para mim, *poulette*. Quero que a minha família se dê bem.

— Papai, ela...

— Ela é minha esposa. E mãe dos meus dois filhos lindos e talentosos. — Ele batia os ovos, e Lucy tentou imaginar a mãe como o objeto da afeição dele, seu parceiro, o amor de sua vida.

— Fico magoado — continuou — se vocês não conseguem se entender. Não quero tomar partido.

— Porque você tem medo dela. Deles.

— Não. — Ele parou de bater. — Sou o único na família que não é músico, Lucy. Eu me casei com este... — Ele olhou para o teto por alguns segundos. — Este mundo incrivelmente belo de talento e arte que mal começo a entender. É como mágica para mim. Eu tenho sorte por fazer parte dele, fico feliz apenas por poder me sentar, ver, ouvir e me maravilhar: estes são meus filhos, esta é a minha filha. Como isso aconteceu? — Ele apontou para a tigela de ovos. — Consigo fazer uma omelete. Posso gerenciar o dinheiro. Sei controlar uma agenda. Mas não sou como sua mãe, ou como você, ou como Gus. Não sou... especial. Às vezes, nem sei como eu contribuí.

— Metade dos nossos genes, papai.

— Verdade! Sim, obrigado.

Ela nunca, nunca teve um breve pensamento sobre como seria para ele se sentir daquela forma, como um forasteiro da música e de sua própria família.

— O que você pensou — ela perguntou — quando desisti em Praga? O que você realmente pensou?

Ele batia os ovos. Derramou um pouco de creme de leite. Limpou uma gota da borda da tigela.

— Me diz — insistiu ela.

— Para começar, pensei que eu nunca deveria ter deixado você subir no palco naquele dia. Pensei que deveria ter contado sobre a sua avó no segundo em que eu soube. E também pensei que você tinha o direito de fazer o que quisesse. Inclusive desistir, e ponto final.

— Verdade? — Tudo isso era novidade para Lucy. — Você poderia ter falado tudo isso.

— Eu falei — respondeu ele. — Conversei com mamãe.

— Eu gostaria que você tivesse dito isso *para mim*.

— Talvez eu devesse...

Ela o observou escolhendo uma frigideira.

— Tudo o que estou pedindo para a mamãe é para ela... sei lá... reconhecer que é a *minha* vida. Como você disse, eu tinha o direito de tomar aquela decisão.

— Sim, eu achei que você tinha o direito de desistir se quisesse — ele suspirou. — Mas desejei que você não quisesse isso. Mamãe também. Ela deseja que você não queira mesmo desistir. Ela pode reconhecer que é a sua vida, mas, ainda assim, pode se sentir decepcionada com a sua escolha. Isso é direito *dela*. E do seu avô também.

Lucy ficou quieta enquanto ele preparava a omelete. Talvez ela não tivesse se esforçado tanto para entender a perspectiva da mãe, e do avô. Na verdade, ela não queria se desculpar. Acreditava no que tinha feito em Praga e lamentar não mudaria nada.

Mas reconhecia que o pai tinha certa razão.

Comeram quase sem conversar e, assim que terminaram, ele lembrou: — Ligue para a mamãe.

— Eles podem nem ter chegado lá ainda.

— Então deixe uma mensagem de voz.

♪ 🎵 ♪

"Oi, mãe! Me desculpe por não ter me despedido de você e de vovô. Espero que tenha tido um bom voo. Eu... tudo aqui está tão cheiroso! Feliz dia de Ação de Graças, tá? Tchau, então."

♪ 🎵 ♪

Reyna e Abby apareceram ao meio-dia, e Gus levou Abby direto para o *video game.*

— Você parece refeita da noite de ontem, e inocente — Reyna disse a Lucy, assim que ficaram sozinhas na sala. — Carson me contou que você beijou um marinheiro na loja de doces, é verdade?

— Um beijo no rosto.

— O rosto de um estranho. — Ela caminhou em direção à cozinha.

Lucy a seguiu.

— Espere! Você está *zangada*?

— Não.

— Sim, está. Qual é?

Reyna se virou.

— É só que... de ouvir todas essas coisas sobre o meu pai. Talvez seja assim que comece, sabe? Uma garota com um vestido justo vermelho que acha que está sendo legal dá um beijo no seu rosto e a próxima coisa que se sabe é que ele está traindo a esposa.

Lucy riu.

— Não foi bem assim... a namorada tinha acabado de terminar com ele. O marinheiro.

— É o que ele disse — Reyna suspirou. — Desculpe. Talvez eu esteja julgando demais. Mas também tem o Carson. Você não devia brincar, porque ele realmente gosta de você.

— Como assim? — Lucy perguntou, confusa.

— Como é que você acha?

De repente, ela se lembrou do rosto dele quando o abraçou.

— Ele disse isso?

— E precisa dizer? Eu tenho olhos.

— Mas ele vive falando os nomes de tantas garotas... E o meu nunca apareceu.

— Eu sei. Apenas... não seja esse tipo de garota, é tudo que estou dizendo. — Ela puxou a mão de Lucy. — Vamos esquecer isso. Quero ver o Martin.

Fizeram uma entrada triunfal na cozinha, Reyna se jogou sobre Martin, e o aroma delicioso rescendia do forno enquanto o cozinheiro acariciava os cabelos de Reyna com ciúme. — Se eu tivesse esse seu rostinho...

Aproveitando a presença das duas por lá, Martin as convocou para a tarefa de servir travessas e tigelas, e picar guarnições. Lucy voltou a pensar na noite anterior, em como tinha se sentido bem. Viva! Não tivera a intenção de ferir Carson nem ninguém. Só queria expressar... não era bem felicidade... Mais uma espécie de plenitude. Como se... se ela pudesse explodir se não fizesse algo. A mesma sensação daquele outro dia, no trajeto para Half Moon Bay.

Desde que desistira do piano, era como se não houvesse um lugar para colocar esse sentimento.

E estava prestes a mudar isso.

♪ ♫ ♪

Quando a campainha tocou, Gus disparou pela escada da sala de jogos.

— Eu atendo! — Lucy, Reyna e Martin saíram da cozinha, mas o pequeno os empurrou para chegar antes e abrir a porta. Will e Aruna sorriram para ele no mesmo instante. Aruna segurava um vaso de plantas e estava linda com uma blusa florida que, para Lucy, só mesmo ela poderia usar sem parecer uma velha senhora. Entregou a planta para Martin.

— É alecrim — disse ela.

— Com certeza! — disse ele, aproximando o nariz das folhinhas. — Obrigado.

Entraram, e Aruna surpreendeu Lucy com um abraço afetuoso e apertado. Sentiu seu perfume picante, forte, mas na dose certa. Will acenou dando um oi e estendeu a mão para Reyna.

— Olá! Sou o Will...

— Reyna — Lucy disse, apontando para ela. — Minha melhor amiga.

— E a irmã da melhor amiga — acrescentou Reyna quando Abby se esgueirou ao lado dela. — Muito prazer.

Gus arrastou Will para algum canto e Aruna foi até a cozinha para ficar com Martin. O pai de Lucy estava na adega.

Quando Reyna e Lucy foram deixadas sozinhas no *hall* de entrada, Reyna indagou:

— É o *mesmo* cara da internet?

— Will? Sim.

— Ao vivo ele é mais bonito.

Lucy deu de ombros, e Reyna sacudiu a cabeça.

— Como se você não tivesse percebido.

♪ ♫ ♪

Uma hora mais tarde, estavam todos à mesa, inclusive Martin. O pai de Lucy ergueu a garrafa, exibindo o vinho especialmente escolhido para a ocasião.

Em seguida, dirigiu-se a Lucy.

— Estaria traindo minha ascendência se não insistir para que você beba uma taça. Só um gole para degustar.

Lucy não hesitou em estender a taça, dando uma olhada em Martin por um segundo para conferir se ele aprovava, mas ele fez um gesto evasivo.

— É dia de Ação de Graças.

— Eu também? — Reyna pediu.

— Se você ligar para sua mãe e pedir permissão.

— Ah, deixe quieto.

O pai derramou o vinho na taça de Lucy com generosidade: bem mais do que um gole só para degustar.

— Faça um brinde, *poulette*. Faça por merecer o seu vinho.

Ela ergueu a taça; todos a seguiram. O sentimento geral era pelo menos cem vezes mais relaxado do que naquela última vez em que Will e Aruna estiveram lá. Talvez Lucy devesse brindar à mãe e ao avô, mas não sentia falta deles.

— À minha avó.

Martin tocou a taça dele na de Lucy. — Assim seja.

Após todos tomarem um gole, Aruna disse: — Conte-nos sobre ela, Lucy.

— Ela... — *Ela estava aqui no dia de Ação de Graças passado. Usava um vestido azul. Ela me amava.* Lucy olhou para Martin, esperando que ele visse que ela não conseguiria falar. — Desculpe. — A voz falhou, e ela se viu olhando para Will. Ele fez uma cara solidária e muito rapidamente ergueu a taça de água para ela.

Martin e o pai de Lucy falaram um pouco sobre vovó Beck; Lucy ouviu e tomou um gole, sentindo o rastro que o vinho fazia através de seu corpo. Martin contou algumas histórias que ela ainda não conhecia, então Abby começou a ficar inquieta à mesa e Gus perguntou quando a sobremesa seria servida. Aruna se ofereceu para ajudar Martin a limpar, insistindo em que os outros ficassem no lugar. O pai de Lucy encheu o copo dela novamente, depois pediu licença para pegar outra garrafa.

Will, Lucy, Reyna, Gus e Abby permaneceram sentados. Reyna ainda estava tímida com Will.

— Então, e você? — ele perguntou. — O que você gosta de fazer?

— Nada especial. — Reyna deu de ombros.

— Ela consegue contar de trás para a frente, de uma centena até um, sem ter que parar para pensar. — Abby falou com sua adorável vozinha rouca.

— Isso deve ser muito útil — disse Will.

— Sim, bem... mas não gosto de me gabar.

O pai de Lucy reapareceu com outra garrafa de vinho e passou o que pareceram ser cinco minutos procurando o saca-rolhas até que Gus o apontou, no bolso da sua camisa. Martin então trouxe a sobremesa: torta de chocolate com pecã, torta de abóbora, uma travessa com frutas, queijo e sorvete. Três viagens de ida e volta para a cozinha. — Esta é vegetariana — disse Martin, indicando a torta de abóbora.

— Obrigado — Will respondeu. — Parece ótima.

Enquanto a sobremesa rodava pela mesa, Lucy flagrou Gus olhando para Will em estado de adoração. Como um fã. A forma como Will se encaixava tão perfeitamente, sem qualquer tipo de esforço ou drama, era uma ocorrência milagrosa para a família Beck-Moreau. Como professor, ele era excelente para Gus. Legal, com os amigos de Lucy. Não tratava Martin como um simples empregado. Não bajulava o pai de Lucy.

E estava disposto a ser seu amigo.

Lucy sentiu que o vinho tinha deixado a sua língua agradavelmente seca e os pensamentos um pouco nublados. Ela viu Will cavocando sua torta de abóbora vegetariana dando uma piscada para Abby.

Ele era meio que perfeito.

♪ 🎵 ♪

Reyna e Abby foram embora por volta das sete.

— Agora temos que ir a mais duas sobremesas — disse Reyna. — Uma com o meu pai, na casa da nossa tia, e depois, com a nossa mãe, em casa.

— Ah, *ma chère* — o pai de Lucy disse com a voz pastosa. — Fiquei contente por vocês terem ficado conosco hoje. — Ele deu-lhe um beijo em estilo europeu dos dois lados do rosto: os velhos hábitos franceses emergindo com o vinho.

Lucy também se sentia tonta. Com os joelhos meio bambos e a cabeça girando um pouco, ela deu um longo abraço em Reyna, acompanhado de um beijo molhado no seu pescoço.

— Você é minha melhor amiga — murmurou.

— Sim, eu sei — respondeu Reyna, empurrando-a suavemente.

— Prazer em conhecer vocês — despediu-se Will.

Quando a porta se fechou atrás de Reyna e Abby, o resto do grupo se juntou desajeitadamente no *hall* de entrada até o momento em que parecia não haver nada a fazer, além de se acomodar na sala de piano. De alguma forma, foi Lucy quem liderou o caminho.

— Tenho que limpar a cozinha — disse Martin, desculpando-se.

Gus parou no corredor e disse:

— Não quero tocar.

Ele nunca dissera isso antes.

— Vamos lá. — Lucy cutucou o ombro dele e imediatamente desejou não ter feito isso. Ela nunca, nunca o forçaria a nada com relação ao piano.

— É o meu dia de folga.

Talvez só agora, sem vovô Beck e mamãe por perto, ela estivesse vendo o verdadeiro Gus. Talvez ele fingisse toda aquela disposição o tempo todo. *Impossível*, ela pensou. *Eu saberia*. E, nesse momento, olhou para Will.

— Sim, é o seu dia de folga — concordou ele.

O pai de Lucy já tinha se afundado na poltrona de vovô Beck.

— Faça o que quiser, Gustav.

— Podemos jogar tênis no *video game*? — Ele estava pedindo permissão para Will, que gemeu e bateu em seu estômago.

— Sem chance. Que tal algo que eu não precise me mexer, como xadrez?

Gus fez uma careta. Lucy sorriu. Talvez, por ter passado metade do dia com Abby, ou quem sabe por quais outros motivos, seu irmão estava sendo chato, um menino normal de dez anos de idade, e ela gostou. Então ele pediu ao pai: — Posso assistir TV?

— Claro.

Aruna colocou a mão no ombro de Gus.

— Boa ideia! Posso ir junto?

Ele abriu um enorme sorriso e saíram juntos, deixando Lucy, o pai e Will na sala de piano, sem nenhum motivo real para estarem lá.

— Vovó iria gostar de você — ela deixou escapar, olhando para Will, já sentado na namoradeira. — Não é mesmo, pai?

— Ah, sim, com certeza. E você — disse ele, apontando para Will — se apaixonaria loucamente por ela. Era uma mulher encantadora. A Lucy tem o charme de Hannah.

— Tenho? — Lucy se desequilibrou um pouco ao se virar para encarar o pai.

— Acho que o que Lucy tem é necessidade de se sentar — disse Will.

Ele estava certo.

A banqueta do piano não parecia desconfortável.

Ela olhou por cima do ombro e viu a cabeça do pai descansando sobre seu peito, embora ainda segurasse a taça de vinho com força. Will estava diante da estante de livros e a estudava como se estivesse procurando algo específico.

Lucy abaixou-se para a banqueta do piano e tocou os dedos nas teclas. Elas eram suaves e sensíveis. Convidativas. Como se estivessem esperando por ela.

Ela fechou os olhos.

A primeira coisa que saiu foi uma frase da peça de Bach em que Gus estava trabalhando. Ela se atrapalhou bem. Will estava certo — aquela sétima diminuída era mesmo estranha. Lucy fechou os olhos e repetiu, ainda falhando em cerca de metade das notas. Depois, novamente, em um ritmo mais contido. Buscando a forma, criando a música.

Melhor.

Os dedos começaram a engatilhar, mas o que saiu do piano ainda não tinha o que se chamaria de maestria. Ela não esperava ser *ótima*. Não era assim que funcionava. Se você negligencia seus dons, eles murcham e morrem, e você não os merece. Era o que vovô Beck dissera uma vez.

Mas, enquanto tocava, ela soube: nada tinha murchado nem morrido. Tudo apenas estava em repouso.

Seus dedos ainda tinham o dom de tradução, como vovô dissera.

Seu coração ainda entendia o que a música queria que ela fizesse.

Seu sangue era vinho e calor e vida.

Ela desistiu de Bach quando não conseguiu se lembrar de nada da segunda parte e mudou para *O Cisne*, de Saint-Saëns. A melodia veio com mais facilidade, e seu corpo começou a se movimentar da forma antiga, oscilando um pouco para a frente em certas frases, os braços leves, como os de uma bailarina.

Em seguida, Lucy passou para Duke Ellington, uma música que ela tinha esquecido o nome.

— ... *some kiss may cloud my memory...*

De repente, o pai, logo atrás dela, estava cantando. E então ela se deu conta de que não estava sozinha.

Foi como ser forçada a sair de um sonho bom quando alguém entra no quarto e acende uma luz ofuscante.

Instintivamente, ela afastou os dedos do piano.

— Não, não, continue a tocar — disse o pai, apoiando o peso sobre o ombro dela. — Por favor! — Tentou colocar as mãos dela de novo sobre o teclado, enchendo a sala com o som de notas dissonantes.

— Pai, por favor! — Lucy se levantou rápido demais: a sala girou, o estômago revirou e ela voltou à banqueta, puxando a tampa do piano sobre o teclado. *Parece um bom lugar para descansar minha cabeça*, ela pensou, e foi o que fez, sentindo a textura da madeira antiga e fresca contra a pele.

Afinal, o que ela tinha acabado de fazer? Sim, ela queria voltar a tocar, mas não assim, não tão... exposta. Era para ser apenas ela e a música.

Então percebeu outra mão em seu ombro, um toque mais leve acompanhado pela voz de Will.

— Você está bem? Tente se sentar, Lucy. — Ela relaxou os ombros para trás. — E se a gente desse uma voltinha por aí?

A voz dele era tão agradável.

— Não quero andar. As coisas estão girando.

— Eu sei.

Ela se ergueu com a ajuda de Will. Depois de alguns segundos, sentiu-se menos zonza, encontrou seu eixo e atravessou a sala enquanto ele permanecia bem a seu lado.

— Cadê o meu pai?

— No banheiro. Acho possível que ele fique lá por algum tempo. Falando nisso, será que também não precisamos encontrar um banheiro vazio? Às vezes, você sabe... é bom para, enfim.. aliviar o mal-estar.

Ela balançou a cabeça. Ficar em pé já estava ajudando.

Caminharam ao redor da sala de novo, desenhando um círculo, e Lucy brincou sobre a sensação de estar num romance de Jane Austen. Depois, Will disse que ela parecia bem e que eles poderiam conversar um pouco se ela estivesse a fim.

Sentaram-se no sofá. Will tirou os óculos e os colocou sobre a cabeça. Seu olho parecia menos torto sem as lentes. Então ele sorriu e disse:

— Você é cheia de surpresas. Como se sentiu?

Foi a vez de Lucy sorrir.

— Muito bem.

— Deu para perceber.

— Deu?

Ele fez que sim com a cabeça.

— Você está enferrujada, é claro. Mas para alguém que não tocava há quase um ano...

— Oito meses — ela corrigiu.

— Mas quem está contando?

— Eu não.

— Realmente, Lucy, uau! Aquela peça de Saint-Saëns... você conversou com a música como se fosse um velho amigo.

Lembre-se disso, ela pensou.

Os elogios do professor Charles em classe tinham funcionado bem, mas nem de longe substituíam a sensação de se destacar com a música.

Lucy sentia falta de ser ouvida. De ser conhecida. Por outras pessoas e por ela mesma.

Colocou a cabeça entre as mãos, como se estivesse sobrecarregada.

— Lucy, você está bem?

— Estou, sim. É que... — Ela ergueu a cabeça. — Eu tinha me esquecido. De como a gente se sente.

— Eu sei.

— Não. Quero dizer, como era ser eu mesma.

Ele tocou o ombro dela, como fizera quando Lucy estava ao piano, e ela deixou-se inclinar na direção do corpo dele apenas por alguns instantes. Will tinha um cheiro gostoso, de limpeza, como algo que lembrava torta de abóbora. Quando ela se endireitou, disse:

— Não consigo acreditar que fiz isso na frente do meu pai.

— Ele não vai se lembrar.

— Vai, sim.

A tontura voltou de repente, fazendo Lucy fechar os olhos.

— E agora?

— Vamos falar sobre isso quando você estiver melhor.

Em seguida, ouviram as vozes de Gus e Aruna chegando pelo corredor. Will se levantou e foi ao encontro de Aruna na porta. Beijaram-se e ela disse:

— Ouvimos você tocando há um minuto, querido. Foi ótimo.

Eles não tinham percebido o que acontecera. Então, Will, suave, instantâneo, como se fosse verdade, disse: — Obrigado. Eu só estava brincando.

Lucy olhou para a parte de trás de sua cabeça e pensou: "*Ele está do meu lado*".

19

Acordar no dia seguinte não foi nada agradável.

A sensação era de gripe, com dor de cabeça e um calor febril por trás dos olhos. Ficar na cama não era confortável, levantar-se, menos ainda. A caminho do banheiro, Lucy quase tropeçou em um obstáculo no chão: Gus.

— Ai! — disse ele, com uma voz matinal, meio desafinada. — Você pisou na minha perna.

— Bem, o que a sua perna está fazendo aí? — Ela deu um chute suave.

— Você disse que eu poderia dormir em seu quarto.

— Eu disse?

— Sim.

— *Humm.* — Ela seguiu em direção ao banheiro, viu o estojo do aparelho vazio e se deu conta de que não tinha ideia de onde ele estava — não era na sua boca, onde só havia um gosto desagradável. Escovou os dentes e a língua, e molhou uma toalhinha com água fria. Talvez ela tivesse se esquecido de Gus dormindo em seu quarto, mas, de resto, lembrava-se de tudo. De ter tocado, de Will, e do que o pai lhe dissera quando ele finalmente saiu do banheiro, pálido e molhado.

— Fiquei muito comovido com você, sabe? — E fez um movimento com as mãos, colocando-as perto do coração.

Saiu do banheiro e se esticou no chão ao lado de Gus, com a toalha em cima dos olhos, fazendo uma leve pressão. O saco de dormir soltou uns barulhos esquisitos quando ele rolou de costas.

— Quer dividir o travesseiro? — disse o irmão.

Lucy chegou mais perto; as cabeças se tocaram. Após um minuto de silêncio, Gus disse: — Não seja uma dessas pessoas que bebe.

Deus, eu estava tão ruim assim? Ela tentou fazer uma piada.

— Nunca? Por todo o resto da minha vida?

— Will não bebe. Você não precisa beber. Nem todo mundo precisa.

— É um feriado, Gus.

— E daí?

Com a toalha ainda sobre os olhos, ela tateou a lateral até encontrar a mão dele no saco de dormir.

— Você está certo. Mas papai quase me forçou, você viu.

Gus não estava entendendo. Lucy percebeu que ele agora estava sentado: tirou o paninho e olhou para ele, o saco de dormir amontoado em torno de sua cintura, os cachos desarrumados apontando para todos os lados.

— Ele não pode *obrigar você!* E foi você quem me disse que as pessoas não podem *obrigar* a gente a fazer coisas. Do mesmo jeito que eles não podiam *forçar* você a continuar tocando. Lembra?

Mesmo que ele estivesse usando as palavras contra ela, Lucy ficou contente em saber que o irmão se lembrava da conversa, há seis meses, quando ela sentiu que era seu dever fraternal explicar a Gus que ele também tinha escolha sobre o piano. E que sempre teria.

— Você está certo — repetiu ela. — Foi minha opção. E pelo modo como eu me sinto agora, provavelmente não vou beber nunca mais. — Ela abriu caminho até a mão dele, puxou-a de dentro do saco de dormir e entrelaçou na dela. — Me desculpe, Gustav. Me perdoa?

— Sim.

Ele pegou a toalhinha e a arrumou de novo sobre os olhos dela.

♪ ♫ ♪

Martin tinha deixado a cozinha impecável como se o dia de Ação de Graças nunca tivesse acontecido. Estava sentado junto ao balcão, escrevendo o que parecia ser uma carta, e Lucy o cumprimentou com um aceno antes de esvaziar a cafeteira.

— Gosto de saber que você está aqui o tempo todo — declarou ela, depois de encher a caneca. — Você deveria simplesmente se mudar para cá, para sempre. Mamãe e papai nunca deixam sobrar café de manhã para mim.

— Sei, sei. Como está se sentindo?

— Bem.

— Sério? — Ele largou a caneta e a observou derramando o creme sobre o café quente.

Quando foi guardá-lo, Lucy segurou a porta da geladeira aberta e apontou para dentro.

— Você é incrível, sabia? — Todas as sobras estavam armazenadas em recipientes de vidro quadrados, marcados com uma etiqueta e dispostos em fileiras e pilhas. — Ficou acordado a noite toda fazendo isso?

— Já passou do meio-dia, querida. E não mude de assunto.

— Cadê todo mundo? — Ela tinha caído no sono com dificuldade, depois da conversa com o Gus naquela manhã. Quando acordou, ainda estava no chão, a toalhinha sobre a orelha, baba no travesseiro e nenhum sinal do irmão. — Eu me sinto bem. Quero dizer, com dor de cabeça. Mas este café está incrivelmente bom.

— Seu pai levou Gus para o cinema. Um filme muito importante de algum super-herói. Por que não se senta? Vou fazer um sanduíche de peru.

Isso pareceu perfeito. Ela finalmente sentiu que poderia comer novamente e comer muito.

— Pode deixar comigo.

— O meu é melhor e tem um bônus: não faço bagunça!

Ela concordou e ficou observando Martin em ação enquanto bebia o café. Em instantes, uma obra-prima em forma de sanduíche estava diante dela: pão integral, peru, maionese, sal, pimenta e uma fina camada de molho de *cranberry*[10].

---

[10] *Molho agridoce feito à base de frutas vermelhas muito usado para acompanhar as carnes típicas da ceia de Ação de Graças. (N. do E.)*

— Obrigada.

Martin se serviu de uma fatia de torta de pecã com café e se sentou. Dobrou os óculos, colocou-os sobre o papel onde estava escrevendo e olhou para Lucy.

— O quê? — ela perguntou, inquieta.

— Eu ouvi você na noite passada — disse ele. — No piano.

— Era Will — disse ela, por reflexo.

Martin balançou a cabeça e riu.

— Era você, Lucy. Você acha que não sei, depois de ouvi-la tocar durante tantos anos?

Ela engoliu seu bocado de sanduíche e abocanhou outro, sem saboreá-lo. Depois resolveu falar:

— Eu me sentia... festiva.

— Ah, tá! Um único *show* de Ação de Graças, e então é *realmente* o fim?

Lucy dobrou o cantinho do papel toalha que Martin lhe dera para usar como guardanapo. Em seguida, dobrou-o de novo e de novo, até ficar parecido com um pequeno acordeão, cheio de pregas.

— Não conte nada sobre isso — pediu ela. — À mamãe ou ao vovô. Não quero que nada mude.

— Não quer mesmo? Você está feliz com as coisas desse jeito?

Ela beliscou um pouco de pão do sanduíche e o colocou na boca, embora seu apetite tivesse desaparecido.

— Não. Não estou dizendo isso.

— Sua mãe e até mesmo seu avô, à maneira dele, querem que você seja feliz.

— Não, não querem — disse ela bruscamente, bem certa.

— Lucy.

— Eles querem que eu consiga algo, ou que, pelo menos, não os envergonhe publicamente. Minha felicidade está fora de questão. — Ela se levantou com o prato na mão e começou a embrulhar o resto do seu sanduíche do jeito que, sabia, Martin gostaria que ela fizesse: perfeitamente vedado pelo filme plástico.

— Sei que você se sente assim — continuou ele. — Mas você tem que confiar em mim. Eu os conheço há muito mais tempo.

A geladeira era grande, mesmo assim não havia espaço para o meio sanduíche.

— Você não é filho deles! — Lucy se sentia impotente, perdida. — Onde coloco isso?

Martin se aproximou dela, pegou o sanduíche de sua mão e arrumou um lugarzinho perfeito em uma das gavetas.

— Por favor — disse Lucy, segurando o braço de Martin, quase implorando, depois de ele ter fechado a geladeira. — O que aconteceu ontem à noite, foi... — Ela procurou a palavra certa. — Privado.

— Para mim, isso é difícil de entender, Lucy.

— Você entendeu quando desisti.

— Entendi, sim, o seu protesto contra o que aconteceu com a sua avó. Não pensei, depois de todo esse tempo, que você continuaria protestando. Você demonstrou o seu ponto, Lucy, e muito bem. Não precisa seguir insistindo.

— Vovô não me...

— Ah, pare com isso — disse Martin. — O homem não é Deus, mesmo quando ele pensa ser. Ele não controla a sua vida ou a da sua mãe, nem perto do que vocês duas dizem que ele faz.

Lucy soltou o braço dele.

— Meus maiores talentos são cozinhar, limpar e organizar as sobras — continuou ele –, por isso não entendo como alguém que consegue produzir tal beleza pode fugir disso.

Ela queria dizer a Martin que estar do outro lado da coisa — ser a única com o talento ou o dom ou qualquer outro nome que isso tivesse — não era como ele pensava. Tinha muita pressão, e a expectativa de que, de alguma forma, você devia isso ao mundo, tendo de fazer algo que você não tinha certeza de querer fazer ou, pelo menos, não da maneira como o mundo exigia que você fizesse.

Mas Lucy sabia que esse tipo de conversa poderia soar como falta de gratidão.

— *Estou* pensando em tocar de novo — ela confessou. — Por enquanto, só pensando. E não sei como vai funcionar. Então, não quero contar para eles ainda. Nem para o Gus, tá? Até eu estar pronta.

Um sorriso se espalhou pelo rosto de Martin.

— *Pensando* — Lucy reiterou. — Eu quero tempo para resolver esse problema. Tempo e ajuda.

— Tudo bem, Lucy. Fica sendo nosso segredo, por enquanto. — Ele segurou os ombros dela e deu um passo para trás, sem esconder que estava orgulhoso. — Sua avó aprovaria.

♪ 🎵 ♪

Estavam sozinhos na casa, Martin e Lucy. Ela saiu da cozinha, seguindo os pés que a levavam para a sala de prática. A tampa do piano continuava fechada, como ela tinha deixado. Ao erguê-la, Lucy soltou um profundo suspiro.

Na noite anterior, no momento em que estava tocando, tudo parecia um sonho. Inebriada pelo vinho e por um sentimento de liberdade, com seu avô a meio mundo de distância, Lucy praticamente entrou em transe. Como se ela estivesse tocando debaixo da água, as pessoas e as coisas ao seu redor, tudo abafado e distante.

Desta vez, ela estava totalmente lúcida, sem vinho nem nada que perturbasse o momento.

Agora, ao contrário, o que fluía dentro dela era uma sensação de familiaridade, de lar, uma onda que fez seus lábios se curvarem em um sorriso.

Isso era real.

O teclado sob seus dedos e a banqueta onde ela se sentava eram concretos. Ela se sentiu viva e consciente de si mesma movendo-se através de um limiar.

Tudo bem, Kristoff. Lá vamos nós. A memória de Grace, a querida professora, também estava lá, assim como o espírito de Temnikova, ambas insistindo para que ela se aquecesse corretamente.

Tocou alguns acordes. As mãos continuavam tendo um bom alcance, ela conseguia segurar as notas sem muito esforço.

Não se sentiu enferrujada. Depois de alguns minutos de concentração, percebeu que a postura estava errada e fez uma pausa para endireitar as costas e recomeçar. Assim que se sentiu suficientemente aquecida, deu uma olhada nas partituras de Gus e escolheu uma valsa de Chopin, com a qual não estava familiarizada, para tentar.

Seus olhos reconheceram aqueles signos e precisou de apenas alguns compassos para a cabeça identificar o que estava vendo na página e transmitir a mensagem diretamente para suas mãos. Não demorou para que a memória muscular disparasse, como que acordando — quanto mais tocava, menos tinha que pensar.

E não pensar era... espetacular. Ela tinha esquecido essa parte. Como o cérebro conseguia não se agarrar a cada pensamento que flutuava, não roer cada osso que o subconsciente atirava na gente.

Quando terminou a peça de Chopin, Lucy girou o pescoço algumas vezes e se levantou. Queria estar fora de lá antes que Gus e o pai voltassem para casa. Fechou a tampa novamente, colocou a música de Gus exatamente como a encontrou, encostou a banqueta sob o piano e saiu, fechando a porta.

♪ 🎵 ♪

Lucy tentou dedicar algum tempo ao trabalho sobre Alice Munro, mas não conseguia se concentrar. Enviou uma mensagem para Reyna.

> Como foram sobremesas 2 e 3?
> Estranho...

> Desculpe, seja lá por q, deuses do vinho punindo c/dor de cabeça horrorosa.
> Desculpe se meu pai foi um mico.

Demorou muito até chegar a resposta de Reyna.

> Sei q não é perfeita, mas vc tem uma família muito legal.
> Tenho que ir.

Ela estava chateada, Lucy logo percebeu. Reyna dissera "tenho que ir" quando não tinha, só estava a fim de ir.

> Ligue se precisar conversar.

Reyna não respondeu, e Lucy ficou verificando o celular apenas no caso de não ter ouvido alguma chamada, até que, finalmente, ela silenciou o aparelho e o escondeu debaixo dos travesseiros em sua cama para tentar se concentrar. Mas a cabeça começou a doer de novo, ainda pior do que tinha sido pela manhã. Agora não era apenas uma dorzinha do tipo "preciso de comida e de café". Estava prometendo durar muito mais tempo.

Pesquisou sobre a escritora no computador e decidiu que organizaria o trabalho no sábado, dando forma ao projeto. No domingo, faria a leitura de História e continuaria a negligenciar as lições de álgebra avançada o máximo de tempo possível.

Quando encerrou o assunto Alice Munro, resgatou o telefone do esconderijo e, no meio da bagunça de sua cama, acabou encontrando o aparelho dental em estado deplorável: pegajoso e coberto de fiapos. Ela o colocou sobre o criado-mudo, enfiou-se na cama desfeita, entrou debaixo dos cobertores para se aquecer e enviou um torpedo para Will.

> Oi. Pode falar agora? Ou mais tarde?

Não veio resposta e nenhuma resposta e nenhuma resposta. Será que ninguém quer responder as mensagens hoje? Lucy sentiu fome e decidiu que estava na hora de comer novamente. Estava descendo a escada quando ouviu o sinal de um recado. Era de sua mãe.

> Recebi sua msg. Pesadelo de viagem e muito a fazer.
> Vovô exausto. Ligo mais tarde.

Não era exatamente "Feliz dia de Ação de Graças para você também", mas era alguma coisa.

♪ ♫ ♪

Tinha acabado de sair da cozinha com a metade do sanduíche da manhã e mais um pedaço de torta quando Gus e o pai finalmente apareceram. O irmão sensível que tinha colocado um paninho sobre os olhos dela horas atrás agora estava possuído pelo irritante Gus, de dez anos de idade, o garoto chatinho de quem ela não gostava tanto quanto imaginara na noite anterior. Ele tentou encenar uma cena de luta do filme, fingindo dar um chute circular na lateral dela e um golpe de caratê no pescoço.

— Pare com isso! — Lucy o empurrou com mais força do que era necessário. — Vou acabar derrubando a torta.

O pai estava com o telefone no ouvido, mas não falava nada, talvez estivesse só ouvindo mensagens. Gus ainda dançava ao seu redor, citando alguma coisa idiota que, ela logo concluiu, devia ter a ver com o filme.

— Você precisa praticar, Gus — disse ela, indo na direção do primeiro degrau. Era só uma maneira de convencê-lo a deixá-la em paz, mas ouvir a si mesma falando aquilo fez com que ela estremecesse. Estava fazendo exatamente o que dissera à mãe que não faria. — Ou não — emendou, virando-se para olhar para Gus, de pé, no patamar mais baixo, tocando o corrimão e a encarando.

— Eu vou... — retrucou ele, na defensiva.

— Não se preocupe, você não precisa fazer nada.

— Lucy está certa. — O pai guardou o celular no bolso. — Tente praticar uma hora ou algo assim, tá? Para continuar afiado. O recital é...

— ... em três semanas — completou Gus. — Eu sei.

— Outro dia de folga não será o fim do mundo, papai — disse Lucy. — Preparo demais é tão ruim quanto preparo de menos.

— Mas foi você quem acabou de sugerir que ele estude um pouco!

Gus olhou para ele, depois para ela e, em seguida, correu para a sala de piano.

Lucy se inclinou sobre o corrimão, sentindo certa pena do pai. Como ele próprio admitira, por não ser da área, não conseguia saber o que significava ser um músico competitivo tentando dominar uma peça.

— Pai?

Ele olhou para cima.

— Sente-se lá enquanto ele toca.

— Sério?

— Bem, não fique encarando nem prestando muita atenção. Pegue um livro, ou o *laptop*, qualquer coisa. Fique lá... Só isso. É muito solitário, às vezes. Repetir trocentas vezes a música. Imaginar o público, a crítica. Perder toda a perspectiva, não ter certeza se está ficando melhor ou pior. Fique por perto, vai por mim.

Ele concordou com a cabeça.

— Eu vou.

♪ ♫ ♪

Will ligou quando ela estava comendo, na cama. Lucy se conteve: contou dois toques mais a metade do terceiro antes de atender.

— Alô!

— Alô.

Pausa. Um silêncio estranho e também normal entre pessoas que nunca se falaram ao telefone. Então os dois falaram ao mesmo tempo:

— Tudo bem?

— Você primeiro — disse ele. — Como vai indo depois de ontem?

— Acordei meio enjoada, com uma tremenda dor de cabeça, mas dormi um pouco mais depois de ouvir um sermão do Gus sobre "beber demais". Agora, estou comendo torta e já me sinto um pouco melhor. — Deu a última mordida e pôs o prato no chão.

— Humm. A culinária de Martin foi o assunto da conversa na nossa volta para casa. Mas eu queria mesmo é saber sobre você-sabe-o-quê. Começa com *p* e termina com *iano*?

— *Ahhhh, isso* — Lucy disse. — Bem... Toquei novamente hoje. Chopin. Enquanto Gus e papai estavam fora.

— E?

— Maravilha. — Reclinada sobre a cama, Lucy acariciou seu edredom. — Sabe aquela sensação... quando a gente está tocando, e todo o resto desaparece?

— Sei, sim, mas isso já não acontece muito comigo.

— Por que não?

Ele pensou.

— Não tenho certeza. Talvez tenha algo a ver com o envelhecimento. É por isso que gosto de trabalhar com jovens músicos. Vocês ainda estão vivos dessa maneira.

— Mas eu não estava mais. Já há um ano ou até mais que isso, antes de Praga. Eu era como... uma espécie de zumbi do piano.

— Aposto que ninguém notou.

— Eu notei, e me senti muito diferente daquilo, ontem à noite e hoje.

— Fico feliz em ouvir isso, Lucy.

— Eu também! — Ela estava contente por dizer e realmente sentir isso.

Então Will ficou quieto por um instante e Lucy também, só ouvindo a respiração dele. Até ele finalmente perguntar:

— E agora, qual é o próximo passo?

— Achei que você fosse me dizer.

— Bem. Vamos ver — prosseguiu ele. — Pensei que parte do trato que fizemos sobre isso era *não* ter pessoas lhe dizendo o que fazer.

— Ah, sim.

— Experimente o seguinte: às vezes, se tenho dificuldades em saber o que quero, reflito sobre o que *não* quero e vejo o que sobrou.

Isso fez sentido. Lucy se endireitou na cama.

— Sei que não quero competir. — Ela não suportava a ideia de ver a mãe ficando maluca por causa do repertório, atrás dela o tempo todo, fazendo perguntas ansiosas. Ela também não queria vovô Beck obcecado por classificações, pressionando-a para se apresentar o maior número de vezes possível, competir, gravar e fazer tudo o que fosse preciso para construir sua reputação. E mais: não queria se submeter aos jurados de competições, quase todos azedos e enrugados, observando cada movimento de Lucy em busca de motivos para rebaixar sua existência.

— Que tal se apresentar? — ele quis saber.

— Não sei — respondeu ela.

— De certa forma, esse é o ponto, certo? Compartilhar seu amor? Completar o círculo?

Da maneira como ele falou, aquilo soou em ritmo de *kumbaya*[11], mas não era muito diferente do que vovô Beck falara sobre interpretação. Para quem você estava tocando? Só para você? Não. Todos os grandes compositores escreveram músicas para serem ouvidas. O músico, a pessoa no instrumento, era a ponte entre a cabeça do compositor e a orelha do ouvinte.

— Verdade — ela concordou.

— Você já pensou em conservatório? — Will questionou.

— Como faculdade? Quer dizer, escola de música? — Certa vez, ela tinha concluído que este seria o seu caminho. Mas as coisas se precipitaram e foi como se, um dia, ela tivesse acordado e virado profissional.

— Sim. Ou agora, até mesmo a Academia.

— Ah, nenhum Beck-Moreau jamais irá para a Academia. Só sobre o corpo do vovô. Ele já me disse isso literalmente.

— Lucy, você vai ter que parar de culpá-lo, decidir o que *você* quer fazer e simplesmente aceitar que nunca conseguirá a aprovação dele — disse Will. — Ouça seu novo-velho amigo Will. Tive minhas próprias batalhas perdidas. Apenas saia da briga.

Nesse momento, Lucy ouviu uma batida na porta.

---

[11]*Música espiritual da década de 1930, que se tornou popular novamente nos anos 1960 e virou canção tradicional de escoteiros em todo o mundo, sendo executada em acampamentos ao redor de fogueiras. (N. do E.)*

— Tenho que ir — disse ela. — Quero dizer, obrigada. Acho que seria ótimo. Vou pensar nisso.

— Vá e aproveite o resto do seu fim de semana. Estarei por perto na segunda-feira se quiser continuar conversando.

— Você anda por aqui o tempo todo ultimamente. — Não que ela estivesse reclamando.

— Sua mãe enviou um *e-mail* pedindo horas extras. Ordens do vovô.

— Viu só?

Ele riu.

— Ah, sim.

Despediram-se e Lucy foi abrir a porta. O pai estava no topo da escada de braços cruzados, e ela se preocupou por um segundo, imaginando ter se metido em algum tipo de problema. Então ele disse:

— Acabei de falar com a mamãe. Ela disse que você ligou para ela. Obrigado.

— Ela não quis falar comigo?

— Ela também não falou com Gus. Parece que as coisas estão confusas por lá. E a conexão estava péssima.

Ela encolheu os ombros, tentando não se incomodar por isso.

— Tem alguma coisa que você queira fazer neste fim de semana? — ele quis saber. — Levei Gus ao cinema. Estou disponível para você, também, *franguinha*.

Lucy fez uma careta para o seu apelido.

— Soa melhor em francês, não é? — Como sempre, as coisas atropelavam seus planos. Tudo o que ela queria fazer era pensar sobre o que Will dissera. — Tenho um monte de lição de casa. E uma *ressaca* complicando tudo — acrescentou, dando um empurrão carinhoso no ombro dele.

O pai ergueu as mãos.

— Minha culpa, minha culpa! Tudo bem, vou deixá-la sozinha. Bons sonhos. — Ele se inclinou para dar um beijo e então desceu.

Lucy voltou para a cama e puxou um travesseiro no colo. A ideia do conservatório — uma escola de música — foi tomando corpo dentro dela. Não lhe ocorrera que ainda poderia ir. E mesmo que fosse só uma *possibilidade* remota, isso mudava tudo.

O que qualquer conservatório poderia ensinar? Era a voz de seu avô. A voz do orgulho e do ego e da preocupação sobre o que as pessoas pensariam. Com o desempenho e o passado dela, as gravações e tudo o mais, será que ela não estava além de uma escola de música? Seria um retrocesso? Evidência de algum tipo de derrota?

Se Will pensasse assim, não teria sugerido.

E a Academia Sinfônica seria uma maneira de começar alguma coisa antes de tomar qualquer decisão sobre a faculdade. Ela poderia descobrir o que realmente queria. Talvez fosse mesmo tocar piano. Quem sabe, compor. Ou ensinar, como Will fazia. Experimentar outros instrumentos ou estudar história da música.

Se fosse por esse caminho — o da Academia —, ela não conseguiria manter segredo por muito tempo.

Intermezzo

Lucy, aos oito anos, sentada entre vovó e vovô Beck no Symphony Hall.

Estavam lá para ouvir Leon Fleisher, pianista que fora famoso quando seus avós eram jovens. Ele tinha sido uma criança prodígio, fazendo sua primeira aparição pública aos oito anos, a idade de Lucy, tocando com a Filarmônica de Nova York, aos dezesseis, e viajando pelo mundo.

Então, no auge de sua carreira, sua mão direita parou de funcionar. Simplesmente... parou.

— Mas ele continuou tocando — a avó lhe contava enquanto esperavam o concerto começar. — Ele continuou fazendo música. Regia, ensinava e desenvolveu um repertório usando apenas a mão esquerda.

Vovô Beck lia o programa, sem fazer comentários. A avó de Lucy se inclinou para a frente, para que ele pudesse ouvi-la, e disse: — Seu avô achava que ele deveria ter desistido. Predisse que Fleisher nunca conseguiria tocar com as duas mãos novamente. Achava indigno que ele prosseguisse.

— Você diz isso como se eu fosse o único — retrucou ele, virando a página do programa.

— Bem — disse vovó a Lucy, recostando-se na cadeira com um sorriso —, aqui estamos. E lá está ele! Mais velho do que eu, usando as duas mãos após os quarenta e alguns anos estranhos em que usou apenas uma delas.

Lucy observou o desempenho, prestou atenção nas mãos de Fleisher buscando qualquer sinal de imperfeição. Em determinado ponto, o avô sussurrou para Lucy:

— Aí. Ele perdeu uma nota naquela frase.

Ela não tinha percebido. Pareceu bonito, e ela gostou da maneira como ele havia se sentado, relativamente parado na banqueta, sem fazer grandes floreios nem movimentos dramáticos com a cabeça. Ele deixava a música falar. Lucy sempre se lembrava disso e tentava fazer o mesmo quando se apresentava: além do balanço sutil do qual ela não conseguiu desistir, mantinha-se o mais imóvel possível para a música, permitindo que a própria melodia falasse.

O público aplaudiu de pé por um longo tempo, e vovó Beck foi uma das primeiras a se erguer.

— Uma ovação caridosa — disse o avô, mas quando Lucy olhou para ele, havia lágrimas escorrendo pelo seu rosto.

20

No sábado, Reyna enviou uma mensagem dizendo que provavelmente sairiam para comer torta. Lucy foi até a casa da amiga e Abby abriu a porta.

— O Gus está com você? — perguntou ela.

— Oi! Não, desculpe — disse Lucy. — Ele está acorrentado ao piano. Cadê a sua irmã?

— Dormindo.

— Sei. — Ela correu até as escadas e encontrou Reyna na cama, apática e tonta.

— Acho que voltei a dormir depois que enviei o torpedo para você — desculpou-se.

Lucy tirou as cobertas de cima dela.

— O que você quer usar?

— Calça de ioga. Blusão com capuz. E aquelas meias, você sabe quais.

Reyna não se mexeu enquanto Lucy tirava as roupas e jogava tudo sobre a cama.

— Não vou vestir você, mesmo.

— Estou precisando de um café.

— Você pode tomar café depois da caminhada — disse Lucy, puxando a amiga pelos braços.

— Por que está sendo tão má comigo?

♪ 🎵 ♪

O dia estava frio e nublado; não era a paisagem ideal para caminhar. A dor de cabeça tinha voltado, desta vez concentrada na têmpora esquerda e tão forte que Lucy teve vontade de enfiar os dedos por dentro, para tentar cessar aquela pontada latejante. Quando estavam na rua, já na metade do primeiro quarteirão, ela disse:

— Então, depois que você saiu na quinta-feira, Aruna e Gus foram...

— Quem?

— Aruna. A esposa de Will?

— Ah, sim.

— Ela e Gus foram para a sala de TV e o resto do grupo foi para a sala de piano. E eu fiquei, não sei... — Elas respiravam com dificuldade, agitando os braços. — Eu *me sentei* lá e...

— Ai, meu Deus. — Reyna agarrou a mão de Lucy e a puxou em direção ao meio-fio. — Temos que atravessar a rua. Aquela é uma das namoradas do meu pai.

Lucy olhou para a figura vindo na direção delas, a mais de um quarteirão de distância. Quando chegaram ao outro lado da rua, Reyna disse: — Elas estão em toda parte. Sinto que temos que mudar para outra cidade ou algo assim.

— Não mude! Então, bem, não sei o que deu em mim, mas...

— Você está falando sobre o Píer? Porque eu também não sei o que deu em você naquela noite.

Lucy parou de andar e cruzou os braços, protegendo-se do vento.

— Não. Estou falando de quinta-feira. Você está ouvindo?

— Sim? — Reyna tinha parado, também.

— Não, não está.

— Desculpe — disse Reyna com um encolher de ombros, retomando a caminhada. Lucy não a seguiu imediatamente. Quando voltou a andar, foi num ritmo bem mais lento que o de Reyna, que acabou tendo que se virar. — Quarta-feira à noite foi um pouco *estranho*, é tudo. Você nem mesmo perguntou se poderia usar o meu vestido.

— Você disse que tudo bem! Nem queria o vestido, ia jogá--lo fora.

— Você já estava com ele! O que eu ia dizer? — Elas chegaram a um cruzamento. Reyna apertou o botão para pedestre umas dez vezes em rápida sucessão.

— E então, no dia de Ação de Graças, você estava... Não sei. Não era *você*.

O farol abriu e elas atravessaram.

— Como assim, não era eu? — disse Lucy. Caminharam em silêncio por alguns quarteirões. — Eu sou eu. E se eu *for* diferente? — Lucy perguntou. — Aconteceu muita coisa enquanto eu estava fora da escola. Talvez o eu que voltou na última primavera não era realmente eu. Não sei.

Elas pararam em outra faixa de pedestres, saíram do meio-fio e quase foram atropeladas por um carro fazendo conversão à direita.

— Idiota! — Reyna gritou. Então, voltou-se para Lucy:
— Muita coisa aconteceu comigo também. E queria que você estivesse por perto.

— Bem, eu também.

Mais uma vez, as duas atravessaram a rua. Reyna estava indo na direção do Peet's Coffee, e agora estavam bem na frente da porta. Podiam ver seus reflexos no vidro quando ela disse para Lucy:

— É claro que você pode mudar. Mas, avise. Se você vai voltar para a sua vida de antes, me diga logo porque... foi difícil.

Elas se afastaram para abrir espaço para um homem que saía com um copo de café na mão. Quando ele passou, Lucy observou:

— Nunca vou voltar a ser como antes. Juro.

— Tudo bem — disse Reyna, baixinho.

♪ ♫ ♪

Na manhã de domingo, Lucy ajudou Martin a arrastar a caixa com os enfeites de Natal para fora do enorme armário sob a escada. Decoraram os corrimãos com guirlandas e montaram a árvore artificial no *hall* de entrada. Lucy passou o resto do dia num estado de torpor, mergulhada na lição de casa. Chegou à conclusão de que a leitura sobre a Idade Média era quase tão insuportável quanto viver nela. Depois disso, ela quase curtiu seus exercícios de álgebra.

Gus entrou no seu quarto para usar o *laptop* e sentou-se na cama enquanto ela estudava à mesa. Recitou suas atividades diárias: tinha passado duas horas no *video game*, depois, assistira a uns cinco episódios de uma série de horror comendo torta.

— Isso é o que se pode chamar de um dia de folga — disse Lucy.

— Guardei a última fatia da torta de chocolate com pecã para você.

Ela se virou na cadeira.

— Sério? É a sua predileta.

— A sua também! — Ele digitou algo no computador.

— O que você está procurando? — perguntou ela. Códigos do novo jogo, ela presumiu, ou trechos do filme que ele e o pai tinham visto.

— Nada.

Ela deu uma olhada na tela para ter certeza de que não havia nada que menininhos não devessem ver.

— Quem é Kim Choi? — ela perguntou, ao ver a lista de resultados na tela.

— Um cara com quem vou competir em fevereiro. Vovô disse que ele é muito bom.

— Você também é.

— Ele é melhor — disse e balançou a cabeça.

Lucy fechou o *laptop*, mal dando chance de ele retirar os dedos.

— Não pense nisso como "competir com". Não pense em *nada* disso. É só em fevereiro.

— Logo será fevereiro. — Ele se aproximou para reabrir a tela; Lucy a fechou novamente.

— Gus — disse ela –, você quer acabar como eu? — Ela apontou para si mesma e fez uma careta.

— Siiiiim — disse ele, com cuidado.

Lucy paralisou, o dedo suspenso no ar e ainda apontando para o peito, uma série de reações percorrendo o corpo.

— O que você quer dizer com isso?

— O jeito como você batalhou, venceu concursos, conseguiu dar a volta ao mundo e tudo o mais. E então, se um dia eu não quiser continuar, também desisto. Como você.

— Eu não era feliz, Gus — ela abaixou o braço. Tinha tentado explicar para ele depois de Praga.

— Eu sei. Você tinha que fazer aquilo.

— Mas você não vai precisar — disse ela.

— Só se eu quiser.

Mas, você é tão bom, ela se pegou pensando. Na mesma hora, corrigiu o pensamento. Ser bom não era motivo para continuar fazendo algo que não se quer fazer. A voz em sua mente soando exatamente como a do avô rebateu. *Você tem dez anos. Como você pode saber o que quer?*

Ela imaginou Gus desistindo. Indo embora, de repente, como ela tinha feito. Ela podia entender um pouco melhor por que todos tinham ficado tão desapontados. Talvez a reação da família não tivesse nada a ver com o vovô Beck querendo evitar constrangimento ou reivindicar seu sucesso, ou com a mãe tentando compensar seu próprio fracasso. Era como o pai e Martin disseram, sobre o dom de tocar da maneira que ela e Gus conseguiam. Comum para eles, mas raro no mundo. E ouvir Gus dizer, com tanta facilidade, "Só se eu quiser", fez com que ela percebesse que, talvez, abandonar o navio em Praga não tinha nada a ver com a avó. Talvez tenha sido, em parte, por um motivo simples, como o de uma criança de dez anos de idade: eu não quero.

— É normal precisar de uma pausa — ela disse a Gus.
— Como hoje. Mas alguma vez você... teve vontade de desistir? — Ela se preparou.
— Não — disse Gus. — Agora tenho o Will.

Lucy pegou o *laptop* e voltou para a escrivaninha. Ela não queria que ele visse seu alívio e adaptasse as respostas futuras a essa pergunta a qualquer outra coisa que não fosse seus próprios sentimentos.

Sim. Agora, nós temos Will. Talvez ela devesse lhe contar, já que estavam tendo esse papo tão íntimo de irmão para irmã. Contar tudo sobre suas próprias conversas com Will.

— Gus... — ela começou.
— Acho que ele é meu melhor amigo.

Ela se virou. Ele parecia tão meigo e sincero. Lucy poderia enumerar um monte de razões para explicar que seu professor de piano adulto *não* poderia ser seu melhor amigo. Ninguém que ele conhecia há tão pouco tempo poderia ser.

Mas ela se sentiria hipócrita.

— Tudo bem — disse, finalmente. — Só me prometa que vai parar com essa história de pesquisar a concorrência.

— Prometo.

21

Decorações que não eram propriamente as das festas de final de ano foram penduradas na escola durante o fim de semana. A coisa menos ofensiva era a neve e, apesar de raramente nevar em São Francisco, havia flocos brilhantes de isopor branco pendurados por todo o saguão e recortes de bonecos de neve, todos alegres, nas portas de várias salas de aula. A do professor Charles tinha sido enfeitada com um colarinho de babados inspirado na era de Shakespeare.

— Feliz seja lá o que for, acho — disse Lucy, com uma sensação de satisfação por entregar o seu antepenúltimo esboço sobre Alice Munro. Ele gostaria; ela tinha certeza. O professor pegou o trabalho, surpreso.

— O projeto é só para quarta, você sabe, não é?

— Sei. Estou pronta para as suas observações. — Lucy ficou ao lado da mesa dele por alguns segundos enquanto outros alunos entravam na sala. — Como foi o seu dia de Ação de Graças?

— Legal. Peru e tal. O mesmo de sempre. — Ele colocou o trabalho dela na caixa de entrada. — E o seu?

— Mais ou menos a mesma coisa.

— Estou ansioso para ler o seu trabalho.

♪ ♫ ♪

Na hora do almoço, Carson já estava sentado na mesa de sempre, no saguão do segundo andar, e Lucy fez uma pausa, imaginando se poderia se virar sem que ele percebesse. Ela não sabia como agir agora, depois do que Reyna tinha dito — sobre ele gostar dela.

— Oi, Luce — disse ele, mal tirando o olho do celular.

— Oiii! — Lucy se aproximou da mesa com cautela. — A Reyna vem?

— Encontro com a professora Spiotta. — Spiotta ensinava inglês a Reyna, e era chefe do departamento. Carson inclinou-se para enfiar uma mão em sua mochila, jogada no chão, ao lado dele, enquanto ainda mexia no celular com a outra. — Trouxe uma barrinha de chocolate para você.

Seu item preferido na máquina da escola. Ela a pegou e se sentou.

— Às vezes, eu me esqueço como você é incrível, Carson Lin.

— Pois é, esquece mesmo.

Lucy rasgou a embalagem do doce, abandonando o que seria o seu almoço de verdade, com sobras de peru e legumes ao forno que Martin tinha embalado especialmente para ela. Deslizou o chocolate no molde de papelão e ofereceu metade para Carson, que recusou com a cabeça.

Ele era um cara e tanto, e ela não pioraria as coisas com um discurso do tipo "Você é um Cara e Tanto". Tudo o que conseguiu dizer foi: — Desculpe se eu estava meio louca na quarta-feira.

Ele finalmente largou o celular.

— Tudo bem!

— Foi um momento estranho para mim — justificou ela, mordendo o caramelo espesso da barrinha.

— Eu sei. Para você, para Reyna, para o Lakers, sim. Ninguém nunca pergunta se é um momento estranho para *mim*. — Ele mudou de ideia quanto ao chocolate e colocou a metade oferecida por Lucy inteirinha na boca, de uma só vez.

— E é?

Carson mastigou e mastigou um pouco mais, engoliu em seco e disse:

— Acho que a vida é só um momento estranho.

— Hã. Sim. — Lucy terminou o chocolate. — Posso dizer uma coisa?

— Não! Estou brincando! Claro.

Ela poderia praticar as palavras com Carson antes de ela tentar com a mãe.

— Comecei a tocar piano novamente. Acho que, talvez, eu queira voltar para a escola de música. Talvez...

— Você quer dizer... voltar? — ele quis saber. — Ser famosa de novo e tudo mais?

— Não, não assim! Definitivamente não daquele jeito. É uma coisa mais... porque... só quero isso. É o que eu amo. Acho.

— Da mesma forma como adoro os produtos da Apple e planejo acampar nos escritórios deles neste verão, até conseguir um estágio, mesmo que isso signifique não tomar banho por um mês e viver de sanduíches?

— *Exatamente* assim — disse Lucy, apontando o dedo para ele. — Bem, talvez não exatamente. Mas esse é o espírito da coisa.

— E antes, você não gostava da música desse modo?

— Não sei. — Ela pensou em como poderia explicar. — Tudo bem, lembra como sua avó estava pirando com você sobre suas notas na outra noite?

— Não, eu me esqueci completamente disso. — Ele esfregou o queixo querendo fazer um ar falsamente sério. — Mas estou intrigado. Continue.

— Multiplique isso por um fator de, sei lá, cinquenta?

Carson fingiu escrever uma equação na mesa com o dedo. Estudou a superfície em branco. — Ahh.

— Então, não sei se eu adorei. Não sei se eu tive a chance de. Na verdade, não se deve ter uma "carreira" aos onze anos, não é?

Carson ficou sério, olhando para a mesa e girando o celular, cada vez mais.

— Gostaria de ter conhecido você nessa época. Gostaria de ter ouvido você tocar. Não sei nada sobre esse tipo de música. Você acha que eu poderia ouvi-la algum dia? Quero dizer, é óbvio que xeretei seu passado no YouTube, mas... será que daria para ouvir você ao vivo?

— Sim — respondeu Lucy, comovida pelo que ele queria. — Algum dia.

— Legal.

— Sabe de uma coisa? — perguntou ela.

— Não. O quê?

— Também gostaria de ter conhecido você naquela época.

♪ ♬ ♪

Quando chegou em casa, ela viu o carro de Will estacionado no quarteirão, um pouco abaixo da entrada da casa. Abriu a porta dos fundos, em silêncio, e entrou. Martin tinha deixado um bilhete sobre o balcão — saíra para resolver umas tarefas, e o pai dela estava no escritório, no centro, do qual ele realmente não precisava, mas alugava para não trabalhar o tempo todo em casa.

Lucy desviou até o banheiro para lavar as mãos e se olhou no espelho. Os cabelos, de repente, lhe pareceram... excessivos. Como os de uma adolescente que dá valor demais a coisas desse tipo. Ela alisou e ajeitou os fios sobre um ombro, num visual mais discreto.

Gus e Will estavam na sala de música, trabalhando na peça para o recital. Gus parecia tocar de um jeito meio apático no início, mas, depois, Lucy percebeu que Will provavelmente o fazia repassar a peça em três quartos do tempo, num ritmo mais lento, uma espécie de prática extremamente focada que Grace Chang também usava com ela antes de uma apresentação ou de uma competição.

Desta vez, ela não entraria no meio da aula nem expulsaria Gus da sala. Ficou no corredor algum tempo, quieta, ouvindo.

Lembrou-se de Gus dizendo que Will era seu melhor amigo. E sobre o seu desejo de ser como ela.

Ela precisava contar a Gus o que estava acontecendo, antes que ele ouvisse de seu pai ou de Martin ou descobrisse por conta própria. Estiveram juntos nessa atividade durante quase toda a sua vida, ela não podia ser desonesta agora, não compartilhando com o irmão. Esperou no balcão da cozinha e tentou se concentrar na lição de casa até a hora do intervalo.

Menos de vinte minutos depois, eles entraram na cozinha, Will na frente. Lucy tocou os cabelos e se sentiu surpresa ao perceber como estava feliz em vê-lo.

— Oi! — ela disse.

— Bem a senhora que eu estava procurando — respondeu ele.

Gus abriu a geladeira e perguntou:

— Por quê?

— Porque a Lucy é minha amiga, amigo. — Will mexeu na parte de trás da cabeça de Gus suavemente. — Você quer voltar para a sala de música? Ou ir lá em cima? Ou dar uma caminhada?

— Por que não posso ficar com vocês? — Gus fechou a geladeira, com alguns palitos de queijo na mão.

— Porque... — Will começou, mas Lucy o interrompeu.

— Você pode — disse ela. — Aqui. — Ela enganchou o pé no banquinho ao lado dela e o puxou para fora. Gus se sentou, e Will deu a volta para o outro lado e se apoiou no balcão. Lucy chegou a pensar que deveria falar com Gus sozinho, sem Will lá. Era uma espécie de coisa entre eles. Mas Gus gostava tanto dele, e tudo parecia *funcionar* do jeito certo quando Will estava por perto.

— Então — começou ela —, tenho que contar algo. É uma espécie de segredo. Não quero que mamãe ou vovô saibam. Ainda.

— E papai? — Gus tirou a embalagem de um dos palitos de queijo.

— Ele sabe. Mais ou menos. Martin também.

— E o que é?

— Hã... Tudo bem. Eu... — Ela olhou para Will. — Estou pensando em tocar novamente. E... meio que já estive... tocando de novo.

— Piano? — perguntou Gus, após uma pausa.

— Não, trompete!

Ele não riu.

— Desde quando?

— Do dia de Ação de Graças — completou Will. — Enquanto você e Aruna estavam lá embaixo. Legal, não é?

— Você também sabe? — Ele olhou de Lucy para Will e de volta para Lucy. Confuso.

— Bem, ele estava lá. — Ela deixou de lado as partes em que ela já vinha conversando com Will antes disso, que ele era a pessoa que tinha abordado o assunto em primeiro lugar.

— Mas... ontem você disse como não estava feliz.

— Eu não estava. Antes.

— Vovô não vai deixar. — Ele declarou isso como se fosse o fim da conversa.

O rosto de Lucy esquentou de frustração. Vovô estava a milhares de quilômetros de distância, mas continuava ali, presente.

— Não estou pedindo a permissão do vovô. Não vai ser como era antes. Will está me ajudando e...

— Você está... ensinando ela? — Gus perguntou a Will.

Ela.

— Não — respondeu Will. Lucy confirmou com outro não, e os olhos dela encontraram os de Will. *Diga alguma coisa*, ela pensou. *Diga alguma coisa para melhorar a situação.* — Fique feliz por ela, Gustav.

Não era aquilo. Soou como se fosse um pai decepcionado. Gus ficou vermelho.

— Mas... você é... — Ele saltou do banquinho e saiu da sala, deixando o queijo.

Quando ele se foi, Lucy falou:

— Bem, foi uma droga.

Will esfregou as mãos sobre o rosto.

— Deixe-me falar com ele. A menos que você queira cuidar disso.

— Não, acho melhor você falar.

— Tudo bem. Então, você tem tempo para tomar um café rápido quando eu terminar aqui? Podemos discutir tudo.

— Sim. Só que... não diga a Gus.

♪ 🎵 ♪

Eles andaram até um café na rua Fillmore.

— Ele está bem? — Lucy perguntou.

— Ele vai ficar bem. — Will encolheu os ombros no frio. — Fiquei meio surpreso em ver como ele reagiu. Vocês competiam ou algo assim?

— Não acho que ele esteja furioso por causa do piano. — Ela negou com a cabeça.

— Então não estou entendendo nada.

— Ele está chateado porque você e eu... estamos conversando. Ele não sabia. Ontem, ele chamou você de "melhor amigo". — Então, sentindo que contava um segredo, imediatamente acrescentou: — Esqueça que eu disse isso. Tudo bem? Sério. Sou a pior irmã do mundo.

Ele tocou o braço dela.

— Não, não é. Como eu disse, ele vai ficar bem. — Em seguida, acrescentou: — Meu Deus. É uma graça ele dizer isso!

— Eu sei.

Eles entraram no café lotado, e Lucy pediu algo especial do cardápio de feriados — uma coisa chamada Mega-Minty Mocha.

— Com creme? — o barista perguntou.

— Ah, melhor não?

— *Vamos* — Will protestou. — Se você pediu *isso*, tem que ser com creme. Este não é momento de se conter.

Ela disse sim para o *chantilly*, sentindo o clima mais leve, e eles esperaram os pedidos.

— Não consigo acreditar que já é dezembro — ela disse. Era o primeiro Natal desde sempre em que Lucy não tinha uma agenda lotada para tocar em dezenas de eventos de caridade e recitais. Ela não teria de usar um vestido de veludo verde este ano.

— Espere até atingir a minha idade. Não consigo aceitar como o tempo voa todos os dias. Por exemplo: não consigo acreditar que já tenho trinta anos ou que já é a época do imposto ou que já estou cansado e são apenas oito horas! Etcetera.

— Mas você faz o que quer. — Lucy abriu um sorriso.

— Mas mesmo isso ainda afeta outras pessoas. Em qualquer idade, como acabamos de ver. Venha. — Ele apontou para uma mesa vazia. — Sente-se. Eu levo o café.

Ela pendurou o casaco no espaldar da cadeira e se acomodou. Quando Will colocou o Mega-Minty Mocha com a torre de *chantilly* diante dela, Lucy gemeu.

— Isso é humilhante. Eu bebo café de verdade, sabe? Não de mentirinha.

— Não estou julgando. — Ele se sentou diante dela com seu leite de soja. — E então, além da situação de Gus, como é que você está?

Como ela estava? Ela se sentia bem de estar ali com ele. Mal por Gus. Feliz em tocar. Preocupada com a volta da mãe e do avô.

— Confusa — respondeu.

— Tudo bem. — Ele pairou a colher sobre o creme. — Posso?

— *Chantilly?* Um vegetariano radical como você?

— É a minha fraqueza. — respondeu, acanhado.

— Vá em frente.

Will pegou um pouco do topo do creme e misturou com seu café.

— Você vai se acostumar a ser confusa. A idade adulta é um perpétuo estado de confusão.

— Isto seria uma conversa para me animar? — Lucy perguntou, tomando um gole cauteloso de sua bebida.

— Que tal?

— Sabor de hortelã. Mega-hortelã.

— Tudo bem — disse Will. — Lá vai uma pergunta: o que você ama?

— Como assim? — perguntou ela.

— Como assim o quê?

— Quero dizer, é uma questão ampla — disse Lucy.

— Quando a gente está tentando descobrir o que quer — continuou ele —, e meio que desconfia daquilo que *não* quer, saber o que se ama ajuda muito. Então, o que você ama?

— O Gus...

— *Hã*. — Ele tocou dois dedos na boca, e, em seguida, disse: — Pessoas não valem. Pessoas são complicadas. O que você ama, sem complicação?

— Chocolate.

— Nem precisava dizer. E?

Uma das mãos de Will descansava sobre a mesa, a outra, na caneca. Lucy concentrou-se nas mãos dele e pensou sobre o que ela amava. *Amava*. O que lhe trazia alegria.

— Bem, música.

— Vamos lá, Lucy. É óbvio. Mas *qual* música? — pressionou.

Ela respirou fundo, pensando.

— Tudo bem. A quinta de Beethoven. Você sabe que não devemos falar essa? Quero dizer, essa pode ser a única peça clássica que metade do mundo conhece, então se você é... você sabe, se você está *em nosso meio*... deveria ter uma resposta melhor, mais descolada, menos óbvia. Mas eu adoro essa peça.

— Ei, há um motivo para ser tão popular — Will disse.

— Aquela parte no terceiro movimento, quando os violoncelos estão tocando e depois entram as trompas? E aquela coisa com o clarinete no segundo movimento, quando eles disparam contra as flautas. Adoro!

— Eu também! É a perfeição — Will concordou.

— E o *Inverno* de Vivaldi. Primeiro movimento. *Pura paixão*. — O entusiasmo dela crescia. De repente, Lucy esqueceu da zanga de Gus e listou outros momentos memoráveis das suas peças prediletas, coisas que ela tinha tocado, outras que não. O tempo todo, ele a observava atentamente. Ela nunca percebeu alguém tão concentrado nela. Mesmo em um salão de concerto repleto de pessoas, ela não se sentia assim.

— Que mais? — ele quis saber.

— Você conhece Ryan Adams?

— Um pouco.

— Há uma música com uma introdução de violão simples e dois pequenos tambores... bem, espere aí. — Ela pegou o telefone, encontrou a canção e tocou os primeiros dez ou quinze segundos pelo alto-falante.

Ele se inclinou para a frente para aproximar o ouvido do celular dela.

— Legal — ele disse.

Ela parou, animada com exemplo após exemplo que vinha à sua mente. Não apenas música, mas também a natureza, alimentos e, mesmo que fossem complicadas, pessoas. Como Carson, sendo tão incrível com ela hoje, embora estivesse magoado, e Reyna e sua disposição de aparecer em qualquer lugar, sempre. Pessoas como Gus. Pessoas como Will.

— Por que as pessoas... nós... por que nos arrastamos por aí como se a vida fosse tão horrível? Por que nos esquecemos de que há tanto para amar?

Ele tirou os óculos e esfregou os olhos.

— Acho que... é porque também *existe* muita coisa horrível. Essa é a luta de quem envelhece. Ter certeza de que você não vai permitir que as coisas duras ou difíceis ou dolorosas ofusquem a beleza.

— Você não é velho — Lucy disse com uma risada.

— Não. Mas sou mais velho do que era. E do que você.

Ela olhou para o Mega-Minty Mocha, que se transformava em uma lama morna de açúcar e creme.

— Você tem sorte. Ter dezesseis anos é complicado.

— Eu sei. Mas você vai superar. Todos nós passamos por isso. Sua mãe, seu avô, eu.

— Meu avô teve dezesseis anos?

— Não estou dizendo que eu apostaria nisso, mas a sorte está a meu favor.

Ela sorriu para ele, pensando em como *ela*, entre todas as pessoas no mundo, tinha a sorte de estar sentada no café com alguém tão especial, com quem se sentia totalmente bem.

Will terminou o café, pôs os óculos de volta.

— Gostei da sua lista. Quando estou me sentindo confuso em termos de criatividade ou com qualquer outra coisa, às vezes, é porque não sei o que me interessa. Eu me esqueço, como você disse. E acredito que se você se lembrar do que realmente interessa, ou pelo menos se lembrar de como se sentia ao não se importar *com nada*, bem, isso ajuda. Pense sempre nisso.

— Tudo bem.

— E... Lucy, Gus vai superar.

Ela fez que sim com a cabeça. Não queria que ele fosse embora.

— Tudo bem. — Ele se levantou, vestiu o casaco e sorriu para Lucy, as luzes de Natal multicoloridas ao redor da janela do café emolduravam a cabeça dele, e ela tinha consciência de ter passado do estado de olhar para encarar muitos segundos atrás.

— O quê? — ele quis saber.

— Nada — disse ela e ergueu a mão em uma onda. — Tchau.

— Até logo, Luce.

22

Voltou para casa num ligeiro estado de euforia, emocionada, com a cabeça leve. A menorá[12] na janela de um vizinho era tão linda que quase a fez chorar, e a lua crescente no crepúsculo era apenas uma lasca, uma lua tão nova que ela teve de parar para admirá-la.

O que é isso? — perguntou-se, colocando a mão no estômago.

Ela conhecia aquela sensação. Tinha a ver com o professor Charles, e a perseguição a Joshua Bell e a paixonite-pelo-seu-professor-particular Bennett.

Joshua Bell era um estranho. Bennett era gay e o professor Charles gostava dela e tudo, mas quando ela o comparou com Will, pôde ver que não importava quantas vezes seu professor de inglês tinha se referido a eles como "amigos" — tudo se resumia a ele ser seu mestre preferido e a ela ser a queridinha do professor.

---

12 *Menorá (do hebraico* הרונמ *— menorah — lâmpada, candelabro) é um candelabro de sete braços, um dos principais e mais difundidos símbolos do Judaísmo. (N. do E.)*

Com Will era outra coisa.

Quando voltou do café, pensou em ir direto até o quarto de Gus para tentar conversar com ele, mas preferiu ficar sozinha. Precisava. Passou algum tempo se esforçando com a lição de casa, mas quando o celular tocou anunciando um torpedo, ela disparou para o aparelho, pensando que poderia ser Will.

Reyna.

> Doente. Horrível. Intoxicação alimentar ou gripe.
> Será que peguei de vc?

Lucy respondeu:

> Não q eu saiba. Escola amanhã?
> De jeito nenhum.

Elas trocaram mais algumas mensagens, e então o cheiro da comida atraiu Lucy para a cozinha, onde encontrou um bilhete colado no forno na letra sinuosa de Martin, em tinta roxa:

> *Comam tudo.*
> *Não tenho espaço para sobras.*

O andar de baixo parecia vazio e deserto.

— Pai? — ela chamou pela escada. Subiu o primeiro lance e repetiu: — Pai?

Em seguida, chamou o irmão.

— Oi? Gus?

Subiu novamente e parou na frente da porta do quarto. Ele nunca a fechava completamente, como agora.

— Gus? — Ela bateu. — Posso entrar?

Lucy ouviu uma voz bem fraca:

— Se quiser.

Ele estava deitado na cama lendo e não se dignou a olhar para ela.

— Você sabe onde o papai está? — perguntou ela.

— Raquetebol.

— Você me ouviu chamando?

— Sim.

— Estava planejando responder a qualquer momento?

Ele não falou nada. Ocorreu a Lucy que era assim que a mãe se sentia sempre que ficava diante da porta dela, tentando ter uma conversa que Lucy não queria ter. Ela avançou mais alguns passos na direção de Gus.

— Você está com fome? O jantar está pronto.

Ele não disse que não. Não virou nenhuma página. Lucy se aproximou e tomou o livro das mãos dele. Ele sentou-se, rápido como um raio, e procurou agarrá-lo.

— Não faça isso!

Ela o segurou sobre a cabeça.

— Desce e vem jantar comigo. Depois eu o devolvo.

— Me dá aqui, Lucy!

De repente, ele parou de tentar e apenas ficou sentado lá, com uma espécie de fúria magoada nos olhos. Ainda adorável, porém, com seus cachos desgrenhados. Lucy teve de se esforçar para não tocá-los, o que certamente o irritaria ainda mais.

— Vamos lá — ela disse. — Todos se foram. Só estamos você e eu.

Ele a encarou por um bom minuto, e ela já não teve o desejo de fazer carinho ou de mexer no cabelo dele. Agora ela só sentia medo de que Will estivesse errado, que ele iria ficar louco. Ela estendeu o livro.

— Aqui. Me desculpe.

Deixando-a ali com o braço estendido, ele se ergueu e andou, desviando-se dela, para fora da porta.

— Só porque estou com fome — respondeu.

Ela colocou o livro sobre a cama e o seguiu.

— Por que não podemos comer na cozinha? — Gus perguntou, observando Lucy arrumar a mesa.

— Quando foi que tivemos a sala de jantar inteira só para nós? Será como uma celebração. O fim oficial do dia de Ação de Graças. Sente-se e deixe por minha conta.

Ela trouxe um copo de água para cada um e serviu a comida, uma fritada de legumes e algumas fatias de torradas de baguete. Colocou uma tonelada de manteiga e sal de alho sobre elas, do jeito que Gus gostava e que sua mãe raramente permitia. Comeram e, durante esse tempo, Gus não disse uma palavra. Quando a refeição terminou, ele colocou o guardanapo sobre a mesa e se levantou. Gus tinha de passar por Lucy para sair da sala de jantar, e, quando o fez, ela estava pronta para agarrar o braço dele.

— Gus...

Ele não se desvencilhou, mas não a encarou.

— O Will conversou com você?

Ele acenou com a cabeça, e Lucy abaixou para que ele visse o rosto dela. Percebeu que ele estava à beira das lágrimas, com o coração dilacerado. Ela queria puxá-lo para um abraço, mas resistiu, pois estava claro que ele não queria ser abraçado. Os dedos dela, ao redor do braço dele, afrouxaram um pouco.

— Quero tocar de novo — disse ela, com a voz baixa. Ela sabia que não era essa a questão, o fato de ele estar furioso, mas também queria que ele entendesse essa parte. — E não é por ninguém, é por mim. Acho que quero ir para o conservatório. Não estou totalmente certa e não quero que a mamãe ou o vovô pensem que isso signifique seja lá o que for que eles possam achar.

Ele olhou para ela.

— Você não pode ficar com o Will.

Lucy soltou o braço.

— Não é...

— Tive aulas com a Temnikova durante seis anos. Ela não era como Grace Chang. Ela não era *legal*.

— Eu sei. — Ela tentou encontrar palavras que o fizessem se sentir melhor e se atrapalhou. — Não estou fazendo nada de oficial com Will e o piano. Só estamos... ele está me dando uns conselhos, é tudo. — Ela disse isso do jeito mais descontraído possível, o que não era fácil.

Gus franziu a testa.

— Não faça nada que estrague tudo — disse ele.

— Estragar o quê? — perguntou ela, embora pudesse adivinhar.

— Eu... o Will ficar comigo.

Os dois ouviram o pai entrar pela porta da frente, e Lucy levantou-se para limpar a mesa.

— Não vou, Gus.

Quando o pai entrou na sala de jantar, ela perguntou:

— Você ganhou?

— Não. — Ele pegou o último pedaço de baguete do prato de Lucy e o mastigou. — E por que você me pergunta sabendo que eu nunca ganho?

— Fé na possibilidade de mudança?

Ele empurrou o lábio inferior para fora e deu de ombros, como se considerando certa verdade nisso. Depois, olhou de Lucy para Gus e de volta para Lucy.

— Tudo bem por aqui?

Os dois concordaram.

— Então, por que toda essa seriedade? — Enquanto dizia isso, ele agarrou Gus e encostou a cabeça na dele em um apertão carinhoso. Normalmente, Gus gostava de brigar com o pai, e eles já não brincavam muito disso desde que tinham quebrado uma peça valiosa da família Beck lá no *hall*.

Mas agora Gus disse: — Não.

O pai interpretou isso como um incentivo para uma briga mais difícil.

— Pai, não! — Gus repetiu e se desvencilhou, respirando com dificuldade. Virou e saiu da sala; Lucy e o pai ouviram seus passos furiosos subindo pelas escadas.

Intrigado, o pai de Lucy perguntou:

— O que anda rolando?

Ela encolheu os ombros.

— Por favor, não me diga que ele já está virando adolescente.

— Não acho que seja isso — ela disse. E acrescentou: — Guardamos um pouco de comida para você. Está na cozinha — e também saiu.

Mais tarde, no quarto, Lucy enviou uma mensagem a Will.

Gus ainda furioso.

Ela deitou na cama sobre um travesseiro, com o celular ao lado. Emotiva de novo, do mesmo jeito que se sentira no caminho de volta do café. Lucy não queria bagunçar ainda mais as coisas para Gus. Mas fazia questão dessa amizade com Will.

Ele fazia com que ela se lembrasse da avó. Tinha senso de humor, era engraçado como ela. Atencioso. E não era fã de conversinha à toa — em vez disso queria discutir coisas importantes, por exemplo, como ela se sentia por estar viva. *Deixe o mundo falar sobre o tempo* — dissera a avó certa vez. — *Você e eu vamos falar sobre você e eu.*

E, claro, havia coisas sobre Will que decididamente não tinham nada a ver com a avó.

Ela rolou sobre o colchão e fechou os olhos.

Não se tratava apenas de querer ser amiga dele. Ela precisava dessa amizade.

23

Lucy tinha dormido demais e perdeu a hora.

Merda, pensou ela, ao perceber que Gus estava à sua porta. *Por que hoje?* A mãe e o avô estavam voltando à tarde; ela queria começar tudo de novo. Se preocupar com as coisas de novo, como Will dissera. Coisas como chegar na escola na hora.

Gus a ajudou a juntar as coisas.

— Obrigada por me acordar — disse ela. O aparelho parecia colado ao céu da boca, ela o retirou e jogou no estojo, sem enxaguar.

Gus fez uma cara de nojo.

— Papai me obrigou.

Lucy vestiu as meias.

— Bem, obrigada assim mesmo.

No andar de baixo, o pai os esperava na porta, mexendo em algo no seu celular, e só um pouco menos aborrecido do que sua mãe teria ficado. Ele se expressou de forma mais eficiente, apontando para a porta com um dedo e dizendo:

— Cai fora. Já.

O pai andou rapidamente até o carro, que tinha trazido para a frente e estava estacionado em fila dupla. Gus correu, saltitante, atirando a mochila sobre os ombros, Lucy atrás dele.

— Desculpe — disse ela ao pai. Quando todos estavam no carro com os cintos de segurança, Lucy se inclinou para a frente de seu lugar, no banco de trás, e falou: — Se *alguma* vez eu fizer isso de novo, saiam sem mim, tá? Não quero atrasar o Gus.

Ela nunca pensou em dizer isso para a mãe em qualquer uma de suas muitas manhãs apressadas; a rotina parecia inscrita em pedra. Mas nada era assim, realmente.

— E quanto a *você* estar atrasada? — o pai perguntou.

— Acho que é problema meu.

Ela podia imaginar como a mãe responderia a isso. *Não, Lucy. É um problema de todos, pois reflete na família e desrespeita a escola e o dinheiro que pagamos para você estudar lá.*

O pai respondeu simplesmente:

— Tudo bem.

— Quando eu tirar a carteira, posso ir dirigindo. Certo, Gus?

Ela queria que ele virasse a cabeça e fizesse contato visual. Mas ele olhou para fora da janela.

— Se você quiser.

— Seja lá o que anda rolando entre vocês, não precisamos ver isso hoje à noite quando a mamãe chegar em casa, certo? Sejam os filhos encantadores que sei que vocês podem ser.

— Que delicadeza — respondeu Lucy, olhando para o celular para ver se Will tinha respondido o torpedo da noite anterior. Nada. — Entendi.

♪ 🎵 ♪

Antes de entrar na sala do professor Charles, Lucy se preparou para ser despachada para fora novamente. Ela ensaiava um pedido de desculpas indesculpável. Poderia, talvez, se atirar de joelhos, pedindo misericórdia. Mas, ao abrir a porta, ele acenou para ela, sem comentários.

O plano para o dia, já escrito no quadro branco, como sempre, era para a classe trabalhar em seus grupos costumeiros para chegar a algumas hipóteses relacionadas a Otelo e críticas.

Lucy procurou seu grupo: Marissa Karadjian, Jacob Fleischacker e Emily Steerman.

— Vou tomar notas se vocês quiserem, já que estou atrasada — disse Lucy.

Marissa folheou seu *Otelo* de bolso.

— Sim, tudo bem. Hã, que tal algo relacionado com o que estávamos dizendo outro dia sobre amor e posse, no contexto da cultura daquela época? Algo na linha mulheres como posse, pode ser por aí?

— Óbvio demais — disse Jacob.

— Tudo bem. — Marissa fechou o livro. — Então dê uma sugestão.

Jacob e Emily fizeram uma rápida reunião de ideias, e Lucy estava anotando tudo até que o professor Charles se aproximou do grupo e disse:

— Preciso tomar Lucy emprestada por um segundo.

Ela o seguiu até o corredor. Antes — tudo bem, há apenas algumas semanas — ela teria ficado maravilhada com uma conferência particular no corredor, durante a aula. Desta vez, ela sabia que ele iria chamar a atenção dela pelo atraso, talvez até mesmo pedir para que ela deixasse a aula definitivamente. Mas assim que ele se virou e ergueu o que ela percebeu ser seu trabalho, ela viu que o assunto era outro.

— Estou um pouco confuso, Lucy.

Sempre que adultos usavam essa frase, a coisa não se encaminhava para um lugar bom. Ela aguardou em silêncio.

— Isso tudo é seu próprio trabalho? — ele quis saber.

— Sim. Bem. — Ela lançou o peso do corpo para a outra perna e afastou o olhar dele, sentindo um mal-estar crescente no estômago enquanto pensava sobre o jeito que tinha feito o projeto, com a ajuda de um pouco de recorte-e-cole da internet.

— Quero dizer... ao fazer a pesquisa, sabe, é tão fácil... é um rascunho.

Ele olhou para o trabalho, retirou cerca de dois terços dele e lhe entregou.

— Ouça. — O tom da voz mudou. Mais suave, mais delicado. — Posso entender, por causa de seus sentimentos, quero dizer, o modo como você me admira e tudo, talvez você tenha pensado que se colocasse algumas de minhas ideias no seu trabalho, isso me faria...

— Espere! O quê? — Lucy leu a página.

O professor Charles apontou para um parágrafo em especial.

— Isto é parte da minha tese de pós-graduação. *Ipsis litteris*.

A mão dela voou para a boca. *Não*.

— Eu... eu fiz um pouco de pesquisa na rede, mas juro que não sabia disso. — No mesmo instante, o que ele tinha acabado de dizer sobre seus "sentimentos" fez seu coração se apertar. As palavras na página ficaram turvas, e ela não sabia se estava mais constrangida por seu plágio semiacidental ou por ele ter dito aquilo. Não queria duplicar as duas humilhações pelo choro.

— Está na internet sem o seu nome. Eu teria notado. Então, provavelmente foi usado várias vezes.

Ele suspirou.

— Ótimo! Tudo bem, mas isso não significa que você tenha agido de forma correta.

— Eu *sei*.

— Vou dar uma nota incompleta no projeto. Assim, a melhor nota que você pode obter no trabalho final é um B. — Depois, ele tocou o braço dela. — Me desculpe.

Ela empurrou o trabalho de volta para ele.

— Tudo bem. A culpa é minha. Vou começar de novo.

— Não precisa fazer isso. Apenas corrija as partes que marquei.

— E eu não... — ela balançou a cabeça. Como ela poderia ter imaginado que ele não *saberia*? Pão de abóbora e bilhetinhos sobre sua mesa, além de ficar em volta de sua sala quando não havia a menor necessidade. Era tudo tão óbvio e ridículo. Será que ela estava agindo assim com Will? Que até mesmo o irmão de dez anos tinha percebido alguma coisa? *Não faça nada para estragar tudo,* ele tinha dito.

— Não me sinto muito bem. — A voz dela tremeu. — Tudo está girando.

Em vez de voltar para a classe, ela caminhou pelo corredor, em direção ao banheiro feminino.

— Deixe-me, pelo menos, escrever uma autorização... — As palavras dele desapareceram atrás dela.

♪ ♫ ♪

Lucy ligou pedindo para o pai vir buscá-la, alegando o mesmo vírus estomacal que tinha atacado Reyna. Depois, passou o tempo todo que teria ficado na escola escrevendo um novo projeto do seu trabalho e verificando o celular para checar alguma resposta de Will. Imaginava o que ele fazia durante o dia quando não estava dando aula para Gus. Será que Aruna trabalhava? De repente, Lucy tinha um milhão de perguntas sobre eles e suas vidas, queria saber tudo.

Mas ela decidiu que esta não *era* uma situação como a do professor Charles. Will não era seu professor, mas seu amigo, um *ótimo* amigo. Ele a conhecia com intimidade e sabia do que ela precisava agora.

No entanto, teve que parar de olhar para o celular. Colocou no modo vibrar e o jogou na mochila.

Mergulhou no trabalho, concentrada, durante uma hora sem interrupções. Depois, checou o telefone de novo. Havia uma resposta dele, finalmente.

Sinto muito sobre Gus. Ele vai melhorar.
Me ligue por um segundo? Tenho um convite pra vc.

Um convite? Ele atendeu depois de meio toque.

— Oi, Lucy. Pensei que estivesse na escola.

— Voltei para casa, estava me sentindo mal.

— Minty-Mocha demais?

— É... pode ser.

Ele fez uma pausa.

— Ou é porque você está chateada com o Gus? Ou outra coisa?

Vê? Amigos. Ele me conhece. — Outra coisa.

— Está a fim de falar sobre isso? Quero dizer, estou saindo agora, mas se você quiser me contar, posso ouvir por um minuto.

— Tudo bem. — Ela não achou que poderia explicar sobre o professor Charles sem se sentir idiota. — Qual é o convite?

— Vamos fazer uma reuniãozinha em nossa casa neste fim de semana. É só uma festinha. Na verdade, acontece quase todas as sextas-feiras. Reunimos amigos músicos. Acho que você vai gostar deles. É um pessoal totalmente diferente do que você está acostumada.

— Ah. — Ela mordeu o polegar e se levantou para andar pelo quarto. — Por quê?

— Por que ir a uma festa?

— Quero dizer, por que você está me convidando? Nem todos terão... a sua idade?

— Sim — respondeu ele. — Os velhos amigos.

— Ha-ha.

— Espere, sei do que você está falando. Pensei que você poderia ver pessoas normais que vivem com a música, sem serem celebridades. São músicos que trabalham, professores e pessoas que fazem isso por diversão. Algo novo, certo?

Uma festa. Ele a estava convidando para uma festa.

— A Reyna pode ir? — Não sabia por que pediu isso. Não seria o tipo de programa que Reyna iria curtir, mas a perspectiva de tê-la junto parecia um conforto. Talvez fosse o tipo de aventura que as aproximaria. Também era um jeito de resolver o problema de transporte.

— Se você quiser. Não sei se vai ser muito divertido para ela, mas com certeza ela pode vir.

— Vou convidá-la.

Ele passou o endereço. Ele e Aruna moravam em Daly City. Lucy não conseguia imaginar o casal em um lugar cinzento assim. Tinha pensado neles morando em algum bairro descolado, como Cole Valley ou Haight.

— Espero que você possa vir — disse ele.

♪ ♫ ♪

Mais tarde, quando o pai foi verificar como ela estava, Lucy disse que devia ter sido algo que comeu e que se sentia bem agora.

— Estou saindo para o aeroporto daqui a uns quinze minutos — disse ele. — Você quer ir comigo?

— Muita lição de casa.

Ele tocou a testa dela com as costas da mão e depois segurou-lhe o rosto. — Você tornou o dia de Ação de Graças ótimo para mim, *poulette*. Especial. Ouvir você tocar novamente me trouxe muita alegria.

Lucy colocou sua mão sobre a dele e a apertou contra seu rosto. Eles não tinham comentado nada sobre esse assunto desde aquela noite. No início, ela ficou torcendo para que o vinho tivesse feito o pai esquecer, mas agora ela estava feliz por ele se lembrar e pensar a respeito.

— Você contou à mamãe? — perguntou ela.

— Não.

— Sei que preciso falar com ela — disse Lucy. Ela tirou a mão do pai de seu rosto, mas a manteve, separando os dedos, um por um, enquanto falava. — Vou falar. Só não sei exatamente quando.

Ele concordou com a cabeça.

— Tudo bem.

— E você contribuiu, pai.

— O quê? — ele sorriu, perplexo.

— Não apenas com a metade dos genes.

Ele puxou a cabeça dela em seu peito.

— Eu poderia ter feito melhor. Agora, você já é adulta.

♪ ♫ ♪

Lucy escolheu um vestido que a mãe tinha comprado há alguns meses. Não era bem o seu estilo — um pouco "jovem profissional" demais para ela. Mas a mãe gostava, e Lucy queria se esforçar para que tudo desse certo.

Olhou-se no espelho do armário e avaliou: *cabelos demais*. Deveria cortar tudo, ou pelo menos a metade. Doar a cabeleira para uma dessas instituições de caridade de câncer, onde sempre precisam de perucas. O problema é que Lucy gostaria que aquilo desaparecesse *imediatamente*, o que a fez lembrar da tesoura bem afiada que mantinha na gaveta do banheiro para aparar a franja. A ideia parecia cada vez melhor, então ela tirou o vestido e foi para o banheiro, decidida. Afinal, por que alguém iria querer esses cabelos tão longos? Ela estava sempre catando fios nas blusas e limpando o ralo do chuveiro e, nos dias quentes, tinha a impressão de estar com um cobertor de lã no pescoço.

Pegou a tesoura, pensando que Reyna não aprovaria isso. Mas Lucy não seria idiota — cortaria apenas alguns centímetros de cada vez, nada de fazer um corte enorme e dramático, tipo "agora sou um duende".

Pouco a pouco chegou a algo como um chanel desgrenhado, na altura dos ombros.

Não estava ruim. Mas também não chegava a estar *bom*, precisava de uns ajustes. De todo modo, ela tinha conseguido o efeito desejado: um novo visual para marcar uma mudança.

Voltou a colocar o vestido que a mãe gostava e viu que não caía bem com o novo cabelo. Então abriu novamente o armário, deslizou os dedos pelos cabides — não, não, não, não, até bater o olho nas roupas que Reyna tinha descartado. Havia muitas coisas ali, além do infame vestido vermelho. Engraçado como, olhando para ele, agora, aquele dia todo — na casa de Reyna, o passeio até Half Moon Bay — parecia estar tão longe, no passado.

Achou que sua saia reta preta iria funcionar bem com uma blusa cor de ameixa — o decote alto emoldurava lindamente o cabelo mais curto. A mãe escolheria sapatos de salto alto, ou talvez um salto baixo cairia melhor com esssa roupa. Lucy preferiu a bota marrom, sem salto, com meias texturizadas. Para finalizar, brincos de prata, pendurados.

Era uma Lucy diferente daquela da semana anterior, quando a mãe tinha viajado. Agora, ela a observava.

Ainda demoraria um pouco até que todos chegassem do aeroporto. Lucy sentou-se à mesa e aproveitou o tempo para dar uns retoques no trabalho, incluindo uma breve nota de desculpas ao professor Charles por ter sido preguiçosa e desatenta em sua pesquisa. *Sobre aquilo que você disse*, ela acrescentou no início, *eu não chamaria de "sentimentos", pelo menos eu não diria isso.*

Na mesma hora, apagou a frase inteira da tela. Esse negócio de tentar dizer que não se importava era o mesmo que dizer que, sim, ela se importava! A arma apropriada para aquela situação era o silêncio. Então manteve o bilhete formal de aluna para professor.

Ouviu uma batida na porta.

— Entre!

Seu coração deu um salto ao ver Gus. E os olhos dele se arregalaram vendo os cabelos dela.

— Está bem curto.

— Não, não está... É um comprimento médio.

Ele chegou mais perto, deu um giro em volta dela, lentamente, e Lucy chegou a sentir a respiração dele em seu pescoço recém-exposto.

— É tipo... médio-curto.

Lucy fez força para não rir porque não sabia mesmo qual era a graça e também não sabia por que estava lutando contra isso, então simplesmente agarrou Gus, enlaçando-o pela cintura, aproveitando aquele momento em que ele estava tão perto. Foi um abraço desajeitado, bem apertado, o tipo de abraço que ele dizia odiar e do qual sempre tentava escapar. Mas não desta vez, não muito — o pequeno se deixou grudar na irmã por um segundo.

Então anunciou:

— Eles chegaram.

24

Desceram para cumprimentar a mãe e o avô. De repente, Lucy teve certeza de que a mãe odiaria seus cabelos. Por que ela não tinha esperado um pouco mais para mudar seu visual até terem tido a oportunidade de conversar? Seu pedido de desculpas pelo celular era um começo, mas ainda havia muito a dizer.

Apertou a mão de Gus e depois a soltou. Quando chegaram ao último lance de escadas, vovô olhou para cima. Seu rosto se iluminou.

Ele está feliz em nos ver, Lucy notou, surpresa. Ela não sabia bem por que isso deveria surpreendê-la, mas a verdade é que a felicidade do avô mexeu com ela, e Lucy se pegou sorrindo para ele. Nesse momento, ela vislumbrou alguma coisa mais suave, conseguindo olhar para aquele homem de outro modo — alguém que agia da forma que agia movido por algo de bom: um orgulho pelas realizações de sua prole. Talvez fosse um orgulho radical demais e superalimentado com questões ligadas a dinheiro e *status*, mas ainda assim era orgulho genuíno por ela ser sua neta.

Vovô Beck, os pais de Lucy e Martin estavam todos de pé no *hall* de entrada, cercados de malas, sacolas e o que parecia ser uma caixa de vinho. Lucy e Gus pararam no primeiro degrau e cada um aceitou o abraço do avô, que para Lucy veio junto com um beijo na bochecha.

— Você está linda — ele disse.

Isso fez com que sua mãe, que parecia estar agressivamente agitada com a bagagem, fazendo um esforço deliberado para *não* olhar, finalmente olhasse. Estudou Lucy, como se tentando descobrir o que estava diferente.

— Lucy! — ela disse depois de alguns instantes. — Isso é... muito você. Eu me pergunto por que nós não fizemos isso antes.

Lucy optou por ignorar o "nós" e foi até a mãe para abraçá-la. Ela estava com cheiro diferente, uma mistura de estofado de avião com algum perfume novo.

— Bem-vindos — Lucy saudou.

Imediatamente, a mãe indicou algumas sacolas para Martin.

— Isso tudo é comida. Ingredientes especiais que você só consegue comprar na Alemanha. E o vinho veio de uma vinícola da família, em Lössnitz.

— Vamos abrir uma garrafa já — vovô Beck disse — e comer.

♪ ♫ ♪

Lucy sentiu os olhos da mãe sobre ela durante todo o jantar. Fez um esforço para não tocar nos cabelos, mas, enquanto comia, não podia deixar de perceber os fios cutucando seu pescoço de um jeito diferente. Martin serviu salsichas em conserva com pão preto alemão, que estavam em uma das sacolas de alimentos, e ainda havia batata, sopa de alho-poró e salada de rúcula.

— Posso sentir o inverno chegando — vovô Beck observou. — Há um sopro no ar.

— Podemos acender a lareira mais tarde — disse o pai de Lucy.

A mãe interrompeu essas visões de uma noite aconchegante.

— E como vão os seus estudos, Gustav?

— Bem. — Ele parecia desinteressado, mais ocupado em evitar o alho-poró.

— Bem? — Vovô Beck perguntou. — Melhor que isso, espero. Como está a preparação para o recital?

O pai de Lucy interrompeu.

— Ele trabalhou muito. Vocês vão ficar orgulhosos.

Gus deixou a colher cair e deu a vovô a atenção que ele exigia, com a resposta que ele aguardava.

— Will diz que estou pronto, o que já é ótimo. Vai ser perfeito.

Vovô sorriu.

— Ótimo. Então teremos que começar a pensar no próximo passo, o recital de Swanner. Vamos convidar Will para jantar em breve. Quero conversar com ele a respeito.

— Aruna também? — Gus perguntou.

— Claro.

Terminaram de comer, e Lucy esperou que eles contassem alguma coisa sobre a família da vovó e a cerimônia que haviam preparado para espalhar suas cinzas. Ainda não fazia uma semana desde a pequena cerimônia particular de Lucy, se é que se poderia chamá-la assim, em Seal Rock. Uma semana! Depois de oito meses do que pareceu ter sido um período de mesmice virtual, em que o tempo tinha voado, então, de repente, houve esse trecho eterno de uma semana em que nada permaneceu intocado e inalterado.

Exceto a mãe e o avô. Ali estavam eles, exatamente os mesmos de sempre, discutindo sobre a agenda de Gus, horários, obrigações nos próximos feriados. Lucy olhou para sua família, ao redor da mesa.

A vida não poderia ser feita apenas de conquistas. O tempo todo provando alguma coisa indefinível a pessoas desconhecidas e nem sempre amáveis, e com prazos arbitrários.

Ela queria mais para si mesma, para eles.

Largou a colher, disposta a perguntar sobre os detalhes da viagem, mas acabou perdendo a coragem quando vovô Beck olhou para ela daquele jeito gentil, ainda feliz por estarem juntos.

A noite estava sendo boa. Ela não provocaria ondas.

♪ ♫ ♪

Depois que todos já estavam na cama, Lucy começou a ouvir algumas das suítes de violoncelo de Matt Haimovitz — não muito alto — enquanto tirava todas as peças de roupa de dentro do seu armário, esvaziando também as gavetas. Com o guarda-roupa inteiro empilhado em cima da cama e no chão, ela classificou peça por peça. Exceto as calças cáqui da escola, as polos e os suéteres, ela experimentou tudo. Olhava no espelho e se analisava. *Essa sou eu?*

Na maioria das vezes a resposta foi: *não*.

Estava fazendo o mesmo que Reyna fizera depois do divórcio dos pais, eliminando "impurezas" do guarda-roupa. A diferença é que o objetivo da amiga era se livrar das evidências do pai na vida dela.

Para Lucy, aquela limpeza tinha mais a ver com o que Will dissera, sobre descobrir o que ela realmente queria, do que valia a pena cuidar, e com o que não deveria se preocupar.

Lucy queria se desfazer de tudo que, de alguma forma, fazia parte da sua vida até este momento e ver o que sobrava. Ela encontraria uma outra vida, a que estava esperando por ela em algum lugar.

25

Colocou o celular bem longe da cama para não ser perturbada por nada. Sozinha no quarto, no silêncio da manhã, parecia simples recomeçar tudo com sua mãe: um pedido de desculpas cara a cara, enfatizando o recado no celular. E ela não ficaria na defensiva, não importa o que a mãe dissesse. Depois, faria tudo para que convivessem numa boa. Teoricamente, pessoas da mesma família que se preocupam umas com as outras deveriam conseguir lidar com esse tipo de coisa. Além disso, as festas de fim de ano traziam o clima ideal para a reconciliação. Talvez elas até pudessem fazer as compras de Natal juntas.

Apesar de ter acordado na hora certa, quase se atrasou por conta do cabelo novo, que ainda não estava cooperando. Antes, o peso dos fios longos ajudava, e o visual dava certo quer ela fizesse ou deixasse de fazer qualquer coisa. Agora, não conseguia ajeitar as camadas desgrenhadas e os cabelos pareciam bagunçados demais.

O problema é que não havia tempo para vaidades. Um grampo aqui, um pouco mais de maquiagem ali e Lucy já estava descendo as escadas, pronta para encontrar a mãe com um sorriso.

Mas encontrou só o pai e Gus, já preparados para sair, e sinalizando para Lucy fazer menos barulho nos degraus.

— Mamãe está dormindo — o pai falou. — Ela provavelmente vai precisar do dia todo para se recuperar. Você está pronta?

Lucy assentiu, decepcionada consigo mesma por sentir alívio.

♪ 🎵 ♪

Colocou o projeto sobre a escritora Alice Munro na caixa de entrada sobre a mesa do professor Charles alguns minutos antes da aula, com um copo de café da lanchonete na mão. Ele acenou para ela.

— Que bom que você está melhor — disse e depois acrescentou: — Você mudou seu cabelo?

— Sim. — Ele gostou? Odiou? — Sinto muito sobre ontem.

— Eu sei. — Pegou o trabalho, e ela observou seus cílios claros enquanto ele batia os olhos sobre as páginas. — Você foi rápida, hein?

— Queria receber logo as suas observações antes de finalizar o projeto.

— Vou dar uma olhada enquanto vocês trabalham nos grupos.

Lucy não conseguiu se concentrar ou contribuir sabendo que o professor Charles lia seu trabalho. Ela podia vê-lo lá na frente, folheando página após página, o rosto impassível, sem demonstrar nada. Imaginou o momento em que ele se depararia com seu bilhete e, em parte, desejou ter incluído aquela frase mais pessoal.

No final da aula, depois que todos já haviam deixado a sala, o professor a deteve.

— Bom trabalho, Lucy. — Ele lhe entregou o projeto. — Fiz algumas anotações sobre uma de suas hipóteses centrais, mas você está no caminho certo.

Apesar daquele momento constrangedor que ocorrera ontem entre eles, essas palavras ainda significavam muito para ela, e Lucy se permitiu sorrir, encarando o professor.

— O cabelo novo está legal — acrescentou, dando-lhe um pequeno toque no ombro com os nós dos dedos.

— Obrigada. — Lucy saiu sem dizer mais nada.

Na aula seguinte, deu uma repassada no trabalho, observando apenas a caligrafia dele, especialmente no final, onde ela tinha escrito o pedido de desculpas. Logo abaixo, ele escrevera: *"A vida é longa. Acontece muita coisa. Nós aprendemos"*.

♪ ♫ ♪

Mais cedo, Lucy tinha enviado uma mensagem para Reyna para saber se ela estaria na escola hoje — e ela estaria —, mas não contou nada sobre o cabelo. Queria observar a sua reação espontânea. Carson foi o primeiro a ver. Eles se encontraram por acaso na escadaria para o segundo andar na hora do almoço.

— Você tosou tudo! Caramba... — Ele saltou alguns degraus acima dela, depois desceu outros, para conseguir ver sob todos os ângulos. — Você tosou tudo!

— Ainda está precisando de um toque profissional. — De repente, ela se sentiu nervosa sobre o que Reyna pensaria.

— Você fez isso *sozinha*?

— No embalo de um impulso.

— Não está maaaau. — Carson ergueu as mãos e Lucy riu, batendo as palmas das suas mãos nas dele.

— Acho que esta é a minha primeira comemoração por um corte de cabelo — ela disse.

Sentaram-se no lugar de sempre, e Lucy avaliou sua situação alimentar. Só tinha uma maçã e metade de uma barrinha de cereal, já velha e amassada depois de ficar no fundo da bolsa por muito tempo. Estava morrendo de fome, mas, quando pensou nas opções à disposição no *campus*, nada parecia bom.

— Quero um *burrito* — anunciou ela. — Não um desses da escola, um de verdade.

O grito inconfundível de Reyna interrompeu a resposta de Carson. Lucy virou a tempo de vê-la correndo com as mãos estendidas.

— Seus cabelos! — Reyna afundou os dedos nas camadas onduladas de Lucy.

— Vamos comer *burritos* para comemorar — disse Carson.

— Comemorar o quê?

— O corte de cabelo de Lucy, é claro.

Reyna deu a volta para o outro lado da mesa e estreitou os

olhos para Lucy, como se decidindo se o corte fosse algo para comemorar ou lamentar.

— Não podemos. Não dá para voltar antes da quinta aula, e eu não posso faltar de novo. Além disso, meu estômago ainda está esquisito.

Lucy teria que se contentar com a maçã e a barrinha deformada. Sabia que ela também não deveria perder a aula novamente, depois de ter fingido estar doente no dia anterior.

— Sério, Lucy, por que fez isso? — Reyna se sentou e estudou a cabeça de Lucy.

— Está feio?

— Nãããoo! Está tipo...

Carson agitou a mão no ar entre Reyna e Lucy.

— Agora fiquei com o *burrito* na cabeça. *Burrito* da escola é melhor do que nenhum *burrito*. Vou deixar as senhoras sozinhas para discutir o assunto cabelo.

— Tchau, Carson. — Lucy ergueu a maçã para ele. Logo em seguida, virou-se para Reyna: — Eu sei. Não foi nada planejado. Vou dar um jeito nisso.

— Acho que vai ficar bom.

Lucy percebeu que Reyna ainda estava meio debilitada por causa do problema de estômago.

— Acho que faz parte do que estávamos conversando no sábado. Sobre mudar e tudo o mais — disse Lucy.

— Bem, é só cabelo. Não vai ficar sempre assim.

— A outra coisa sobre a qual estávamos falando — disse Lucy. — Sobre o piano, lembra? Não consegui terminar.

Reyna cruzou os cotovelos sobre a mesa e apoiou o queixo sobre eles. — Me conta.

Lucy começou a falar no que estava pensando sobre a escola de música. Contou com mais detalhes o que significou ter tocado no dia de Ação de Graças depois que ela e Abigail tinham ido embora, e depois retomou tudo até voltar ao dia D, em Praga — Reyna sabia o que tinha acontecido, é claro, mas elas nunca tinham aprofundado essa conversa porque, na época, Lucy não quis.

— Naquele momento, não passou pela minha cabeça que seria a última vez — confessou ela. — Acontece que simplesmente não *tive vontade* de tocar desde que a minha avó morreu. Agora eu tenho, e é incrível ter isso de volta, mas também é um pouco assustador devido à forma como a minha família é intensa sobre isso, sabe? Então, ainda não contei nada à minha mãe nem ao meu avô.

— Você não acha que... Então, eles não ficariam, sei lá, felizes?

— Meu avô disse, basicamente ele acha, que eu deveria desistir para sempre. Ainda não superou isso. — Lucy desejou poder recuperar aquela sensação do Píer 39, quando a ideia do "poder" do avô pareceu realmente engraçada.

Reyna levantou a cabeça. — Não me leve a mal.

— O quê?

— Você acha que é *possível*, pelo menos um pouquinho, que talvez você seja a única a não ter superado isso?

— Mas você não...

— Eu sei, eu não entendo. Não moro lá, não sou musicista e não sei nada sobre esse seu mundo — Reyna sorriu. — Maaaa-aas, eu conheço você desde sempre. E você não tinha problemas com essa "intensidade" da sua família até muito recentemente. *Você* era intensa.

Reyna não estava errada, mas também não estava certa.

— É só porque eu não sabia que podia ser de outra maneira. Posso ver isso agora, como Will é com o Gus, que...

— Ah, *Will*... Certo.

— O que é isso agora?

— É só o que eu disse antes — Reyna arregalou os olhos. — Sobre ter *cuidado*.

O intervalo do almoço estava quase acabando. Lucy hesitou por um momento. Se ela queria que Reyna entendesse as coisas sobre música e sobre como Will a ajudava, ela deveria tentar lhe mostrar o que aquilo significava, de perto. Então aproveitou a deixa:

— Falando do Will, ele me convidou para um evento neste fim de semana e disse que você poderia ir. Você deveria ir comigo e depois poderia dormir na minha casa.

— Que evento?

— É tipo... uma festa, com músicos e tal. Amigos de Will e de Aruna — explicou Lucy. — E você vai ver o que eu quero dizer sobre...

— Adultos?

— Sim.

— Músicos? — Reyna não disfarçou uma pitada de desconfiança.

— Principalmente, acho. Vamos lá! Por favor! — Lucy implorou.

Reyna suspirou.

— Está bem, sim, poderíamos dar uma passada. Quero conhecer a casa de Will e Aruna.

— É em... Daly City.

— Eles moram em Daly City?

— Eu sei.

♪ 🎵 ♪

A mãe ainda estava dormindo ou tinha voltado a dormir quando Lucy chegou da escola. O avô, porém, estava acordado e já a postos em seu escritório, verificando as correspondências acumuladas durante os dias em que estivera viajando. Ela o observou do corredor: estava com um aspecto meio envelhecido; talvez fosse cansaço por conta da viagem, ou será que Lucy não dava uma boa olhada em seu avô havia muito tempo?

Percebendo que ela estava ali, vovô Beck tirou os óculos e colocou os papéis de lado.

— Lucy, entre!

Apontou para a cadeira vazia diante dele, do outro lado da mesa, e ela se sentou.

— Você já está... — ela procurou algo para dizer ao avô — ... desfazendo as malas?

— Sim. Gosto de deixar tudo em ordem. — Ele embaralhou alguns envelopes, pegou os óculos, depois voltou a deixá-

-los sobre a mesa. Ela observou as mãos do avô, os pelos brancos, a pele enrugada, as dobrinhas manchadas. — E o dia de Ação de Graças, deu tudo certo para você? — ele quis saber.

— Sim, foi ótimo. E como foi o memorial?

Ele colocou os dedos sobre a mesa, parecendo vacilar, baixou a cabeça e o tronco oscilou ligeiramente.

— Vovô? — Lucy chamou.

Quando ele ergueu a cabeça, Lucy notou que seus olhos estavam cheios de lágrimas.

— Deve ter sido triste — ela se aventurou.

Vovô Beck se endireitou na cadeira.

— Ah. — Ele acenou com a mão, fazendo um gesto que Lucy traduziu como uma mistura de descontentamento e impaciência. — As pessoas com as suas lembranças sentimentais, as cerimônias religiosas... Quando eu morrer, espero... — Ele parou abruptamente.

Lucy não conseguia pensar nisso, apesar do óbvio envelhecimento do avô. Era inconcebível! Ele era teimoso demais, simplesmente ocupado demais para morrer.

Mais uma vez, ele pegou os óculos e os colocou, examinando as correspondências com ar de desagrado. — Todos querem o meu dinheiro. — Ele ergueu uma carta. — A Sociedade de Oboístas Lituanos. Ah! Eles não fizeram a lição de casa. — Atirou a correspondência a distância, balançando a cabeça. — Oboístas.

Lucy sorriu.

Ela não perguntaria nada sobre as cinzas da avó nem exigiria um pedido de desculpas pelo que aconteceu em Praga ou por qualquer outra coisa. E ele ficaria chateado ao saber que ela voltaria a tocar, e igualmente chateado se isso não acontecesse, porque, de qualquer modo, as coisas não teriam seguido o seu plano, e era tarde demais para que fosse assim. Ou os planos do tio-avô Kristoff. Ou de quem quer que fosse. Sim, ele era ocupado e teimoso, mas não era tão forte. A verdade é que vovô Beck havia se apoiado fortemente, e durante toda a sua vida, sobre essas e tantas outras coisas que não eram suas.

Lucy acrescentou mais isso à lista de coisas que ela *não queria* para si.

E pôs seu avô na lista de amor, a que ela fez no café para Will, embora, como ele havia dito, as pessoas fossem mesmo complicadas.

26

Quarta-feira veio e se foi, e Lucy ainda não tinha conversado com a mãe. Trocaram palavras rápidas sobre coisas práticas e insignificantes, mas não *conversaram*, apesar das oportunidades que surgiram. Mesmo nesses momentos, as palavras que Lucy tinha praticado em sua cabeça não saíram de sua boca.

Will não apareceu; nesse dia, ele tinha algum compromisso assumido já antes de começar com as aulas de Gus. Mas Lucy e ele se comunicavam o tempo todo via torpedo, atualizando a conversa e, na quarta-feira à noite, Will enviou uma imagem do *cupcake* vegetariano que estava prestes a comer. Lucy respondeu com uma imagem da página de seu livro de álgebra, seu único assunto naquele momento.

Ela contava com a chance de passar algum tempo com ele na quinta-feira, enquanto ele estivesse na casa. Então enviou a seguinte mensagem: estou em casa, se você quiser dizer oi. Mas ele não respondeu. Como estava sem notícias desde o seu torpedo de **bom dia**, resolveu ligar na hora em que, sabia, ele estaria voltando para casa. Deitada na cama, com as luzes já acesas, ouviu a voz de Will:

— Lucy Luce — disse ele, ao atender.

— Então, nós vamos a essa festa. Eu e a Reyna.

— Ótimo. Ei, desculpe por não procurar você hoje. Gus queria conversar.

— Sobre o quê?

Ele fez uma pausa.

— Não importa — disse ela. — Não é da minha conta.

— Você parece um pouco triste.

— É, acho que sim. Coisas com a minha mãe. Tivemos aquela briga antes de ela deixar a cidade e não falamos mais sobre isso. — Ela esperou por um conselho ou uma palavra de incentivo, mas ele não disse nada. — Alô?

— Tive de fazer uma curva para a esquerda.

De verdade, ela não queria falar sobre a mãe, de modo nenhum. Concentrou-se na voz de Will, que, só agora notava, parecia mais jovem ao telefone do que pessoalmente. Como se ele pudesse ter a idade dela.

— Como você era na escola? — perguntou ela.

— Hã... meio idiota. Um tipo gordinho.

— Verdade? — Ele estava tão em forma agora, e Aruna era tão linda.

— Eu era um garoto solitário. Bem, você sabe como é... Ser ótimo em música clássica não ajuda muito, quero dizer, socialmente. Mesmo se você for ligeiramente popular, você nunca está *lá* na hora de se divertir.

— Como assim? — Lucy se apoiou sobre um cotovelo. — Você era como eu e o Gus? Você viajava e tocava e essas coisas todas?

— Sim.

Ela não se lembrava de ter visto nada disso naquela primeira pesquisa na internet.

— O que aconteceu? — ela perguntou.

Lucy ouviu os ruídos do trânsito da autoestrada junto com a respiração de Will.

— Não aconteceu nada — respondeu ele. — Eu... bem, vi que não teria uma carreira como artista, e então comecei a ensinar. Fiz concertos por um tempo. E... cá estou.

— Por que você não me disse isso antes?

— Hum. Acho que pensei que você soubesse.

— Você contou a Gus?

Will fez uma pausa. Depois: — Não. Está tudo no meu currículo.

— Mas você não acha que ele gostaria de ouvir essas coisas? Quero dizer, ouvir de você...

— Lucy, você gosta de falar sobre seus dias de glória? E a sua mãe, gosta?

Lucy precisou de um segundo para superar sua surpresa. O que ela ouvia na voz dele tinha um nome: frustração. Então respondeu:

— Acho que não, mas...

— É assim com a maioria dos jovens músicos, sabia? Você não é a única que passou por uma experiência desse tipo. Acontece que nós crescemos e então já não somos mais tão especiais.

— Mas eu não...

— Olha, foi um longo dia. — Ele esperou que ela dissesse algo, mas Lucy não sabia o que falar. — Estou chegando na minha casa — continuou ele.

— Ah! Tudo bem.

Houve outro silêncio, então ele disse:

— Sinto muito, Lucy.

— Tudo bem. — O que mais ela poderia dizer?

— Não, não está — retrucou ele. — Não quero ser assim. Cínico.

A suspeita de que ele realmente não queria conversar com ela a magoou, mas Lucy não queria que ele se sentisse mal, ao contrário, queria dizer qualquer coisa para que Will ficasse bem.

— Pelo menos você é honesto. É melhor do que fingir.

— Pode ser, não sei — ele suspirou. — Que bom que você vem para a festa.

Lucy deitou-se de costas.

— Espere, o que devemos vestir? Eu e a Reyna.

— Confie em mim, não é o tipo de reunião em que as pessoas pensam muito no que estão vestindo. Use qualquer coisa confortável.

Eles se despediram, e Lucy arrastou seu *laptop* para a cama com a intenção de pesquisar mais sobre Will. Dessa vez, pulou os primeiros *links*, mas só encontrou algumas referências a William Devi, jovem artista de meados da década de 1990. Não havia muita coisa escrita sobre ele. Pelo menos, não na internet.

Clicou em uma imagem antiga dele, aos 14 anos, recebendo uma placa. A foto estava meio desfocada e provavelmente tinha sido escaneada de um jornal. Lucy sorriu ao ver os cabelos levantados num estilo pesadão, típico dos anos noventa, num visual que não ajudava Will a parecer menos gordinho. Suas feições não estavam muito claras e a ampliação só fez piorar. Mesmo assim, ela salvou a imagem no computador, pensando no Will que tinha existido antes que ela o conhecesse.

Dias de glória.

Isso soava como se tudo que importasse já tivesse acontecido. Mas, na verdade, para Lucy, ter Will por perto significava poder olhar adiante, acreditar que a felicidade estava à frente. Na Academia, ou onde quer que fosse. Por outro lado, parecia que ele não acreditava nisso em relação a si mesmo.

Por isso Lucy enviou um torpedo na mesma hora.

Acho que vc ainda é especial.

Ele respondeu simplesmente:

:)

♪ 🎵 ♪

Depois das aulas, na sexta-feira, Lucy pegou um ônibus até Laurel Heights. Tinha marcado hora no salão para dar um jeito no seu corte desarrumado.

— Até que você não estragou muito — disse o cabeleireiro, examinando as mechas de Lucy, enquanto ela se olhava no espelho. Com o novo cabelo, ela estava usando um pouco mais de maquiagem, principalmente escurecendo os olhos com sombra e rímel. E agora, observando sua imagem com a capa de *nylon* até o pescoço, enquanto o cabeleireiro balançava a cabeça ao som de *dance music* no rádio e meio que mantinha uma conversinha com o colega ao lado, ela vislumbrou algo da mãe no seu próprio rosto. Seus tons eram os mesmos do pai — a pele nem escura nem clara, uma espécie de europeia genérica — e ela sempre quis acreditar que isso a favorecia; mas seu reflexo não negava: o formato da boca, a profundidade dos olhos, até o mesmo jeito anguloso dos ombros, ela era muito mais Beck que Moreau.

Lucy quase podia ver a mulher que se tornaria. Fisicamente, pelo menos. E talvez ela tivesse ficado muito parecida com a mãe de outras maneiras. Mantendo-se sempre fechada, contida, como Reyna dissera. Deixando vovô ditar a forma como ela se sentia sobre si mesma.

Ao mesmo tempo, sua mãe era digna de admiração. Era inteligente e, diferente de tantas mães da sua escola, ela trabalhava muito. Fazer compras, receber massagens e realizar projetos desnecessários de redecoração da casa preenchiam todo o tempo de muitas mães, mas a de Lucy nunca relaxava nos cuidados da casa e em todos os detalhes da carreira de Gus, ajudando vovô Beck com seus fundos de caridade e com os investimentos da família — um trabalho que ele passaria para a mãe de Lucy e, talvez, por fim, à própria Lucy.

— Hoje temos uma promoção especial! Se você fizer mais alguma coisa, ganha trinta por cento de desconto — o cabeleireiro disse, esfregando algo entre as mãos e, em seguida, espalhando nos cabelos dela.

— Como o quê? — Lucy perguntou.

Ele falou para o reflexo dela no espelho. — Coloração, manicure, coloração nos cílios, sobrancelhas, qualquer coisa!

— Quanto tempo leva para essa coloração nos cílios? — Bem que ela poderia economizar um tempinho na hora de se aprontar para a escola se não tivesse que se preocupar com o rímel.

— Uns quinze, no máximo, vinte minutos.

— Tudo bem.

Lucy também acabou fazendo as mãos. No final, gastou muito mais tempo e dinheiro do que tinha planejado, escolhendo e comprando produtos diferentes para os cabelos.

Enquanto pagava, se surpreendeu vendo sua nova imagem no espelho do salão.

Seu rosto estava diferente. Tinha mudado por causa do corte de cabelo. Ou tinha sido a vida? Ou, talvez, seu rosto sempre fora assim, e ela não tinha notado. A verdade é que Lucy já não via muitos sinais da menina que ela fora até alguns meses antes, ou pelo menos da imagem de menina que ela ainda carregava dentro de si.

Esperou o ônibus que a levaria de volta para casa com os olhos lacrimejando por causa da tintura nos cílios. Ainda não era tarde, mas já estava escuro, sinal dos primeiros dias de inverno; ninguém havia ligado ou enviado mensagens, nenhum sinal de seus pais ou de Martin se preocupando com ela. Lucy não tinha comentado nada sobre a festa de Will. De repente, era como se todos permitissem que ela conduzisse a sua vida.

Ela se sentiu desamarrada, como se uma espécie de último cordão invisível entre ela e a família tivesse sido cortado nesses poucos e estranhos dias do fim de semana de Ação de Graças. Alguma coisa havia se rompido, sem que nada tivesse sido oficialmente dito ou decidido.

Era isso o que queria, ela achava. Permissão para fazer o que tinha que fazer, por si mesma. Deixar de ser uma extensão da entidade Beck-Moreau, a família que ela sentira como um fardo por tanto tempo. Lucy desejava crescer.

Naquela noite, naquele exato momento, de pé no nevoeiro, sentindo o frio crescente, ela pensou que talvez Will estivesse certo: *nós crescemos e não somos mais tão especiais*. Não era cinismo, era apenas verdade.

♪ ♫ ♪

A casa estava dolorosamente silenciosa. Um bilhete sobre a mesa do *hall* de entrada dizia que o pai e a mãe tinham saído para jantar, e o avô tinha levado Gus para ouvir um quarteto de cordas. Ela releu o bilhete, pensando, *eu gosto de quartetos de cordas. Ele sabe disso.*

Lucy foi até a cozinha, pegou uns pedaços do assado que Martin tinha feito na noite anterior e comeu um punhado de nozes com algumas colheradas de sobras do arroz.

No quarto, ela colocou música enquanto se arrumava. Reyna viria pegá-la às oito. Nenhuma de suas opções musicais habituais combinava com o clima que ela estava querendo — algo divertido para celebrar uma noite de sexta-feira com sua melhor amiga, na casa de pessoas interessantes, e não na garagem de algum garoto. Ela deslizou o dedo pela tela aleatoriamente e tocou e pulou uma música e mais outra e fez uma pausa e não encontrou nada.

Preferiu se vestir em silêncio, combinando um *jeans* justinho e escuro com botas sem salto e uma malha comprida com capuz. Era uma malha coral, mais uma peça que a mãe tinha comprado quando Lucy não estava com ela. Na época, parecera muito comprida e com pregas demais para seu gosto. A barra era estranhamente assimétrica, e ninguém que ela conhecia usava malha com uma barra assim, então ela tinha enfiado aquilo na gaveta sem se dar ao trabalho de tirar a etiqueta de preço: 389 dólares. Por uma malha.

Mas, agora, ela entendia por que a mãe tinha escolhido aquela malha. A peça caía perfeitamente em seu corpo esguio, moldando as curvas de um jeito sutil, numa cor que destacava seu tom de pele. Quem sabe, depois de conversar com a mãe, Lucy pudesse pedir para que ela lhe comprasse mais roupas desse tipo.

O alerta de texto no celular a tirou daquela espécie de transe no espelho. Reyna já estava esperando lá fora, no carro. Lucy juntou suas coisas, deixou um bilhete para os pais e foi ao encontro da amiga.

— Você está muito bonita — disse Reyna. — Supergracinha.

— Obrigada.

— Parece que chorei o dia todo?

— Não. Bem, deixe-me ver. — Lucy acendeu a luz no interior do carro e fingiu examinar Reyna. — Exuberante, como sempre.

— Porque eu chorei.

Lucy não precisou perguntar por quê. Elas se encararam sob a luz amarelada.

— Você está a fim... — *De cancelar?* Ela não podia dizer isso, não deveria dar a Reyna a chance de não ir à festa. Se ela não visse Will esta noite, seriam mais dois dias inteiros antes de vê-lo, o que era realmente muito tempo.

— Me desculpe — ela falou. — Nós vamos nos divertir hoje à noite, eu prometo!

— Tudo bem — disse Reyna, desligando a luz do teto. — Vamos mostrar às pessoas de Daly City como se faz.

27

A casa de Will e de Aruna tinha certa personalidade e charme, considerando que era, basicamente, uma caixa de alvenaria, como qualquer outra da vizinhança. O trabalho de pintura — um tom de creme com a beirada em vermelho-tijolo — ajudava, assim como as plantas sobre os degraus que conduziam até a porta da frente, onde eles haviam pendurado uma linda guirlanda de Natal.

Lucy estendeu a mão para a campainha, mas foi detida por Reyna.

— Você não toca a campainha numa festa. Você apenas entra.

— Na minha casa você sempre toca a campainha.

— Nada do que acontece na sua casa pode ser remotamente chamado de "festa". — Reyna abriu a porta, deu um passo atrás de Lucy e empurrou a amiga para dentro.

A casa não tinha um vestíbulo nem mesmo um pequeno *hall*. De repente, elas estavam em plena sala de estar, repleta de pessoas parecidas com Will e Aruna — tipo joviais e descolados

— e também gente mais velha, uns grisalhos e outros com jeitão de *nerds*. Alguns se viraram para olhar para Lucy e Reyna.

A sensação foi muito diferente: não foi como entrar em uma reunião de festival de música ou em uma recepção beneficente. Lucy não teve certeza de pertencer ao grupo, de ter um lugar no meio daquelas pessoas.

— Não sei quanto tempo vou durar aqui — sussurrou Reyna.

Eu também não, Lucy pensou, mas ela queria tentar.

— Você vai ficar bem. Lá está o Will.

Lucy puxou a amiga para o outro lado da sala, onde Will estava. Ele parecia bem confortável com um *jeans*, uma camiseta azul-clara e um casaco azul-marinho de aparência macia. Não tinha feito a barba, e seu rosto exibia fios ligeiramente avermelhados, embora seu cabelo fosse bem escuro, quase preto.

— Oi, estou tão feliz por você ter vindo! Você está linda — ele disse e deu um beijo na bochecha de Lucy, na frente de todo mundo. Ela sentiu a barba de Will arranhar sua pele de leve. — Posso guardar seus casacos?

Lucy entregou o dela.

— O meu ficou no carro — respondeu Reyna. — E obrigada por me convidar.

— Imagine. — Ele voltou a atenção de novo para Lucy. — Vou guardar isso, depois vou apresentá-las para todos.

— Beijo na bochecha — Reyna disse a Lucy. — É assim que vocês fazem agora?

— Somos amigos. — Na verdade, ele nunca tinha feito isso antes, e ela se controlou para não tocar seu rosto.

Will retornou antes que Reyna pudesse dizer qualquer coisa, e nos dez minutos seguintes, ele foi apresentando Lucy a todos os convidados. Ela logo percebeu: quase todo mundo sabia quem ela era. Ninguém disse nada óbvio sobre isso, mas enquanto Will a levava de um em um, dizendo seu nome completo — Lucy Beck-Moreau —, ela viu isso acontecer: atenção adicional subitamente demonstrada, alguns *ohs*, e algo como sinceridade por trás do *muito prazer*.

Quando atravessaram a sala de estar e chegaram à cozinha, Lucy sentiu olhares que a seguiam e notou as pessoas falando em voz baixa. Então, Will se desculpou e as deixou sozinhas por um instante para cumprimentar alguém que tinha acabado de chegar.

Pelo menos metade das pessoas que estavam ali eram mulheres, mas Reyna não interpretou os olhares corretamente, de qualquer maneira.

— Por que de repente eu me sinto como um pedaço enorme de carne jovem? — murmurou.

— Não é isso...

Ela espiou de novo pela porta da cozinha e se perguntou o que eles estariam dizendo sobre ela. Que ela já era. Ou que era uma pirralha mimada usando uma malha de quatrocentos dólares que descartara a vida que eles teriam valorizado.

Então Aruna entrou na cozinha, usando um *jeans* desbotado, sandália prata e uma blusa bem solta, abrindo os braços.

— Olá, minhas meninas! — Deu-lhes um abraço e então ergueu uma garrafa de gim. — Alguém está a fim? Não, o que estou dizendo? Melhor não.

Aruna continuou conversando enquanto misturava uma jarra de martinis, exaltando a culinária de Martin no jantar de Ação de Graças.

— Não sei como você não pesa 150 quilos, Lucy. Mas você está... — ela olhou para Lucy de cima a baixo, segurando o gim. — Uau, mocinha! Você cortou o cabelo? Me fale das dezenas de namorados que você deve ter.

Reyna, examinando as opções de bebidas não alcoólicas sobre a mesa, respondeu:

— Lucy é sexy, mas não demonstra isso na escola. Além do mais, ela tem uma queda por homens mais velhos.

Obrigada, Reyna.

Com cuidado, Aruna derramou algumas gotas de vermute na jarra.

— Ah, eu entendo isso. — Ela olhou para a porta quando alguém estava entrando. — Aqui está um homem mais velho para você. Julian, Lucy. Lucy, Julian.

— E Reyna — Reyna acrescentou.

— Prazer em conhecer as duas — disse Julian. Ele ficou perto de Aruna e tocou a parte de trás dos cabelos dela. — E eu pensei que fosse um homem *mais jovem*.

— Para mim, você é. Mas para elas, não — disse, inclinando a cabeça para Reyna e Lucy antes de sair pela sala com a jarra na mão.

Julian tinha cabelos compridos, um cavanhaque meio aloirado e era mais alto que Will.

— Não sou tão velho — disse ele. — Tenho vinte e dois anos. O mesmo que vocês, provavelmente. — Ele se abaixou para pegar uma cerveja na geladeira térmica que estava debaixo da mesa.

— Sim — Reyna respondeu e fitou Lucy, revirando os olhos. — Quase o mesmo.

— Já volto — disse Lucy. Ela queria encontrar Will.

Reyna tossiu de propósito na mão. Era um sinal e Lucy sabia o que significava: ela não queria ser abandonada com Julian, mas como outras mulheres entraram na cozinha exatamente naquele momento, Lucy repetiu: — *Já* volto.

A sala estava lotada, parecia ter o dobro de pessoas agora, mas Lucy logo localizou Will do outro lado, perto da janela *bay window*, de braços cruzados, conversando com uma senhora de meia-idade que usava um vestido largo. Não teve coragem de cruzar a sala, então virou e preferiu ir na direção do corredor.

Ela não queria voltar para junto de Reyna e encarar sua atitude "do contra". A porta no final do corredor estava entreaberta, deixando ver uma luz fraquinha, emitindo uma espécie de boas-vindas. Era quase um convite. Olhando para trás, Lucy verificou se havia alguém por perto; depois, espiou lá dentro. Era o quarto de Will e Aruna. Sem pensar duas vezes, entrou e fechou a porta.

Lucy não tinha parado para pensar em como seria o quarto deles, mas se tivesse feito isso, nunca teria imaginado o que viu. Para ela, o casal combinava com um ambiente simples: decoração *clean* e móveis modernos. Em vez disso, encontrou um lugar exuberante, e um pouco atulhado de livros, roupas e sapatos. A cama, colocada bem no centro, era uma plataforma baixa e estava coberta pelos casacos e bolsas dos convidados. Havia ainda um monte de almofadas jogadas por cima, todas com capas diferentes, exoticamente bordadas.

No quarto, sentiu levemente o mesmo perfume ou loção picante ou o que quer que fosse que Aruna usava. Lucy foi até a cômoda para tentar descobrir o que era. Pensou que ela nunca tivera uma fragrância que todos identificassem como sua, tipo uma assinatura. Talvez devesse ter.

De olho na porta, pesquisou uma cesta, rasa e retangular, que continha exatamente essas coisas — batons, loções, amostras de perfumes, pulseiras, grampos de cabelo, alguns ainda com os fios escuros de Aruna enroscados neles. Mas ali não havia nada que cheirasse a Aruna. Então ela notou um vidro fininho, que estava um pouco atrás da foto de um cachorro. Destampou e, sim, era este! Automaticamente, posicionou a garrafa perto do pulso.

Não seja idiota, Lucy. Como se ninguém fosse perceber que você está com o mesmo perfume dela!

Recolocou o vidro no lugar e, em vez disso, abriu a pequena gaveta central superior da cômoda, sem saber exatamente o que estava procurando.

Congelou por um segundo ao perceber o movimento de pessoas no corredor; mas logo as vozes se distanciaram e Lucy se acalmou. Não podia parar agora. Resolveu olhar os criados-mudos: no primeiro, uma confusão de livros, revistas, cremes, óculos de leitura, e até uma xícara com um restinho de café. Sobre a lâmpada do abajur, uma echarpe vermelha: aquele só podia ser o lado de Aruna.

O criado-mudo de Will estava quase vazio, exceto por um livro, um pequeno bloco, uma caneta e uma tigelinha com pequenos objetos, perto da lâmpada. Lucy quis ver o livro — diferente da pilha inclinada de Aruna, um único livro deveria significar alguma coisa.

Era só um romance de mistério, nada tão revelador assim.

Na tigelinha, havia apenas um cortador de unhas. Se fosse como qualquer outro pianista que Lucy conhecia, ele apararia as unhas obsessivamente para não senti-las batendo nas teclas.

Mais uma vez, vozes no corredor fizeram Lucy dar um salto. Pegou o cortador, guardou no bolso do *jeans*, e depois fingiu estar procurando seu casaco sobre a cama. Quando um casal entrou no quarto, Lucy estava com uma jaqueta qualquer na mão e o cortador em seu bolso. Deu um sorriso sem graça enquanto colocava o casaco de volta e saiu.

♪ 🎵 ♪

Reyna viu quando Lucy apareceu no corredor e agarrou seu pulso com firmeza.

— Onde você estava? — perguntou com os dentes cerrados. — Você me deixou na cozinha com o assustador cara de ovo e seu bafo de molho de cebola.

— Como sozinha? Enfim, eu pensei que talvez você tivesse gostado dele. — Lucy começou.

Reyna soltou o pulso de Lucy.

— É claro! Você sabe como eu adoro *nerds* desengonçados da faculdade de música.

Lucy olhou sobre o ombro de Reyna, buscando Will pela sala. O cortador de unhas no bolso fazia uma pressão reconfortante em sua coxa.

— Quero beber alguma coisa... — Ela se afastou de Reyna, em direção à cozinha.

— Não vou voltar para lá! — sibilou ela. — E se o cara quiser o número do meu celular ou algo assim? Ele ficou me lançando *uns olhares*. Podemos ir embora?

Lucy se virou.

— Nós chegamos há menos de meia hora.

— Parece mais tempo.

— Bom... Mais meia hora — Lucy pediu e Reyna fez uma cara angustiada como se a amiga tivesse acabado de solicitar um de seus rins ou algo do gênero. Frustrada, Lucy falou:

— Eu nunca peço nada, Reyna.

— É verdade, exceto quando precisa de uma carona para algum lugar. Sei que esse é o único motivo de eu estar aqui esta noite.

Lucy pressionou os lábios e foi para a cozinha.

Havia algumas pessoas se servindo das bebidas. Encontrou uma garrafa de água com gás e ficou um instante analisando as imagens na geladeira, tentando adivinhar quem eram os amigos e quem era da família. Havia um monte de fotos de Will e Aruna juntos, sempre elegantes em várias situações.

Entre as fotos, havia uma de Will com uma menina asiática de nove ou dez anos, vestida de um jeito arrumado demais, obviamente um traje de concerto. Lucy sabia que ele deveria ter outros alunos, mas nunca os imaginara como pessoas de verdade. Crianças e talvez alunos de sua idade ou mais velhos. Meninas. Mulheres.

Será que ele também as convidava para um café? Perguntava coisas pessoais, o que elas amavam, por exemplo? Trocava mensagens por celular com elas?

Alguém a tocou no ombro e Lucy se virou. Era a senhora de vestido solto que ela tinha visto conversando com Will um pouco antes.

— Lucy. É tão bom ver você aqui. Sou Diane Krasner.

Estendeu a mão e cumprimentaram-se. Lucy sabia exatamente quem ela era, mas elas não se conheciam. O nome Diane Krasner tinha sido mencionado em sua casa durante meses, pois ela organizava o recital para o qual Gus estava se preparando.

— Prazer em conhecê-la — disse Lucy. — Gus está realmente animado com a peça que vai apresentar.

Na mesma hora, ela quis retirar o que acabara de dizer. Lucy não tinha ideia se Gus estava animado ou não. Mas jogar conversa fora só para socializar era um hábito. Era exatamente para esse tipo de vida falsa que ela não queria voltar.

— Com licença — disse ela para Diane, na esperança de escapar.

— Espere, eu gostaria de saber o que você está fazendo — insistiu Diane.

Ela tinha cabelos grisalhos cortados em estilo Chanel, na altura do queixo, usava enormes óculos de armação preta e uma espessa camada de batom vermelho.

— É verdade que você não toca desde Praga?

— Sim, eu...

— Até agora, quero dizer. — Um sorriso começou a se desenhar na boca dela, lentamente, deixando entrever uma mancha de batom em um de seus dentes superiores. — O que fez você decidir voltar?

Um lampejo de eletricidade disparou pelo cérebro de Lucy. Will tinha contado isso para as pessoas? Ela balbuciou um "não sei".

Então Will entrou na cozinha, e Diane agarrou seu cotovelo.

— Vamos trazer a Lucy para o recital — sugeriu ela.

— Ah — disse Will, olhando para Lucy. — Não. É cedo demais.

— Pelo que você me contou, ela já está bem pronta. Seria uma grande publicidade.

Lucy observou o rosto de Will. *"Pelo que ele contou"* a ela? Esperou que ele dissesse algo, que aquilo era uma ideia ridícula ou qualquer outra coisa. Então ele levantou uma mão e a levou para o ombro dela, mas Lucy recuou.

— Desculpe, eu tenho que encontrar Reyna.

As vozes de Will e Diane ficaram mais fracas, e Lucy logo viu Reyna no corredor, de mau humor, com um ombro recostado à parede enquanto olhava para a sala de estar. Lucy estava pronta para dizer: *Venha, vou pegar meu casaco e podemos ir*, mas quando Reyna a viu, ela disse:

— Você está a fim de ouvir a minha teoria sobre você?

— Sua teoria sobre mim sobre o quê? — perguntou, distraída. Talvez ela devesse voltar para a cozinha, dizer a Diane diretamente que não, que ela não tinha nenhum interesse no recital.

— Os homens. Isso! — Reyna apontou para a sala. — Aquela coisa no cais do porto, outro dia.

— Na verdade, não. Não quero ouvir nada. — Lucy se virou na direção do quarto de Will e de Aruna para pegar o casaco. Reyna agarrou o braço dela por trás; ela o soltou com força.

— Tudo bem. Me conte a sua teoria.

— Você sente falta de ter um público.

Reyna falou isso com um sorriso malicioso, como se elas pudessem estar, possivelmente, brincando. Lucy pôs a mão no queixo, balançou a cabeça e arregalou os olhos, de forma exagerada, fingindo escutar.

— Me diz mais — provocou.

— Veja, você se ferrou tocando o tempo todo quando era criança. Você estava, sei lá, condicionada a estar no palco. Agora, você quer uma salva de palmas, não sei, seja ao escrever um trabalho de inglês ou ao se exibir na escola ou ao usar um vestido *sexy*.

Lucy deixou a mão cair do rosto dela.

— Adivinha só, Lucy... Você é apenas uma pessoa normal e chata como o resto de nós. Ninguém se preocupa com essas coisas, exceto, vamos dizer, as seis pessoas em seu mundo. E agora você acha que o Will vai...

Então Lucy pôs a mão sobre a boca de Reyna e a empurrou contra a parede. Ela deu uma olhada na direção da cozinha.

— Não faça isso! — E ficaram ali, em pé, bloqueadas, tensas, seus corpos pressionados e tão perto que pareciam prestes a se beijar. Algo acendeu nos olhos de Reyna. Lucy tirou a mão.

— Você gosta dele — Reyna sussurrou lentamente. — Como se você, na verdade, pensasse... Eu disse para ter cuidado e... espere. Espere! Vocês estão...

— Não é nada disso... Ele acredita em mim.

Reyna riu. Lucy sentiu aquilo como um golpe em seu rosto.

— Ele acredita que vai conseguir alguma coisa da adolescente-menina. — Reyna tentou se esquivar, mas Lucy foi mais forte e a manteve presa. Ela não deixaria Reyna transformar tudo em uma piada de mau gosto.

— Ai, Lucy!

— Sabe de uma coisa? Muitos pais se divorciam, e *as pessoas* não começam a agir como babacas.

Então Reyna fuzilou Lucy com um longo olhar antes de empurrá-la de volta, fazendo com que o corpo da amiga batesse na parede oposta do corredor.

— Vai por mim. Conheço os homens muito mais que você. Tive relacionamentos *de verdade* e não relacionamentos com caras *de verdade*, e não importa o quanto são "legais com você" ou como aparentam ser ou como a fazem se sentir "especial", eles são todos iguais quando se trata do básico. Meu pai, todos os caras da escola, talvez até Carson. E Will também.

Agora, as duas estavam frente a frente, apoiadas nas paredes opostas.

Alguém passou entre elas para chegar ao banheiro.

— Com licença.

Lucy sabia que Reyna não queria estar lá. E que a coisa entre os pais dela tinha sido brutal, descobrir tudo sobre os casos do pai havia sido devastador, mas Reyna estava errada. Sobre os homens e, principalmente, sobre Will.

— Se é isso que você pensa, acho que deve ir embora — sugeriu Lucy.

Reyna riu.

— Sem você?

— Não estou brincando. Vá.

— Então... Divirta-se com seus novos melhores amigos — disse Reyna.

Lucy permitiu que ela saísse pelo corredor e esperou ali até que ela tivesse tempo de alcançar a porta da frente. Só então voltou à sala, tentando ignorar o fato de que as pessoas talvez tivessem notado que Reyna saíra chateada. Afastou a borda da cortina e olhou para fora da janela. Parte dela esperava que o carro de Reyna ainda estivesse estacionado lá, Reyna inclinada sobre ele, quem sabe, esperando para ver se Lucy sairia. Mas tudo o que ela viu foram os faróis traseiros desaparecendo em meio ao nevoeiro da noite.

Deixou a cortina cair de volta e então percebeu que Aruna estava logo atrás, olhando para ela por cima do ombro.

— Você duas brigam muito? — ela perguntou, a respiração no rosto de Lucy.

— Não.

Aruna colocou o braço em torno de Lucy. O peso era desconfortável, mas Lucy resistiu a rejeitá-lo.

— Essa época da vida é difícil — consolou Aruna. — Vocês duas estão mudando. Eu me lembro... Tanta coisa acontece na idade de vocês. Vocês estão se tornando as pessoas que serão.

O álcool transforma as pessoas em filósofos. Ela tinha visto esse efeito no pai, e às vezes no avô, o modo como eles faziam declarações banais soarem como a "sabedoria das eras" depois de um ou dois coquetéis. Mas ela sabia que Aruna estava certa.

28

Depois que Reyna foi embora, Lucy não teve certeza do que fazer. Will parecia sempre estar rodeado de pessoas. Ela ficou pelos cantos da sala, pensando em como chegaria em casa, no que Will tinha dito a Diane Krasner, se Reyna voltaria a falar com ela novamente, e se ela se importava.

Notou uma garota sentada no chão e soltou um pequeno suspiro ao perceber que era Felicia Pettis. Felicia era alguns anos mais velha que ela, a garota que sempre conquistara os prêmios que Lucy também viria a ganhar, participando das mesmas turnês em que Felicia se apresentara, antes dela. Na verdade, elas nunca tinham estado no mesmo lugar ao mesmo tempo.

Felicia percebeu que Lucy a observava e acenou. Então Lucy foi até ela, tirando Reyna da cabeça momentaneamente.

— Oi — disse Lucy. — Espero que isso não seja estranho, mas... bem, eu provavelmente não deveria começar uma frase assim se não quiser que isso seja mesmo estranho, mas... — Ela colocou as mãos no rosto. — Não consigo acreditar que finalmente vou conhecê-la. Não vi quando você chegou, eu... — Ela não queria que Felicia pensasse que ela poderia tê-la ignorado de propósito ou algo assim, por inveja ou por algum antigo resquício de competitividade.

— Eu me misturo — respondeu Felicia. Ela era miúda, não usava maquiagem e se afastou, abrindo espaço para Lucy se acomodar perto dela, no chão. — Sente-se.

— Obrigada. Eu sou... Sou Lucy.

— Sim, eu sei — disse Felicia com uma risada. — Adorei a sua malha.

— Ah, obrigada! Foi minha mãe que escolheu, o que é irônico, porque... bem, não sei por que é irônico.

Felicia deu um gole na garrafa de cerveja.

— Então. *Acabo* de saber esta noite sobre o que aconteceu em Praga. Fiquei chocada, tenho que dizer.

Lucy se aproximou um pouco mais.

— Você ainda não tinha ouvido falar?

Ela negou com a cabeça.

— Estou fora do circuito há muito tempo. Saí do Facebook e do Twitter, não leio os *blogs* nem as notícias de música, nada disso.

— É, você meio que sumiu da face da Terra. A última coisa que soube era que você estava no Conservatório Himmelman, há uns três anos.

— E o que você ouviu? — Ela ergueu a mão. — Ah, deixe para lá. Não quero saber.

Lucy riu. Ela não tinha ouvido nada de definitivo, apenas todo mundo se perguntando por que Felicia não estava mais nas apresentações, e fazendo suposições de todo tipo, especulando causas que começavam com uma gripe e iam até a história de que ela tinha fugido com algum regente da Espanha.

— Eu costumava assistir a seus vídeos no YouTube o tempo todo — confessou Lucy. — Especialmente aquele de Liszt?

— Ai, Deus. Eu implorei para o meu pai não registrar aquele recital. Eu estava com aquele herpes enorme...

— Não percebi. Estava muito ocupada, obcecada é a melhor palavra, com a sua interpretação daquela peça. Tão original.

— Obrigada.

— Você... — Lucy fez uma pausa e reformulou a frase. — Odeio quando as pessoas me perguntam isso, na verdade, porque parece pessoal, mas agora que eu estou querendo saber acho que entendo por que me perguntam. No fundo, todos só querem saber se ainda toco, só isso. Fico interpretando muita coisa — continuou ela, balançando a cabeça. — Eu entendo, sei lá, sempre fico totalmente na defensiva. Mas... você ainda toca?

Felicia assentiu.

— Toco.

— Só para você? Ou...

— Não, ainda estou em todo o circuito, ou seja lá como quiser chamar os recitais e tal. Só que agora *não* venço nada nem tenho boas colocações nem faço coisas que dão publicidade; é por isso que você achou que eu tinha sumido da face da Terra. — Ela era direta e não parecia envergonhada por estar no meio ou no fim do grupo ou onde quer que estivesse.

— Ah. — Lucy não sabia mais o que dizer.

— Também trabalho meio período digitando dados em um local que me permite horários flexíveis — completou Felicia. — Moro em West Portal com duas colegas. Estou fazendo algumas aulas *on-line* na State. Sabe, basta ter vinte anos. — Ela sorriu e ergueu a cerveja. — Este é o meu pequeno discurso. Tenho que fazê-lo sempre que encontro com pessoas que se lembram de mim naquela época.

Lucy se perguntou qual seria a sua defesa — as palavras que ela acabaria repetindo sempre para explicar suas escolhas.

— De onde você conhece o Will? — ela perguntou a Felicia.

— Todos conhecem o Will. Eu ia nos concertos dele nos bons tempos. Continuamos em contato. Ele é um amor.

— Ah, sim, totalmente — concordou Lucy, tentando parecer tão indiferente quanto Felicia, como se Will não significasse nada de especial para ela.

— No início da noite ele estava dizendo a todos que você viria e que ele tinha ouvido você tocar e que você ainda era ótima, embora tivesse parado por um tempo e todas essas coisas. Então, parabéns por isso.

Lucy se inclinou para a frente, como se quisesse confirmar o que tinha ouvido.

— O quê?

— É legal voltar à ativa. Quero dizer, *eu* nem sabia que você tinha largado o piano, mas que aconteça o que a deixar feliz. Will só está um pouquinho animado.

Tudo bem, Lucy pensou. Não parecia algo totalmente terrível nem nada. Mesmo assim... Era o segredo deles, ela ponderou. Então se levantou.

— Foi bom conhecê-la oficialmente, enfim. Eu preciso...

— Um instante. — Felicia pegou o celular dela e entregou a Lucy. — Coloque seu número aqui. E vou colocar o meu no seu.

Lucy pegou o celular do bolso e deu para Felicia.

— Obrigada.

— Sério, a gente deveria sair um dia desses.

— Obrigada — Lucy repetiu e pôs o aparelho de volta no bolso, ao lado do cortador de unhas de Will.

♪ ♫ ♪

Dez minutos depois, Will finalmente ficou livre e a encontrou, de volta à cozinha, bebendo mais água com gás e lendo a embalagem de um pacote de biscoitos.

— Oi — disse ele.

— Oi!

— A Reyna abandonou você.

— Eu pedi para que ela fosse embora. — Lucy largou a água na mesa. — Cadê o seu piano? — perguntou. Ela estava cansada, emocionalmente exausta por conta da briga com Reyna, e agora tentava descobrir por que Will tinha contado para as pessoas que ela estava voltando a tocar.

— Não tenho piano aqui. Não há espaço. Meu piano está na casa dos meus pais, em Sacramento.

— Sacramento... É bem longe daqui.

— Ah, sim, é, não vou muito lá — ele sorriu. — Não fique tão triste. Minha viola está aqui no armário. E tenho muito acesso a pianos, não se preocupe.

Não parecia a mesma coisa para Lucy, e ela se perguntou o quanto ele realmente tocava a não ser com os alunos.

— Acho que vou ligar para minha mãe vir me buscar — disse ela.

— Eu dou uma carona para você. Quero explicar sobre a Diane e... — Ele coçou a barba por fazer. — Pelo menos, tentar.

Will parecia derrotado, e Lucy sabia que não estava furiosa por ele ter contado aquilo a uns poucos convidados da festa, isso não importava realmente, mas ela queria conseguir falar com ele sem todas aquelas pessoas em volta.

— Você não pode deixar a sua festa — respondeu ela.

— *É a minha festa, posso sair se eu quiser* — ele cantarolou. — Desculpe. Agora, talvez você consiga imaginar o idiota que eu era na escola.

— Um pouco. Acho que eu deveria me despedir de Aruna, não?

Ele olhou pela sala.

— Você pode falar rapidinho. A gente se encontra na porta.

Aruna estava sentada no chão, diante do sofá, a taça de martini ainda se mantinha ligeiramente presa em sua mão, embora agora estivesse cheia de azeitonas e não de gim.

— Lucy! — ela exclamou, alto o suficiente para todos se virarem. — Vem cá, linda.

— Obrigada por me receber — disse Lucy, de cócoras ao lado dela, respirando o perfume exótico.

— Meu Deus, essas botas são divinas. — Aruna espremeu a barriga da perna de Lucy, tirando seu equilíbrio; ela quase caiu sentada no chão. — Você deveria dormir aqui. Não consigo acreditar que Reyna tenha abandonado você! — Aruna se esticou por cima do ombro de Lucy e deu um tapinha no sofá. — Bem aqui? Esta é a nossa cama de hóspedes.

Will chamou do outro lado da sala.

— Estou levando Lucy para casa, *baby*! Não faça nenhuma loucura.

— Vou esperar você voltar para ficar louca — Aruna respondeu. Para Lucy, ela disse: — Espero que você tenha se divertido, apesar do problema com a Reyna.

— Estou contente por ter vindo — respondeu Lucy. — Obrigada.

Ela se levantou, deu um aceno de adeus a Felicia, e finalmente saiu pela porta. Quando Will a fechou, respirou fundo e disse:

— Conseguimos.

Desceram a escada rumo ao nevoeiro de Daly City.

♪ 🎵 ♪

Antes mesmo de ter ultrapassado o primeiro dos vinte e quatro quilômetros que percorreria, Will começou:

— Eu falei sobre você. Soltei tudo. — Ele balançou a cabeça. — Quando concordamos em manter isso em segredo, estava pensando principalmente na sua família. Acabei me animando e comentei com uma ou duas pessoas.

Lucy brincava com a bainha da sua malha e sentiu o calombo do cortador de unhas no bolso.

— É um mundo pequeno — disse ela. — Quero dizer, Diane Krasner. Ela está a apenas um grau de distância dos meus pais.

— Eu sei. Acho que eu queria impressioná-la.

Lucy o encarou. O perfil dele, iluminado em *flashes* rápidos pelos faróis que cruzavam o carro, era elegante e forte.

— Por quê? Você não precisa impressionar ninguém. Você é você.

Ele riu.

— Ah, claro, é só dizer o meu nome e o tapete vermelho desenrola imediatamente.

— Meus pais acham que você é impressionante. Todo mundo sabe que você é um ótimo professor. Meu avô não o teria contratado se você não fosse, acredite. Você tinha aquele programa na TV e...

— Certo. *Tinha*. Foi cancelado depois de duas temporadas. Ela observava à frente, Will fazendo as curvas que os conduziriam para a autoestrada.

— Eu interrompi você — disse ele. — Me desculpe. Sim, sou um bom professor, obrigado. De qualquer forma, não preciso falar sobre isso, o ponto principal é que eu não deveria ter dito nada a ninguém sem consultar você primeiro. Se você não me perdoar, eu entendo.

Ele geralmente parecia tão confiante e confortável. Lucy queria que ele se visse através dos olhos dela:

— Você *me* impressiona — afirmou ela. — Você, sendo você mesmo, desde que o conheci. E eu nem sabia nada disso sobre quando você tinha a minha idade.

— De volta aos velhos tempos — ele sorriu e olhou para ela. — Me desculpe. Vou parar com essa autocomiseração. Obrigado, de verdade. Isso significa muito para mim. Você me impressiona também, não apenas com a sua musicalidade. Agora que somos amigos de verdade, há muito mais para ficar impressionado.

Amigos de verdade.

— Como o quê? — perguntou ela, pensando que não deveria ter perguntado, mas sem conseguir se conter.

Ele examinou a questão.

— Você é muito equilibrada, é óbvio. Inteligente. Acho que você é corajosa por fazer o que está fazendo. A inércia é a pior coisa que existe, sabia? Quando paramos com alguma coisa, é difícil reiniciar, especialmente quando essa coisa requer trabalho árduo.

— Sim.

— Além disso, você deve saber que é linda.

Lucy olhou para suas mãos, que estavam sobre o colo. A mãe e o pai haviam dito isso. A avó, Reyna também. Às vezes, ela mesma pensava esse tipo de coisa. Mas agora foi diferente.

— Não estou furiosa que você tenha falado de mim — disse ela com calma. — Tenho que falar com meus pais, de qualquer maneira. Isso até vai me ajudar a contar a eles.

— Oh, meu Deus, obrigado — disse ele, com alívio na voz. — Quando vi seu olhar na cozinha, conversando com Diane, pensei que realmente tinha pisado na bola.

A saída da autoestrada se aproximava. Lucy se imaginou em casa, com sua família, contando tudo. Amanhã?

— Não — ela disse. — Talvez nem seja mesmo uma questão tão importante. Talvez eu seja a única que está tornando as coisas mais difíceis do que precisam ser. Reyna disse algo assim...

— É por isso que vocês estavam brigando?

— É... muito difícil de explicar.

— Tudo bem. Não vou insistir.

Ele dirigiu exatamente no limite de velocidade e nem um quilômetro a mais por hora.

— Ei — perguntou ele —, você se importa se eu for por Portola? Sei que é o caminho mais longo, mas adoro a vista.

— Eu também!

Will descansou o cotovelo na porta do carro e mexeu nos cabelos sobre a testa.

— Essa história de impressionar as pessoas... Acho que estou me sentindo velho ultimamente. Posso ver o meu futuro como um cara de mais idade que ensina. Você sabe, nunca voltar a ter meu próprio sucesso, como antes.

Ela o observava falando, a forma como a mandíbula dele se movimentava dependendo das palavras. Lucy estava perdendo o foco da conversa e de seus próprios pensamentos. A experiência de estar no carro com ele tornou-se mais física que mental. Estava consciente de tudo o que ele fazia com as mãos, a boca, voz. E percebendo seu próprio corpo, o aperto do brim nas coxas e o capuz da malha atrás de seu pescoço, o formigamento.

Eles passaram pela Escola das Artes, e isso trouxe sua mente de volta.

Quando estava na Oitava Série, Lucy havia pedido à mãe para estudar lá no Ensino Médio. Ela tinha olhado o *site* da escola e as crianças pareciam se divertir muito.

A mãe riu da ideia e desfez dela com uma frase:

— *Você está superqualificada, para dizer o mínimo.*

Lucy perguntou a Will agora, percebendo que era a sua vez de falar já há um tempo.

— É idiota ir para o conservatório de música quando eu já meio que... sei de tudo? — Então, ela cobriu os olhos. — Hum, isso soou horrível.

Will riu.

— Você é ótima, Lucy, mas ninguém sabe tudo.

— Só quis dizer...

— Sim, eu entendi. Ouça. — Will estacionou o carro e desligou o motor. O carro estava fresco e escuro, as luzes espetaculares da cidade diante deles, e uma onda alucinante tomou conta de Lucy quando ele se inclinou ligeiramente sobre seu espaço para ligar o som e mexer em alguns botões.

Então começou: era uma peça que ela conhecia e adorava, as quatro notas de abertura dos instrumentos de sopro, a construção com os tambores, as cordas e, finalmente, o piano entrando, hábil, expressivo.

— Você reconhece isso? — perguntou ele.

— Mendelssohn. Concerto número dois.

— É você!

— O quê?

— É você, Lucy.

Ela encarou a famosa vista que conhecia desde sempre — a Pirâmide Transamérica, o fio de luzes contornando toda a Bay Bridge. Sim, era ela. Então se lembrou: as horas na sala de música com Grace Chang sentada ao lado, o dia em que ela acertou a peça em cheio, encontrou a música nela, misturou-se e tornou-se parte dela. Como ela aterrissou, finalmente, não em sua cabeça, que a estivera confundindo durante todos aqueles meses, mas em seu coração, onde a música morava.

Ela tinha voado com a mãe e os avós para Ohio para gravar com a Orquestra de Cleveland. Quase podia sentir o cheiro da sala de ensaio: resina e papel velho.

— Minha avó foi com a gente quando fizemos o CD — ela contou a Will, ainda encarando a cidade. — Acho que ela era meu amuleto da sorte, porque tudo correu tão bem, sem drama. Eu estava feliz, eu era boa. Eu... — Ela parou de falar para que pudesse ouvir e ressuscitar a sensação que teve na época por estar com a orquestra e consigo mesma, a maneira como tudo que não era a música parecia distante, como um riacho calmo.

Ela não só se lembrava do amor que emanava enquanto tocava. Lucy podia sentir esse amor, agora. Como uma vertigem.

— É tão próximo da perfeição — Will disse baixinho. — Meu Deus, ouça isso.

Ela desviou os olhos da linha do horizonte e o encarou. Eles ouviam e ficaram cara a cara, e naquele momento houve uma janela que aumentava, e ela entrou por ela, os olhos dele a atraindo e a observando, cada vez mais intensamente.

De repente, Will interrompeu aquele momento, apontando para o som.

— *Esse* é o motivo do conservatório. Trazer de volta essa Lucy. Porque você precisa separar toda a bagunça de família *disso*. E acho que, para você, o conservatório seria o melhor caminho a tomar. Se você retornar da maneira tradicional, vai acabar caindo nas antigas armadilhas.

Lucy tentou ouvir essas palavras naquele momento em que estava se sentindo tão próxima dele e de si mesma.

— A escola ainda vai impulsioná-la — continuou ele. — Vai exigir de você, e de um jeito diferente do que está acostumada.

Mas serão seus professores e mentores e conselheiros e colegas que a impulsionarão, o que é... não sei, apenas mais saudável que sejam essas pessoas e não aquelas de cujo amor você realmente precisa. Quero dizer, sua família.

Ela engoliu em seco, para limpar a pressão que vinha crescendo em sua garganta.

— Isso faz sentido. — Sua voz saiu trêmula.

— Você está bem?

Ela concordou com a cabeça e deixou que seus olhos se encontrassem novamente.

— Devo te levar para casa?

Não, ela pensou.

— O quê... — *está acontecendo?*

Will achou que ela não tinha escutado o que ele dissera.

— Você está cansada — observou. — E eu também! Vou levar você para casa.

Ligou o carro e seguiu para a casa de Lucy. Desligou o som e o silêncio tomou conta da noite.

Ela sentiu que ele olhou para ela uma ou duas vezes, mas não falou nada. Quando pararam diante da casa, ela atrasou a despedida, movendo-se tão lentamente quanto possível. Prolongou cada etapa: tirou o cinto de segurança, virou o corpo na direção da porta do passageiro e a abriu.

Então se virou para trás. Para abraçar Will.

Ela aguardou um segundo, e um segundo a mais.

Não me deixe ir. A respiração ficou ofegante, como se ela pudesse chorar, com o coração pleno.

— Tudo bem — disse Will baixinho, acariciando suas costas. — Eu sei, Lucy.

Ela mexeu a mão e sentiu a pele do pescoço dele sob os seus dedos, quentes.

— Tudo bem — disse ele, pressionando a palma da mão na parte de trás da cabeça dela. Com delicadeza, tirou a mão de Lucy do pescoço dele e levou-a até o seu rosto. Segurou-a por um momento, roçou-a nos seus lábios, antes de dizer novamente: — Tudo bem.

Ela se soltou e saiu do carro, foi até a porta da frente e acenou para mostrar que a tinha aberto e já estava lá dentro, em segurança.

3

Con Brio, Con Fuoco

(Com Espírito, Com Fogo)

29

Lucy não enviou mensagens para Will no sábado; ela não entendia o que tinha acontecido nem sabia como agir. Ele também não se comunicou com ela. Permaneceu no quarto, negligenciando o dever de casa em favor de uma lista de músicas escolhidas para ele. Seu presente de Natal com algumas das músicas sobre as quais eles conversaram no café. O nome da lista: "O que eu adoro".

Isso a distraiu por várias horas. Porque assim que começava a ouvir algo que ela adorava para checar se a música entraria ou não no CD de Will, ela não conseguia simplesmente parar no meio. Amor significa prestar atenção, de modo que ela se esparramou no chão com seus ótimos fones de ouvido, tentando ouvir cada melodia como se fosse a primeira vez, apaixonando-se por cada uma delas novamente. E certas músicas trouxeram de volta todo tipo de lembranças, como quando ela era pequena e estava no carro com a mãe, e os B-52s tocaram no rádio especializado na década de oitenta e a mãe cantou junto. Para onde tinha ido *essa* mãe? Lucy não sabia o que a mãe ouvia agora, o que a fazia cantar com o rádio.

O som do B-52s a trouxe de volta à realidade. Lucy precisava se preparar para falar com a mãe, uma conversa que *tinha* que acontecer neste fim de semana.

Porque ela realmente faria isso. Se ainda tinha alguma dúvida, tudo havia ficado claro quando Will fez com que ela ouvisse a si mesma tocando Mendelssohn. Lucy não estava mais com medo do que os outros poderiam pensar.

Mas quando Will ligou, no domingo, bem na hora em que ela estava chegando de uma caminhada, quase não atendeu, subitamente tímida e incerta diante do nome dele na tela do celular. Finalmente, após quatro toques, disse alô, já subindo para o seu quarto.

— Alô — respondeu ele. — Tudo bem com você?

— Sim. Tudo bem. E você? — Ela subiu a escada de dois em dois degraus, olhando para o quarto de Gus no caminho. Ele estava deitado no chão, lendo história em quadrinhos ou algo assim.

— Ótimo. Passamos ontem nos recuperando e desintoxicando da festa, depois fomos para o recital de música de câmara de um aluno.

Nós. Ele e Aruna. A esposa.

— Como foi? — Ela subiu a escada do sótão e fechou a porta.

— Tudo bem. Na verdade, é por isso que estou ligando, bem... parte do motivo. Diane Krasner estava lá. Ela estava falando sério sobre o recital, Lucy. Disse que abriria um espaço para você.

— O quê? Não! Eu disse que não.

— Na verdade, *eu* disse que não. Você saiu correndo.

— É a mesma coisa — disse ela. — Porque, não... É óbvio que não vou tocar no recital. — Ela fez uma pausa. — Certo?

— Bem... Acho que você deveria pensar nisso seriamente.

— Mas é em duas semanas! — Lucy sentou-se sobre a cama e apoiou a cabeça na mão, confusa. — E... *por quê*? Não seria o "caminho antigo", como você disse? As armadilhas antigas?

— Pensei nisso a noite toda — disse ele. — Juro que não estou recomendando sem pensar muito. Mas, ouça... O que vai acontecer quando disser à sua família que quer ir para o conservatório?

— Não sei. Acho que vou descobrir logo, logo.

— Vão tentar dissuadir você. É o meu palpite!

— Dissuadir é um eufemismo. — O avô provavelmente se recusaria a gastar esse dinheiro em algo que Lucy já havia abandonado uma vez. Ela teve a chance dela, como ele costumava dizer depois de Praga, e a descartou.

— É o que você teme. Isso está impedindo você de lhes dizer o que quer, não é? Você tem medo de que eles digam não e que, se for assim, você talvez se sinta impedida de alguma forma. Mentalmente.

— Além disso, eu também não sabia o que eu queria.

— Você sabe... — As palavras dele desaceleraram, foram se aquietando. — Senti isso no carro, na sexta-feira, Lucy, como você se conecta ao seu eu, ao seu eu que fez aquela gravação.

Ela deslizou da cama e se sentou no chão. Cavou no bolso o cortador de unhas que vinha mantendo com ela o tempo todo.

— Sim — ela disse. — Mas não...

— Eu sei o que você vai dizer. Mas desempenho é a linguagem do seu avô. E de sua mãe, também, por causa dele. Tocando no recital, você faria uma declaração que eles vão entender. — A voz dele ganhou emoção. — É uma oportunidade de realmente provar a *sua intenção*, Lucy. Que você não pode ser convencida ou, não sei, *sentir-se envergonhada* por isso. E o fato de o recital estar tão próximo é uma vantagem. Você não vai conseguir se estressar demais com o preparo, e essa coisa toda terá acabado até o Ano Novo. Você poderá começar... do zero.

Um grande gesto, como um eco do drama que ela tinha encenado ao desistir, só que em sentido inverso. E sem o angustiante fator choque, todo aquele constrangimento, porque, sim, o avô saberia disso antes de acontecer.

— Não sei. — Pensou: o que a avó acharia? — E o Gus? Isso não é, sei lá, o mesmo que roubar o seu holofote ou algo assim?

— É um concerto de fim de ano, um evento informal. Não é uma competição. Haverá holofotes para todos.

Lucy não disse nada, e ele prosseguiu:

— Entendo que você não tenha certeza e gostaria que você tivesse mais tempo para pensar, mas Diane precisa saber até amanhã. Se você disser sim, eles querem tempo para acrescentar o seu nome à publicidade.

Não havia nenhum motivo para retardar o inevitável. Se deixasse a coisa acontecer no seu próprio ritmo, ela poderia nunca tomar qualquer atitude e ponto final. Participar do recital tiraria toda a dor de uma só vez: Gus ficaria louco por um tempo. Vovô ficaria furioso.

Seria como arrancar a crosta da ferida dos últimos oito meses, com um puxão, bem difícil.

— Tenho que decidir amanhã... exatamente até quando?
— O mais cedo possível. Acho que isso é bom — disse ele.
— Acredite em mim, tá?
— Tudo bem. — Ela abriu a mão e olhou para o cortador de unhas. — Tudo bem.

Nenhum deles falou nada por alguns segundos, depois Will prosseguiu:

— Acho que é melhor que você fique só.

Eles se despediram. E então, lembrando-se do início da conversa, ela resolveu enviar uma mensagem e perguntar:

Esse foi um dos motivos de vc ter ligado. Qual era o outro?

Estava deitada no chão, com o celular em uma mão, o cortador na outra, até que ele finalmente respondeu.

Pra dizer que sexta-feira foi especial para mim.

As palavras viraram uma corrente elétrica e brilhante, que viajou pelo seu sangue, em seu coração e retornou para as pontas dos dedos, que digitaram:

Pra mim também.

Após um segundo, ele respondeu:

bjs.

♪ 🎵 ♪

Lucy encontrou a mãe na sala, sentada numa poltrona, lendo o jornal de domingo e bebendo café. Com os pés para cima, os cabelos presos em um rabo simples e usando óculos de leitura elegantes, ela poderia ser a modelo de uma seção do caderno de estilo de vida.

— Oi — disse Lucy, se anunciando. Pegou o caderno de artes que a mãe tinha separado junto com o de esportes e negócios, e sentou-se na outra poltrona.

— Oi. — A mãe empurrou o pufe para que Lucy pudesse compartilhá-lo.

— Obrigada. — Ela fingiu ler o jornal por um tempo e esperou que a mãe perguntasse algo. Qualquer coisa, sobre a escola, por exemplo, ou aonde ela tinha ido na noite de sexta, ou, talvez, ela poderia começar uma conversa contando sobre a viagem para a Alemanha. Quando ficou claro que a mãe não ia falar, Lucy disse:

— Me desculpe de novo sobre o que aconteceu antes de você viajar.

A mãe deixou cair um canto do jornal para olhar melhor para Lucy.

— Eu sei. Eu também. Foi um mau momento. — Então, ela endireitou o jornal de novo e continuou a leitura.

— Mãe?

— Hã?

— Essa coisa que vovó costumava dizer, que a mãe dela ensinou, aquela frase em alemão... Que tudo vai se ajeitar? Por que você nunca disse isso?

A mãe largou o jornal e tirou os pés do pufe. Colocou os óculos de leitura sobre o jornal.

— Não sei. Talvez eu não acredite nisso.

— Eu acredito — disse Lucy. — Acho que sim. Mãe, eu preciso falar com você.

Ela poderia começar com uma declaração, algo para chamar a atenção. *Vou tocar no recital* e retomar a partir daí. Ou poderia voltar ao início, no primeiro momento em que ela começou a sentir que tocar não era mais para ela. Mas ela não conseguiria refazer cada ferida, cada decepção, cada momento que parecia traição até chegar a qualquer lugar positivo.

— Eu sinto muito por ter desistido.

Esse era o resumo, e ela quis falar só isso, dando margem a todas as interpretações possíveis.

— Ah, Lucy, isso já foi superado há muito tempo. — A voz da mãe soava cansada. — Eu deveria ter lidado com tudo de forma diferente. Não deveríamos ter feito você ir a Praga. Eu deveria ter fincado o pé com o vovô. Deveria ter escutado seu pai. Pensei nisso durante a viagem, e... bem, tudo é tão complicado.

— Não foi superado por nós, no entanto. Não foi por vovô. E não foi por mim, e eu... — Lucy se movimentou para se sentar no divã, agora perto o suficiente para descansar a cabeça sobre os joelhos da mãe.

— Seus cabelos estão tão curtos agora — ela murmurou, colocando a mão sobre a cabeça de Lucy. — Sempre quis experimentar cabelos curtos, mas sou muito medrosa. Sou uma covarde, Lucy.

— Não, não é.

— Quero acreditar que tudo vai ficar bem.

— Mãe — Lucy insistiu. — Quero tocar de novo. Acho que quero ir para o conservatório. — Ela ergueu a cabeça; a mãe recuou a mão. — Mãe, eu sinto tanta falta.

A mãe a encarou por alguns momentos.

— Ah! Isso não é... o que eu esperava.

— Nem eu!

— Você *tem certeza*, Lucy?

— Agora tenho certeza, sim. Não estou dizendo que vou continuar fazendo isso daqui a dez anos. Mas não consigo... — Como se poderia esperar que alguém planejasse toda a sua vida a qualquer momento, dizer "prometo" para sempre, prever o futuro? Sempre tinha que haver espaço para a incerteza, para a mudança.

— Sim. Tenho certeza, agora.

— Tudo bem — disse ela. — Tudo bem — repetiu, mais decidida nesse momento. — Vamos conversar.

♪ ♫ ♪

Mesmo após essa conversa, Lucy não poderia imaginar a força que sua mãe mostraria durante o jantar.

— Vamos discutir o futuro de Lucy — disse ela, logo que a comida estava sobre a mesa. Ela expôs os fatos de forma clara e sem emoção. Não olhou para vovô Beck o tempo todo e não deixou que ele interrompesse, o que ele tentou mais de uma vez.

Lucy também falou sobre como ela sentia falta de tocar, mas não do caminho que as coisas tinham tomado, mantendo todo o resto refém de sua carreira, e toda aquela pressão implacável.

— Se você não consegue lidar *com a pressão*, não deveria *tocar* — vovô Beck se manifestou.

— *Por que não?*

— Stefan — disse o pai —, você está ouvindo? Ela não quer que a gente a gerencie ou interfira.

— Interferir? Ah, é isso que ficamos fazendo quando lhe proporcionamos essa vida?

Gus ficou quieto, com os olhos virando de um lado para o outro, seguindo a conversa.

— Ela não sabe exatamente o que quer fazer ainda — explicou a mãe. — O conservatório definitivamente está em questão. Mesmo a Academia se...

— De jeito algum — retrucou vovô Beck.

— *Até mesmo* a Academia, se for isso que ela decidir ser o melhor e...

Lucy levantou a mão.

— Alooô! Estou sentada bem aqui.

— Eu nunca vou dar um centavo para aquelas pessoas!

— Eu pago — disse a mãe —, com o dinheiro que mamãe me deixou. Marc e eu discutimos isso e concordamos que ela aprovaria. *Se* for isso que a Lucy quiser.

Lucy não conseguia se lembrar da última vez em que seus pais ficaram tão unidos, apoiando-a, sem recuar por causa de vovô. Gus poderia ser outra história. Ela se preparou para a reação dele ao que viria a seguir. Ela tinha pensado em conversar com ele antes, a sós, mas não teve coragem. Então, a mãe deu a notícia:

— Will arranjou com Diane Krasner para Lucy estar no recital.

Lucy desejou que ela tivesse dito aquilo sem mencionar o nome de Will, porque era isso que mais o magoaria.

— Não foi bem assim... Foi mais... a Diane que o procurou — Lucy explicou a Gus.

— Por quê? — perguntou ele, o rosto ruborizando.

— Como ela pode estar pronta para um recital, depois de nove meses de afastamento? — vovô Beck disse, confuso. — Você só vai se embaraçar, Lucy.

Ela ignorou o avô, mantendo os olhos em Gus.

— É complicado. Ela fez a sugestão, e Will achou que seria uma boa ideia. Para que eu possa provar algo a mim mesma.

O avô atirou o guardanapo sobre a comida inacabada.

— Você acha que pode sair da valsa e depois voltar à valsa por um capricho? — Ele se virou para a mãe de Lucy. — Will está envolvido nisso? Eu o contratei para o Gustav.

— Não é justo — disse Gus.

O pai de Lucy, sentado ao lado de Gus, cochichou em seu ouvido:

— Não é questão de justiça ou de injustiça. É só o que está acontecendo. É como antes, quando você começou: Lucy também estava lá, sempre, e você gostava disso.

O pai achava que o problema era Lucy tocar. Não entendeu que o problema tinha a ver com Will.

— Mas ela desistiu.

— E mudou de ideia.

— Mas... — O rosto de Gus ficou vermelho, então ele empurrou a cadeira para trás e saiu correndo da sala.

— Isso é loucura — disse vovô Beck. — Conservatório? Você tocou nos maiores festivais de todo o mundo! O que o Conservatório pode fazer por você agora? Qual é o seu *objetivo*?

— Não sei — confessou Lucy.

— Você não sabe.

— Talvez eu queira ensinar.

— *Ensinar?* — ele riu. — Você sabe o que os professores são? São artistas que falharam. Mesmo o seu precioso Will só está ensinando porque tentou virar profissional e não conseguiu sobreviver acima da concorrência. Ensinar não é uma *meta*. É uma derrota.

Lucy abriu a boca para defender Will, mas a mãe foi mais rápida.

— Pai, isso simplesmente não é verdade! — O rosto dela estava corado. — Eu gostaria de ter continuado a tocar. Gostaria de ter tido a chance de ensinar. Gostaria de tocar para um coro de igreja. Gostaria de ter acompanhado cantores amadores, aspirantes à Broadway. Qualquer uma dessas coisas que você acreditava ser um destino muito humilhante, eu *gostaria* de ter feito, para ficar conectada a essa parte de mim. Uma parte que *você* me propiciou.

O pai de Lucy colocou o braço ao redor de sua mãe.

— Katherine — vovô disse —, era diferente. Você não era...

— Eu não era boa o suficiente. Eu sei. Toda a vida de Lucy, você vem dizendo que não queria que ela terminasse como eu — completou a mãe. — Nem eu quero.

O avô se levantou e saiu furioso também, deixando Lucy à mesa com os pais.

— Sinto muito — ela disse a eles. Ter desistido havia provocado conflitos de uma maneira que ela nunca quis que acontecesse em sua família. Agora, retomar estava causando o mesmo efeito.

O pai fez um afago na mão de Lucy.

— Nós também, *poulette*.

♪ 🎵 ♪

Exatamente às dez e quinze da noite ela ligou para Will. Calculou que, a essa hora, a ligação iria para o correio de voz, mas ela, pelo menos, queria dizer que sim, que participaria do recital e, se ele respondesse, ela poderia contar todos os detalhes sangrentos do que tinha acontecido no jantar. Talvez ele tivesse conselhos sobre como lidar com Gus, também. Ela não queria magoá-lo, mas foi preciso, e não houve escapatória.

Aruna atendeu.

Ela não disse alô, simplesmente falou:

— Meio tarde, Lucy.

— Eu estou... — Lucy levou um segundo para se recuperar do susto, uma injeção de adrenalina disparando pelo seu corpo. — Desculpe, achei que o telefone estaria desligado.

— Isso não explica por que você está ligando para o meu marido no meio da noite.

Só passa um pouco das dez, ela pensou.

— Me desculpe. Eu ligo amanhã.

— Tenho certeza de que vai mesmo. — Então Aruna desligou.

Lucy se levantou da cama e caminhou pelo quarto, sentindo enjoo de estômago.

Repassou na memória a maneira como ela tinha abraçado Will no carro, por muito tempo. Tocando o seu pescoço. Os lábios dele em seus dedos. A atração dos olhares. A sensação de vertigem. Todas aquelas mensagens.

E o que Reyna dissera. Não na festa, mas antes. *Não seja esse tipo de garota.*

30

Ela não conseguiu dormir. Durante toda a noite, pensou em Aruna.

Talvez ela tivesse dito a Will que ele não poderia ser amigo de Lucy. Ou, pior, que ele não poderia mais entrar na casa deles, nem mesmo para dar aulas ao Gus.

Ela se lembrou do rosto do irmão quando ele lhe pedira para não estragar as coisas com Will. E Lucy prometeu que não faria nada.

Belo trabalho, Lucy.

Mas, o que ela deveria fazer? Fingir que não havia nada, que não existia uma conexão? Lucy sabia que ele era casado; e ela não ia fazer nada mesmo. No entanto, precisava de sua amizade, já que Will não lhe negava isso. Algum dia Gus entenderia, quando ele mesmo passasse por uma situação igual.

Seja lá o que fosse essa situação.

♪ 🎵 ♪

Lucy não estava disposta a enfrentar Gus de manhã.

Levantou-se bem cedo, antes dele, e verificou duas vezes a rota de ônibus, desceu para comer uma tigela de mingau de aveia, escreveu um bilhete para a mãe e, silenciosamente, saiu de casa no escuro da manhã de dezembro. A calma e a solidão daquela hora, a rajada fresca do ar, era tudo o que ela precisava. Decidiu ir caminhando até a escola.

Ao chegar, achou que o prédio tinha uma aparência escura e solitária, mas as portas não estavam trancadas. Lucy entrou e se sentou no chão do lado de fora da sala do professor Charles, enrolada em seu casaco e segurando o celular na mão, ansiosa para falar com Will, e também assustada.

Além de tudo, hoje ela ainda teria que encarar Reyna. E pedir desculpas ou não ou... conversar seja sobre o que for. Lucy não voltaria atrás com relação ao que tinha feito na sexta-feira, mas também não queria que Reyna ficasse furiosa com ela.

Tinha a impressão de que sempre que tentava fazer algo que era melhor para si mesma acabava prejucando algum outro relacionamento.

Ela se levantou quando o professor apareceu no corredor. Na mesma hora, ele colocou a mão no coração demonstrando um choque e fez um *show*, exagerando ao olhar para o relógio.

— O que é essa visão diante de mim?

— Oi!

Abriu a porta da sala de aula e convidou Lucy para entrar. Tirou suas coisas da pasta enquanto ela se acomodava na mesa de Mary Auerbach, que estava toda rabiscada a lápis.

— Você sabia que Mary Auerbach é uma vândala? — ela perguntou, apontando para o móvel.

— Não se preocupe. Vou fazer com que ela seja expulsa. — O professor bateu no bolso do peito, como se estivesse procurando algo. — Está tudo bem?

Ela não podia responder. Em vez disso, perguntou:

— Você quer que eu limpe o quadro?

— Hã... claro. — Abriu a gaveta e pegou o frasco de *spray* e a toalha para dar a Lucy, que imediatamente começou a limpar a lousa. Ele continuou mexendo em seus papéis e, depois de alguns minutos, fez uma pausa e ergueu o olhar.

— Seja o que for — disse ele —, tudo vai ficar bem.

Com um esfregão final, ela apagou as últimas tarefas de sexta-feira do quadro.

— Você é um bom professor, senhor Charles.

♪ ♫ ♪

Reyna e Carson estavam no lugar de sempre, no saguão do segundo andar. Lucy os viu de onde eles não a veriam e analisou suas opções. Ela poderia despejar seu material em uma cadeira, sentar-se com eles e agir como se tudo estivesse bem, talvez fazer uma piada.

Só que ela não conseguia pensar em nada muito engraçado para dizer.

Subitamente, virou-se e desceu as escadas antes que eles se sentissem observados. Embora ainda tivesse mais três aulas, ela se viu caminhando para fora do edifício, indo cada vez mais longe.

Lucy ainda poderia recuar.

Ainda poderia ligar para Will e dizer que não. Não participaria do recital. Ela poderia evitar encontrá-lo em sua casa e nunca mais enviaria mensagens para ele. As coisas voltariam a ficar bem com Gus. Ironicamente, era bem provável que mudar de opinião só faria seu relacionamento com o avô piorar. Já podia imaginar o comentário dele: *eu disse isso*, reforçando sua opinião sobre Lucy, que ela não conseguia mesmo manter compromissos.

Mas ela não queria desistir. Nem queria evitar Will.

Lucy não queria fugir do que estava acontecendo. Não dava mais para fugir de si mesma.

Ela só precisava ligar e dizer sim.

Só que, antes, havia mais uma coisa.

Entrou num ônibus e seguiu para o bairro de Richmond.

♪ ♫ ♪

O prédio onde Grace Chang morava não combinava muito bem com as lembranças de Lucy. Mas a verdade é que ela só tinha estado lá duas vezes: a primeira, quando a professora convidou toda a família de Lucy para jantar e conhecer seus pais, que moravam em Washington e estavam passando uns dias com Grace. Na segunda vez, Lucy estivera lá sozinha. Elas tinham caminhado alguns quarteirões até um lugar que Grace adorava e acabaram se entupindo com bolinhos de camarão e pães de linguiça. De volta ao apartamento, Grace preparara um chá.

Agora, Lucy não conseguia se lembrar qual havia sido o motivo daquela tarde, se Grace queria conversar sobre um assunto específico, se tinha a ver com música ou se tinha sido só um convite gostoso, para passarem um tempo juntas, do mesmo jeito que, às vezes, Will fazia com Gus. Ela se lembrava principalmente da comida, tão deliciosa, devorada diretamente dos saquinhos brancos e gordurosos, na mesa redonda da copa de Grace.

Lucy não tinha como saber se ela estaria em casa no meio do dia. Grace provavelmente estava dando aulas. *É claro!*, Lucy pensou, sentindo-se idiota de imaginar que poderia ser diferente — só porque ela, Lucy, havia parado não significava que Grace não teria outros alunos.

Localizou a campainha do apartamento de Chang na portaria do prédio. Seu dedo pairou sobre ela alguns segundos.

Elas não se falavam desde Praga. Era óbvio que Grace soubera o que tinha acontecido, e em muitas versões — a dos pais de Lucy, a de outras pessoas que estiveram no festival, e mais tudo o que havia sido divulgado nos *blogs*. Mas ela não tinha ouvido nada da própria Lucy.

Na época, ela se fechara completamente, em choque com o que havia feito e também com a morte da avó e o modo como seus pais e vovô Beck tinham lidado com tudo. Simplesmente não atendia às ligações de Grace. Quando recebia suas mensagens, começava a chorar sem controle: não conseguia sequer ouvir a voz de Grace, a quem sempre amara tanto. Sua voz suave, porém firme, e com aquele sotaque típico das primeiras gerações de chineses de São Francisco, com certas letras sempre ausentes em determinadas palavras.

— O que aconteceu, Lucy? — ela perguntara em uma de suas mensagens de voz.

Lucy tinha a intenção de retornar a ligação, e talvez ainda não fosse tarde demais para amarrar esse fio solto que restara, antes de, finalmente, avançar.

Pressionou a campainha e esperou durante um tempo razoável. De novo, pressionou e aguardou. Grace não estava em casa. Lucy provavelmente poderia encontrar o número do seu celular ou enviar um *e-mail* para ela. Talvez.

Resolveu caminhar pelo bairro, procurando aquele lugar onde Grace a havia levado. Tinha um dragão no toldo, ela se lembrava — a questão é que, infelizmente, vários tinham. Em certo momento, achou que poderia ser um pequeno restaurante na rua Clement, mas, depois, já comendo bolinhos de camarão embrulhados num saquinho, não pôde deixar de pensar: *não têm o mesmo sabor*.

31

Martin a puxou quando estava entrando pela porta dos fundos.

— Rolou sujeira, gatinha. A escola ligou; tive que denunciar você às autoridades. — Ele fez um gesto com os olhos em direção à parte principal da casa. — Ela está no escritório.

— Obrigada pelo aviso.

— E soube do seu pequeno anúncio na noite passada. — Ele se recostou no balcão da cozinha. — Moça, quando você decide algo, sai debaixo!

Lucy segurou a mochila diante dela.

— O Gus me odeia.

— Ah, duvido.

— Não. Ele me odeia.

Martin inclinou a cabeça.

— Por tocar no recital? Uma competição seria diferente. Mas será você e Gus, e mais oito ou nove outras pessoas, certo?

— Não é isso... É... — Ela olhou para Martin. Se começasse a falar sobre Will, se até mesmo mencionasse o nome dele agora, ele saberia exatamente o que estava rolando, com a sua intuição assustadora. — Enfim, nós vamos trabalhar com ele.

— Sim, vão mesmo. — Ele abriu os braços. — Venha aqui. Dê um abraço no velho Martin.

Ela se entregou e ele apertou o corpo de Lucy bem juntinho ao seu, dizendo:

— Sua avó ia gostar de estar aqui. Ela não perderia isso por nada.

Lucy assentiu e se afastou.

— Você vai no recital? Já que ela não pode?

— Será um prazer.

♪ ♫ ♪

Lucy passou pela sala de música a caminho do escritório da mãe. As vozes de Gus e de Will, misturadas com as notas do piano, vieram de trás da porta. Então Aruna não tinha proibido que ele viesse à sua casa. Sentiu um alívio.

A mãe trabalhava no *laptop* com um calendário aberto a seu lado, na mesa, uma escrivaninha bem menor que a do avô, porém mais ornamentada, combinando com o estilo clássico de sua mãe.

Lucy nem mesmo esperou um olhar de censura ou uma acusação.

— Cabulei a maior parte da escola hoje. Eu... — Ela não tinha planejado o que dizer depois disso.

— Sim, eu sei.

— Vou ficar de castigo. Mas se houver alguma coisa que você queira... sabe, *fazer* comigo...

A mãe, concentrada no computador, disse:

— Não acho que eu possa fazer qualquer coisa.

— Andei brigando com a Reyna. Eu não consegui ficar. Eu...

— Achei que estávamos mudando as coisas por aqui, Lucy. Lembra-se de ontem? — Ela fechou o *laptop*. — *Ontem*. Só quero saber o que esperar. Você vai se comprometer com isso e depois recuar? Vou gastar meu dinheiro com o conservatório apenas para descobrir um semestre depois que você quer ser geóloga?

— Não, eu não sei. Quero dizer não, não quero... geóloga? — Lucy riu. Ela estava cansada de suas caminhadas, dos trajetos de ônibus e dos seus pensamentos. — Mas se você precisa que eu diga "para sempre", não acho que deva gastar seu dinheiro. Eu vou... — *Eu vou o quê?* — Vou pensar em outra coisa.

— Ah, vai?

— Sim. Vou.

Elas se encararam até que a mãe de Lucy colocou o rosto entre as mãos e disse:

— Não prove a meu pai que ele está certo, Lucy. Por favor! É tudo que peço.

♪ ♫ ♪

Meia hora depois, alguém bateu na porta de Lucy.

Ela intuiu que devia ser ele.

Lucy, preciso que você não me procure mais.

Mas, quando abriu a porta, Will estava sorrindo. Caloroso, exultante. Não parecia nem um pouco chateado.

— Oi — disse ele.

— Oi!

Era a primeira vez que se viam desde a noite de sexta-feira, no carro. Lucy se sentiu meio avoada e estranha, como vinha se sentindo desde então, mas, naquele momento, percebeu que estava com saudade dele. Ela quase disse: *Senti sua falta.*

— Você já decidiu? — ele quis saber. Em seguida, estendeu a mão e falou: — Não me diga! Quero dizer, não me diga o que você decidiu. Só *se* já decidiu.

— Decidi.

— Desce comigo? — ele pediu.

— Tudo bem.

Ele começou a descer a escada estreita do sótão na frente dela; depois parou, virou-se e olhou para Lucy, seus olhos se encontraram por um segundo. Will não se mexeu. O espaço era pequeno e eles estavam muito próximos. Então Will tocou o rosto dela, como se estivesse prestes a dizer alguma coisa. Ela o encarou novamente, sentindo sua cabeça girar.

— O quê? — perguntou ela.

— Não se preocupe, Lucy — disse Will, com a voz baixa.

— Sobre o que aconteceu ontem à noite. A coisa... do telefonema. Você não fez nada de errado. Juro. Me desculpe se eu não liguei hoje cedo para falar sobre isso. Tem sido uma correria, e eu queria falar quando você estivesse olhando para mim. — Ele apontou para si mesmo. — Vê... Meu rosto? — Lentamente, desenhou um xis com o dedo sobre o peito: — Eu juro.

Lucy mordeu o lábio para conter suas lágrimas nervosas e acenou com a cabeça.

— Tudo bem. Vamos lá! — disse ele.

Já na sala de música, Lucy se sentou na namoradeira. Will fechou a porta e se acomodou na banqueta do piano.

— Aqui — disse ele, dando um tapinha do lado e abrindo espaço.

Ela se levantou, foi até ele e sentou-se, sentindo a proximidade das pernas dele

— Quero tocar alguma coisa com você — disse, folheando algumas das partituras que estavam sobre o piano, enquanto Lucy aquecia os dedos com escalas e arpejos.

Ela sorriu quando viu a peça escolhida por Will.

— Eu amo Prokofiev — ela disse.

— Vou começar. A partir daqui — ele apontou para o meio da página —, você continua.

— Conheço essa peça. Não foi escrita para quatro mãos.

— Não, este é um arranjo meu. Mas ninguém faz isso muito bem, do jeito que eu ouço a música na minha cabeça. É óbvio que nós precisaríamos de dois pianos, mas vamos tentar. Eu mexo nos pedais.

Ele começou, e, só de ouvi-lo, Lucy sentiu de imediato o que ele pretendia da peça com aquele arranjo. Uma interpretação mais calma, diferente da forma como aquela música costumava ser tocada. *Con vivace* — com vida —, mas não com tanta eletricidade assim, evitando-se que a essência se perdesse durante a execução. Lucy entrou na hora que Will havia indicado: seu quadril esquerdo estava praticamente colado ao quadril direito de Will, mas ela só sentia as notas.

Em alguns compassos, chegaram a perder a sincronia, e Lucy dizia "Ooops", ou se inclinava para a frente para olhar de soslaio a música manuscrita, perguntando "É um trio?", e Will responderia ou daria alguma instrução; às vezes, suas mãos colidiram, mas não pararam até o fim.

Quando terminou, os dois repousaram os dedos sobre as teclas por alguns segundos. Então Will, sorrindo para ela, disse:

— Uau! É como se você estivesse na minha cabeça.

— É um bom arranjo.

— Obrigado. — Ele tocou algumas frases de algo que Lucy não reconheceu. Ela ficou na banqueta, ao lado dele. — Posso dizer uma coisa? — ele perguntou, ainda emocionado.

— Sim. — Ela colocou a mão direita de volta ao piano e acrescentou uma frase ao que ele tinha acabado de tocar.

— O que eu disse na semana passada ao telefone, sobre crescer...

— E não ser especial? — perguntou ela, com uma risadinha.

— Quero que você esqueça que eu disse aquilo. Eu queria não ter dito.

— Por quê? Você estava certo.

— Não. — Ele balançou a cabeça e parou de tocar, virando-se ligeiramente na direção dela, ainda tão perto. — Não é assim que eu quero ser. Talvez, em casa... Quando você está casado, o outro se acostuma a ver o seu pior. Mas você não tem que ouvir essas coisas. Não se deve acreditar nisso aos dezesseis anos. Geralmente sou mais cuidadoso em não revelar esse meu lado aos alunos.

Ela continuou a brincar com o teclado.

— Não sou sua aluna.

— Eu sei. Você pode parar por um segundo? — Ele ergueu a mão do piano e a colocou sobre o colo dela — Lucy olhou para a mão de Will, uma coisa viva que, naquele segundo, parecia conectada a todas as partes do corpo dela. — Gosto da ideia de ser a melhor versão de mim mesmo quando estou com você.

Ela assentiu com a cabeça.

— Está bem.

— Eu poderia ter esperado pelo menos *mais* algumas semanas antes de revelar o senhor Hyde que convive comigo, com seus pensamentos tristes e cínicos.

— Quem?

Will esboçou um meio sorriso.

— Dr. Jekyll e o Senhor Hyde... Conhece a história?[13]

— Ah, sim. Eu sempre me esqueço quem é quem. — Ela inclinou a cabeça, olhando nos olhos dele. — Não importa. Você deve apenas ser você mesmo comigo.

O sorriso se foi, o rosto dele ficou sério. Então, Will se levantou do banco e juntou a partitura.

---

[13] *Dr. Jekyll e Mr. Hyde, personagens do filme "O Médico e o Monstro", de 1941, drama dirigido por Victor Fleming. (N. do E.)*

— Diga o que você decidiu sobre o recital.

— Vou participar.

O rosto se abriu novamente, com evidente satisfação.

— Ótimo! Vamos ligar para Diane.

♪ 🎵 ♪

Naquela noite, antes de dormir, Lucy bateu na porta de Gus. Ele tinha ignorado a irmã durante o jantar, e de um jeito tão óbvio que chegou a pedir ao pai para passar o sal quando Lucy estava com o saleiro na mão. Vovô Beck também não falou com ela ou sobre ela. De certa forma, tudo estava sendo ainda pior do que quando ela desistira.

Agora, Gus não respondia.

— Vamos, Gustav — disse ela, implorando.

Nada.

Ela deitou no chão mesmo, bem na entrada do quarto, e colocou os lábios o mais perto possível da abertura entre a porta e o batente.

— Gus... Eu te amo! Tá? Você é meu irmão, e eu te amo. Tenho muito orgulho de você. Tenho *tanto*... — *Orgulho não é o suficiente para descrever o que sinto por você.* — Na verdade, fico de olho em você. Em como você batalha muito e em como você não tem medo disso. Trabalho árduo. Você é corajoso.

Ela esperou, imaginando que a qualquer momento veria as sombras dos pés dele, vindo na direção de sua cabeça, e a porta se abriria.

Ela esperou e esperou.

— E eu quero ser corajosa também — ela finalmente disse. — É assim que eu estou conseguindo fazer isso. Não sei de que outra forma poderia fazer, agora. — Ela aguardou mais alguns minutos. — E eu sinto muito.

Então desistiu e foi para a cama.

32

Terça-feira, na escola, Lucy passou por Reyna duas vezes nos corredores e, em todas, Reyna se virou para o outro lado. Mesmo assim, Lucy se encheu de coragem e levou seu almoço para a mesa de sempre, mas ficou ali, com um livro aberto, até Carson aparecer, deixar cair a mochila em uma cadeira e se sentar na outra.

— Reyna me enviou uma mensagem para eu não almoçar com você, então achei melhor vir.

Ela absorveu a ferroada de Reyna, e então, cheia de carinho por ele, disse:

— Obrigada. Você é um amigo incrível, Carson.

— É verdade! Você deveria aproveitar mais de mim. — Ele apontou um dedo de advertência para ela. — E não *daquele jeito*. Não vou tolerar *aquilo*!

— Vou tentar acertar as coisas.

— E aí? — Carson balançou o celular para ela e fez um *show* ao desligá-lo. — Veja! Estou até me desconectando de todos os meus negócios importantes. Então fale comigo! Quero dizer, eu viro as costas por um segundo, e tudo desmorona.

Não havia jeito de Lucy explicar a Carson o verdadeiro motivo da briga com Reyna. Fechou o livro e disse:

— Você sabe como ela fica quando entra naquela frequência-divórcio.

— Ééééé, mas isso vem acontecendo desde sempre e conseguimos dar conta.

— Acho que perdi a paciência e disse algo bem malvado.

— O que você disse?

— Não me lembro exatamente. — *Como se pudesse esquecer algum dia.*

— Certo — respondeu Carson.

— Mas ela também disse coisas.

— Aposto que se lembra *disso*. E aí você a expulsou de uma festa? Uma festa para a qual, por sinal, nem fui convidado?

O modo como ele descreveu a situação fez parecer como se tudo tivesse sido culpa de Lucy. E talvez fosse mesmo.

— Você teria odiado aquela festa.

— Carson Lin não odeia nenhuma festa. De qualquer modo, se era tão ruim, por que ficou depois que a Reyna saiu?

— Eu disse que *você* odiaria. Não que a festa fosse ruim.

Ele se endireitou na cadeira.

— Não quero tomar partido. Vocês precisam se reconciliar para que eu possa me sentir normal de novo.

— Bem, Carson — disse ela com carinho —, isso não tem nada a ver com você.

Ele estreitou os olhos para ela.

— *Hã*. Se é o que você diz.

— Falando em *você*, vamos... falar de você. Ultimamente, só falo de mim. Se eu começar a fazer o que a Reyna faz com o divórcio dos pais, me avise.

— Bem, você tem feito o mesmo que Reyna.

— Ah. Puxa! Está bem. O tema "Lucy" está oficialmente proibido até o final do almoço.

Conversaram sobre a semana dele, o dia de Ação de Graças, seus planos para o próximo verão. Ela o ouviu, ele a fez rir, e ela desejou que Reyna estivesse lá com eles.

♪ ♫ ♪

Na quarta-feira, Lucy engoliu o orgulho e enviou uma mensagem a Reyna para sentir o clima.

Acho que, talvez, eu pudesse ter lidado melhor com as coisas. Espero que tudo esteja bem com você.

Não recebeu nenhuma resposta.

♪ ♫ ♪

Estava na hora de expulsar Reyna, Carson, Gus e todos os outros de sua mente para começar a trabalhar com Will na peça para o recital. Lucy se concentrou nela mesma, na música e em Will.

De novo, trocaram mensagens todos os dias. Em geral, começavam com algum pensamento ou uma pergunta sobre música, e acabavam em algo mais: a escola, a experiência de Lucy, as lembranças de Will, ou filmes, livros, ou ainda pais. Assuntos normais... da vida. Partilhavam sensações e conversavam sobre como se sentiam fazendo e sendo quem eram.

Descobriram, por exemplo, que ambos tinham medo daquelas festas que aconteciam nos festivais de música, apesar de conseguirem manter a conversa fiada sem perder o charme.

— Não era bem uma *festa* — comentou Lucy —, mas você estava nervoso no dia em que nos conhecemos aqui em casa?

— Sim! Meu Deus, seu avô e aquela batuta de vinte mil dólares.

— Dezessete mil.

E mais: Will contou que Aruna tinha sido a sua primeira namorada séria. Ele a conhecera aos 24 anos, o que fez Lucy se sentir melhor com relação a "começar tarde" quando se comparava a Reyna.

Ao mesmo tempo, ela não gostava de ouvi-lo falar sobre Aruna. Aquilo a magoava de uma forma estúpida, uma dor sem cura e à qual ela não tinha direito legítimo. Era mais fácil fingir que Aruna simplesmente não existia. Lucy só enviava mensagens ou ligava quando sabia mais ou menos onde Will poderia estar e com quem. Nunca quando havia uma chance de ele estar em casa.

Todos os dias em que vinha trabalhar com Gus, ele ficava até mais tarde, por conta própria. Gus saía da sala de música, e Lucy entrava. O pequeno já não estava tratando Lucy tão friamente, mas também não facilitava, mal conversavam. Vovô Beck não estava nada feliz com a situação — achava que Will não deveria praticar com Lucy sob seu teto, mas a mãe tomou o partido dos dois, defendendo a filha e aplacando o temperamento difícil do pai.

A orientação de Will em relação à peça — uma sonata bastante descomplicada de Brahms — foi esclarecedora: ele ouvia nuances que Lucy não percebia, e isso a ensinou a ouvir coisas que *ele* não conseguia; juntos, encontraram a forma certa e deram à música uma personalidade empolgante. Não era uma das peças prediletas de Lucy, mas gostava da melodia e a executava bem. Além disso, Will achava que a escolha se encaixaria muito bem ao programa do recital.

Muitas vezes, sentavam-se juntos na pequena banqueta. Ele podia orientá-la de qualquer lugar da sala, mas eles estavam sempre perto um do outro. Em muitos momentos, ela temeu perder o controle e repetir a experiência daquele dia no Píer 39. Sabia que, se acontecesse, seria pior.

Por isso, Lucy se continha e direcionava toda a sua energia para a música.

Cada vez que Will ia embora, ela tinha que lidar com essa excitação e, sem saber o que fazer, continuava tocando mais e mais. Sozinha, exercitava outras duas peças — a de Chopin que ela havia executado no dia seguinte ao jantar de Ação de Graças, e uma série de peças de Philip Glass — *Metamorfoses I-V*. Antes, em sua carreira, sempre havia algum evento para o qual se preparar, um recital, uma competição ou uma gravação, e ela nunca tinha tempo para tocar nada além do que estava na programação; se fizesse isso, sentia como se estivesse trapaceando.

Mas, agora, que podia escolher livremente e sem ter que manter isso em segredo, sem que ninguém lhe dissesse para fazer isto ou aquilo, Lucy estava gulosa e se esbaldava ao piano. Executava tudo o que a interessava, qualquer coisa que sentisse vontade de experimentar. Daria tudo certo com a peça de Brahms; sabia que não precisava morrer de se exercitar.

Era tudo por e para ela.

Mas, às vezes, pensava no que Reyna dissera, sobre precisar de plateia. Talvez precisasse, não de um auditório repleto de pessoas: apenas de Will.

Porque cada pensamento, cada coisa que ela observava ao redor, cada conversa ou experiência, tudo o que a fazia rir, ela imaginava contar para Will, ou queria que ele também visse. Mais que tudo, Lucy queria que aquele jeito especial como ele a encarava e o modo como ela gostava de ser vista por ele fosse ela mesma, sempre refletida de volta, e cada vez mais.

Era como se, dentro de sua cabeça, estivesse escrevendo uma carta para ele o tempo todo, uma carta que nunca chegou a enviar.

De certa forma, era como voltar a ser criança e ter conquistado um novo melhor amigo: o modo como os dois haviam criado um mundo só deles, um lugar de onde nunca queriam sair.

E, embora ela nunca tivesse se apaixonado, tudo o que estava acontecendo fazia com que ela se lembrasse disso também.

33

No fim de semana do recital, um clima de agitação tomou conta da casa. Lucy nunca tinha visto vovô Beck tão fechado e sério antes de uma apresentação como essa, onde não haveria vitoriosos e não vitoriosos, também conhecidos como perdedores. No jantar, sexta-feira à noite, ele interrogou Gus sobre a peça: quantas horas ele praticara naquela semana, se estava tranquilo, e até comentou sobre seus cabelos.

— Você vai ter que cortar o cabelo antes de domingo.

Gus encarou a mãe.

— Eu vou...?

— Acho que o cabelo dele está bom, pai — defendeu a mãe.

— Acho esses cachos muito temerários. — O garfo do vovô Beck batia no prato.

Lucy apertou os lábios e olhou para Gus, mas ele se recusou a retribuir seu olhar. Como era possível ele não compartilhar de uma risada com ela? Provavelmente foi a coisa mais ridícula que vovô Beck já dissera. Ela nem sabia o que "temerário" significava, o que tornava tudo ainda mais engraçado. Teimoso, Gus manteve os olhos fixos na comida.

— Tudo bem — interrompeu o pai. — Vamos mudar de assunto, por favor.

Ninguém comentou nada sobre a peça de Lucy. Parece que havia algum tipo de pacto oficial ou não oficial para não se falar nisso na frente de Gus ou de vovô Beck. A mãe, o pai e Martin haviam feito várias perguntas quando estavam a sós com ela, mas, no resto do tempo, o grupo encenava uma espécie de teatro, em que todos fingiam não existir esse assunto.

Depois de algumas semanas, sentindo-se bem e segura do que fazia, um certo nervosismo começou a surgir. A escola já tinha entrado em recesso há bastante tempo. No sábado, a tensão pré-recital e o receio de se desentender com Gus ou vovô Beck por conta da raiva que sentiam fizeram com que Lucy se esgueirasse pela casa como um ladrão, fazendo de tudo para não ver nem ser vista por ninguém. Na parte da manhã, foi às compras, em busca do traje perfeito para usar na apresentação: não queria nenhum daqueles vestidos sérios que ela tinha amontoado em uma pilha na parte de trás do seu armário.

Logo encontrou o vestido ideal: um corte simples, estilo anos vinte, com detalhes de miçangas e num tom muito parecido com o coral da malha que usara na festa de Will. Totalmente inadequado para aquela época do ano, mas certíssimo para Lucy se sentir bem enquanto tocava.

Na mesma loja, sobre o balcão, havia um cesto cheio de antigas gravatas-borboleta. Não resistiu e acabou comprando uma de tamanho infantil para Gus. Seria como um amuleto, para dar sorte. Não tinha ideia de como faria para lhe entregar se ele continuasse com aquela história de evitá-la como se ela fosse uma praga.

Naquela tarde, Reyna ligou.

Lucy não respondeu. Estava no quarto, esticada no chão com o celular ao lado, tentando apenas inspirar e expirar para controlar a ansiedade. E se a Reyna estava ligando para dizer que ela era uma porcaria de amiga, aquela não era a melhor hora para ouvir esse tipo de coisa. Bastava tudo o que já estava passando pela sua cabeça.

Então o telefone tocou de novo. Dessa vez era Will.

— Me ajude — ela disse ao atender.

— O que está acontecendo?

— Ah, não consigo respirar, só isso! — Ela rolou sobre a barriga.

— Bem, acontece que *previ* que você teria um pouco de dificuldade para respirar. E o que a Lucy faz quando se sente assim? Toma café.

— É, toma café.

— Vamos fazer isso? Conversar e principalmente comemorar. Por estar fazendo isso de verdade. Sei que não tem sido fácil.

— Você vai vir de carro daí até aqui só para tomar café comigo? — perguntou, sabendo que ele viria.

— Estou um passo à sua frente, Beck-Moreau. Já estou por aqui.

Ela se sentou.

— Fazendo compras de Natal?

— Ahh... — Ele deu uma risada que fez com que ela pensasse ser aquela risadinha típica para fazê-la rir também. — Sabe que a gente não se vê há dois dias?

Ela sabia.

— Encontre-me do outro lado do parque — pediu ela. Gus estava bastante magoado por causa do tempo que Will passava com ela ao piano. Eles não precisavam esfregar mais isso na cara dele.

Lucy desceu as escadas sorrateiramente e saiu pela porta dos fundos, fechando-a com cuidado. Atravessou rapidamente a rua, subiu a escadaria do parque, cruzou várias ruelas e sentou-se em um banco no topo da escadaria, esperando Will.

O bairro enlouquecera, por todo canto havia guirlandas natalinas e luzes. Ela estivera tão distante de tudo nas últimas semanas, tão envolta em sua própria vida que, além de ajudar Martin na decoração no fim de semana de Ação de Graças, mal percebera o burburinho das festas ao seu redor. Os dias gelados e brilhantes como só acontece no Natal.

Não queria perder isso. Não queria perder mais nada, nunca mais.

Desta vez, teria cuidado para não deixar que a música se tornasse mais importante do que as pessoas queridas e a alegria. Qualquer coisa que pudesse ofuscar a vida daquele jeito, a ponto de fazer seu próprio avô olhar nos seus olhos e dizer que a avó estava bem quando na verdade...

Então Will apareceu, subindo a rua. Ela adorava vê-lo, o modo como escondia as mãos nos bolsos, sua forma de andar meio estranha, gingando um pouco e denunciando algo do adolescente gordinho que ele tinha sido em certa época.

E o modo como ele sorriu quando ela desceu a escada correndo para encontrá-lo.

♪ ♫ ♪

Tomaram café num bar fora do circuito, longe dos lugares onde poderiam encontrar conhecidos. Falaram um pouco sobre a peça de Brahms, e Lucy compartilhou as ideias que tivera enquanto esperava.

— Às vezes, acho que tentar ser *tão* boa em alguma coisa... talvez não seja o melhor para um músico, ou para qualquer artista. Quando isso toma conta da vida da gente dessa forma? Não quero que essa paixão pela música me impeça de ver — disse ela —, sabe? As pessoas ou o mundo ou qualquer outra coisa.

— Nada vai *impedi-la* disso, Lucy. O fato de você, aos dezesseis anos, ter consciência desse perigo mostra que você não tem por que se preocupar.

— Mas eu me preocupo com isso. — Ela se reclinou na cadeira. — Veja o que aconteceu com a minha avó. O que eu perdi... Porque eles mentiram.

— Todos aprenderam com isso. Você mostrou a eles e a você mesma quais deveriam ter sido as prioridades.

Lucy explorou seus pensamentos um pouco mais.

— Taaaaalvez — pensou —, durante os primeiros dois anos da faculdade, serei mais genérica, sem assumir nada. Quero estar com os olhos abertos para tudo.

A testa de Will se franziu por cima da armação dos óculos.

— Está mudando de ideia sobre o conservatório?

— Não. Quero dizer, só estou refletindo, sabe? — Ela encolheu os ombros, sorriu, feliz por estar com ele, e feliz por beber um bom café. Na verdade, não queria continuar não assumindo posições; o conservatório ainda era o foco. Mas também era bom ficar livre, permitir a si mesma não pensar sobre o "para todo o sempre". — Acho que tenho que voltar para casa — comentou ao notar que já estava escurerecendo.

Will virou-se na cadeira para pegar o casaco do espaldar.

— Consigo perceber, pelo menos um pouco, por que isso fez a sua mãe ficar louca.

Lucy riu.

— O quê?

— Essa sua indecisão. Num minuto você gosta de música, e no próximo fala como se pudesse fazer qualquer outra coisa, e, no entanto, não tem ideia de quantas pessoas cortariam um braço para ter o que você tem.

Ele sorria. Ou parecia sorrir. De certa forma, também estava frustrado. Com ela. Como naquele dia, ao telefone, quando se defendera por não contar a ela, ou a Gus, sobre seus "dias de glória".

Lucy tentou fazer piada.

— Isso seria idiota, cortar um braço fora! Especialmente quando a ideia é tocar um instrumento.

Agora os dois estavam em pé, já com os respectivos casacos. Ele se aproximou dela no pequeno café, e se olharam, olhos nos olhos.

— Tudo bem! É a sua vida, Lucy. Eu sei. Certo?

Ela sentiu vontade de tocar o rosto dele. Nunca, antes, quisera tocar o rosto de alguém, segurá-lo entre as mãos. Passar os dedos em volta dos olhos, sentir os lábios...

— Não fique com raiva de mim — pediu ela baixinho, para ninguém na loja ouvir.

— Não estou com raiva.

— Jura? — Os olhos dela se encheram de lágrimas.

Ele concordou com a cabeça. Mas Lucy não acreditou naquele gesto.

Então ela se projetou para a frente e encostou a testa em sua lapela. Sem saber o que fazer, Will deu uns tapinhas nas suas costas algumas vezes, até que finalmente a abraçou.

— Não estou com raiva — sussurrou. — Juro que não.

♪ ♫ ♪

Na volta para casa, Lucy estava meio emocionada, enxugando uma e outra lágrima que escapava a cada quarteirão. Durante o trajeto, não se falaram, até Will estacionar o carro do mesmo lado do parque onde tinham se encontrado. O bairro resplandecia.

— Lucy — disse Will —, acho que é difícil para mim. Passar tanto tempo com você e o Gus, vendo o quanto são talentosos; o quanto você é, e o tanto que tem pela frente.

Ela lembrou o que ele dissera naquela noite no carro, a caminho de casa, voltando da festa. Sobre ser um velho que leciona.

— Você não curte a sua vida? — perguntou ela.

Ele suspirou e inclinou a cabeça para trás no assento.

— Não é bem isso. É que... você vai entender quando tiver a minha idade. Sei que tudo o que você quer agora é não ter dezesseis anos. Mas é uma bela idade, quando a gente a vê daqui dos trinta.

— Você se faz parecer velho.

Ele ficou em silêncio.

— Você não é velho — acrescentou ela.

— Você vai ver. Juventude e beleza. Quando a gente vai ficando mais velho, quando sabe que não há como voltar para trás, há algo de doloroso nisso.

Os dois se concentraram no painel de instrumentos.

— Dói da mesma forma que uma composição ou uma apresentação incrível podem doer — explicou ele. — Entende o que eu estou tentando dizer?

Ela se lembrou do trajeto até Half Moon Bay com Carson e Reyna. O oceano deslumbrante e a sensação de que ela poderia explodir com a beleza de tudo aquilo.

— Acho que sim.

— *Você é* linda, Lucy. Por dentro e por fora. E isso também dói. De um jeito mais... pessoal.

As mãos de Lucy repousavam sobre seu colo. Ela precisava enxugar mais lágrimas, mas teve medo de se mexer. Suas mãos iriam automaticamente para os braços de Will, para o seu rosto.

— Eu entendo — disse ela. — Sei que acha que não entendo, mas entendo.

Ficaram sentados no carro, em silêncio, somente com o ruído da rua lá fora.

— Ei — disse ele, forçando certa alegria na voz —, tenho um presente de Natal para você. Quer ganhar agora?

— Sim! — ela respondeu com o mesmo tom de voz. — Também tenho algo para você, só que não trouxe.

Ele sorriu, então esticou a mão para o banco de trás e pegou um pacote achatado. Ela rasgou o embrulho. Era um caderno com capa de couro num tom de vermelho escuro.

— Abra!

Estava repleto de papel pautado para música e tinha uma alça com uma caneta.

— O Martin me ajudou. Eu disse que queria uma caneta especial para uma pessoa especial, e ele sabia onde conseguir o melhor papel.

Ela passou a mão pelas páginas macias em branco.

— Obrigada.

— Talvez, quando suas aulas começarem, você queira fazer seus próprios arranjos. Ou quem sabe até compor. Você conseguiria, pois tem um ouvido muito bom.

— Obrigada! — Ela fechou o caderno e se virou para abraçá-lo. Um abraço de agradecimento.

— Você vai se sair muito bem amanhã — assegurou Will.

De novo, ela permaneceu abraçada. Desta vez, foram os lábios dela que buscaram o pescoço dele e lá repousaram. Por um instante. Dois. Sentindo calor, sentindo a penugem fina. Com as mãos, ele desenhava círculos nas costas dela.

Ficaram assim até Lucy sair do carro e correr de volta para casa, atravessando o parque.

Rodopiando. Gelada. Pronta.

34

O que estou fazendo?

Lucy sentou-se na primeira fila com todos os outros músicos que tocariam naquela noite. O salão de concertos, superaquecido e cada vez mais cheio, fora decorado com luzes natalinas que lançavam um caloroso brilho amarelado sobre tudo.

Era um ambiente aconchegante, não fosse pelos quinze minutos que ainda faltavam para que ela pisasse no palco pela primeira vez depois de quase um ano.

O trajeto até ali havia sido tranquilo, a família se dividira em dois grupos: Lucy viera com Gus e o pai, evitando que o avô a estressasse e também porque ele próprio se recusara a entrar no carro pequeno do pai. Chegou a pensar em chamar um táxi, para não cruzar com ninguém da família, mas queria mostrar a Gus que, embora ele ainda estivesse furioso com ela, ela não sentia o mesmo em relação a ele.

Martin estaria na plateia. Convencida de que Reyna a odiava, reconheceu estar nervosa demais para lhe enviar outra mensagem. Mas Lucy tinha convidado Carson e esperava que ele contasse a Reyna. Mas não sabia ao certo se ela viria.

Saíram do carro para que o pai pudesse estacionar. Ainda lá fora, Lucy segurou Gus pelos ombros e o obrigou a olhar para ela. Os cachos do irmão tinham sido eliminados seguindo as instruções do avô.

— Você já está de terno e provavelmente não quer isso, mas... — Ela puxou a gravata borboleta do bolso do vestido, o mesmo bolso onde guardara o cortador de unhas do Will, para dar sorte.

— Você pode ficar parecido com um minivovô. — Ela girou a gravata, esperando um sorriso.

— Eu não quero ser como ele. — Gus tinha perdido completamente o senso de humor.

— Mas você não é — assegurou ela, deixando cair os ombros. — Nunca será. Estou brincando.

Gus começou a se afastar, mas ela não iria deixá-lo.

— Gus! Você é incrível. Seja *incrível* esta noite. Eu amo você, não importa o que aconteça.

Ele lançou-lhe um olhar de ódio.

— Você o tomou — acusou ele. — Depois de dizer que não o faria.

Ela procurou todas as coisas que poderia dizer sobre liberdade e justiça e ser mais velha, ser adulta, e quem tinha direito de fazer o quê, e percebeu que tudo não passaria de desculpa, meras justificativas. Talvez fossem.

— Esqueça de mim — aconselhou ela. — Pense só em você mesmo, agora. Vovô Beck faz de tudo uma competição, mas na vida real não é assim. Não é, não!

Gus se virou e caminhou em direção à porta principal. Lucy deixou que ele entrasse sozinho, como queria.

— Algum dia, você vai gostar de mim novamente — gritou ela, atrás dele.

E agora, sentada lá na frente, sentindo um certo enjoo de estômago, com Gus a cinco assentos de distância, o suor umedecendo as axilas do vestido novo, por um instante ela duvidou de tudo, tudo o que tinha acontecido no mês anterior.

Gus tinha razão. Ela não deveria estar aqui. Não era justo. O nome da família tinha influenciado e Will mexera os pauzinhos. Diane Krasner era uma fera em publicidade, e Lucy não merecera esta apresentação como os outros músicos, não neste ano. Ela leu o programa pela milionésima vez. Seria a quarta a subir ao palco.

Sem precisar virar o rosto, sentiu a presença de Will na sala. Pouco depois, ele veio até a fila da frente, agachou-se diante de Gus e, com uma mão no joelho do garoto, deu suas instruções finais. Sabia que seria a próxima. Ele deveria ter falado com ela primeiro, depois com Gus — o mais importante no final, e ela queria que ele tivesse feito desse modo, por Gus.

Mas não podia negar que também era bom ser deixada para o final.

Will se aproximou dela e lhe tocou o ombro.

— Oi!

— Oi!

— Uau, você está *tão* linda!

Ela sorriu.

— Obrigada.

— Como está? — Ele se ajoelhou no corredor, ao lado de seu assento.

— Hã, nada incrível. Mas, bem. — Ela olhou para ele, precisava se ver nos olhos dele. — Você acha mesmo que eu deveria estar aqui?

Ele não respondeu. Em vez disso, colocou a mão na nuca dela e lhe beijou a bochecha. Ela fechou os olhos.

— Todos estão tão ansiosos para ouvir você tocar.

Ele se ergueu e seguiu pelo corredor, deixando em Lucy a sensação gostosa do toque dos seus lábios no rosto dela que, de repente, pensou: *Espere aí, quem são "todos"?*

O público, Lucy, quem mais? Acalme-se!

Não conseguiu se conter e virou para ver Will retornando ao seu lugar. Não viu Aruna, o que foi um alívio. Mas ele estava com outra pessoa. Conversava com uma mulher sentada ao seu lado, apontando para o programa, cada vez mais inclinado para perto dela. Não parecia nada tão íntimo assim, e a mulher nem era jovem. Mas, com certeza, eles estavam juntos.

Então Lucy a reconheceu.

Frequentara vários eventos sinfônicos para saber quem ela era: aquela mulher era a diretora da Academia. Então Will tinha convidado a diretora da Academia? Em certo momento, ela percebeu que Lucy estava olhando e ergueu o programa, acenando na sua direção. Lucy voltou a olhar para o palco.

Aquilo era um pouco estranho. Nem ela nem a mãe tinham falado com ninguém da Academia. Talvez fosse coincidência; Will tinha amizade com muitas pessoas da época de seu programa na televisão local.

Quando olhou novamente para ver se estava imaginando coisas, viu, sentado do outro lado de Will, um homem de barba grisalha, vagamente familiar. Era alguém importante, mas Lucy não conseguiu identificar a pessoa naquele momento.

E, ainda, ao lado: um jovem que Lucy reconheceu de imediato. Ele produzira a gravação que Lucy tinha feito com a Orquestra de Cleveland, a mesma que Will colocara no som do carro na noite da festa.

Ao lado da diretora da Academia: Lib Thomas, com sua marca registrada, os cabelos tingidos de vermelho. Ela escrevia para o *New York Times*.

Quatro pessoas importantes de seu mundo, sentadas com Will. Conversando com ele.

Imediatamente, Lucy entendeu que aquelas pessoas estavam lá porque ele havia avisado. Não poderia ser por Gus; Will não ousaria fazer algo assim sem discutir com o avô, e, se fosse, Lucy saberia, pois o avô não teria parado de se vangloriar a respeito.

Eles estavam lá para ouvi-la, e tinham sido trazidos por Will.

Por que ele *faria* isso?

Finalmente, o próprio Will percebeu que ela estava observando. Sorriu, sem graça, e Lucy encarou o palco novamente.

Lucy tentou se concentrar no principal: não sentir pressão. Nada de competir. Sim, o desempenho era a linguagem do avô, e agora ele teria de ouvir o que *ela* queria dizer naquele idioma. Mais importante que tudo, isto era dela.

Will sabia o quanto ela precisava disso.

Sentia o rosto queimar, e não era mais por causa do beijo. Lucy agarrou com força a barra do vestido, e de repente era como se já não estivesse lá, em São Francisco, mas de volta a Praga, o avô agindo como se tudo estivesse sob controle, enquanto Lucy descobria que a avó estava morrendo e que não conseguiria se despedir dela. Agindo, racionalmente, dentro dos seus interesses, enquanto a traía.

Will não faria isso. Ele não a trairia, ele não...

Posso ver o meu futuro... nunca ter meu próprio sucesso novamente.

Ele tinha dito aquilo no carro, naquela noite. Depois de confessar ter contado a Diane Krasner que Lucy tinha voltado ao piano e que ele fazia parte disso.

Acho que eu queria impressioná-la, explicou ele.

Lucy se sentiu enojada. Tentou resistir, mas não conseguia deixar de pensar em tudo o que tinha acontecido no mês anterior, em como, desde o início, ele a incentivara a chegar até aqui para poder dizer que havia sido ele, Will, o responsável pelo retorno de Lucy.

Não, pensou ela. *Não!*

Não, quando estavam tão próximos. Ela confiava nele. Eles eram praticamente...

O programa estava começando, e Lucy mal conseguia acompanhar o que acontecia. Sentiu um desejo de sair dali, e sabia que podia fazê-lo. Ninguém podia obrigá-la a fazer isso. Nem mesmo Will.

Mas ela se esforçara tanto para chegar lá. Mais que a prática, muito além das horas. Tudo o que ela tinha enfrentado para recuperar isso: magoara Gus; desafiara novamente o avô;

reconciliara-se com a mãe finalmente e, apesar das dúvidas e do nervosismo, ansiava pela energia que só obtinha quando tocava, ao compartilhar todo esse trabalho árduo com outras pessoas. A coisa toda não parecia completa até ali, quando ela iria se expor.

Como Will havia dito.

Ele tinha razão a respeito de muitas coisas.

Mas havia se enganado sobre ela, e sobre o que ela conseguiria aceitar, mesmo vindo dele. Lucy sabia que Will tentaria convencê-la do contrário, como fez sobre a conversa de Diane. E a persuadiu a fazer a apresentação. E a acalmou em relação à preocupação com a mágoa de Gus. Tudo o que ele dissera fazia sentido, estava certo. Até mesmo sua explicação sobre esta noite, a que rolaria mais tarde, também poderia fazer sentido.

Mas, não. Trazer essas pessoas aqui, nesta época do ano, imagine todos os telefonemas que tivera que dar, quantas coisas ele teria de justificar para ela. E nunca ter mencionado isso quando vinham se falando todos os dias? Não havia explicação.

Ele sabia perfeitamente que não era isso o que ela queria.

Sim, ela precisava de plateia. Mas não do *New York Times* ou da Orquestra de Cleveland ou das pessoas que estavam sentadas atrás dela agora.

Ela só precisava que Will estivesse ali.

Por outro lado, percebeu que ela não bastava como plateia para Will.

O primeiro músico subiu ao palco — uma menina adorável com um vestido verde rodado, de uns seis anos. Lucy se lembrou dela mesma naquela idade, tendo que recorrer a um extensor para alcançar os pedais. A menina se lançou no *Gato e o Rato* de Aaron Copland, o tipo de peça em que se usa o teclado inteiro, os dedos correndo para cima e para baixo. Por um minuto, Lucy se perdeu, observando a pequena. Ela era boa. Mas tinha seis anos. Seis.

Lucy se imaginou com seis anos. Começar sabendo tudo o que sabia agora, e então percebeu que não faria isso de novo. Ela já tinha trilhado aquele caminho e chegara ao seu destino. Não queria voltar ao passado, e não mudaria nada. Com exceção de uma coisa: se pudesse, daria a si mesma a oportunidade de ver a avó mais uma vez.

A imagem do rosto da avó, o rosto que sempre a amou e que sempre a aprovou surgiu nitidamente diante dos olhos de Lucy. O que a avó *realmente* pensaria sobre Lucy ter abandonando tudo em Praga? Fechou os olhos e imaginou a avó com ela agora, conversando neste momento. *Você não fez isso por mim, Lucy*, diria ela. Com carinho, suavemente. Mas, de forma honesta. *Você fez por você mesma.*

E ela estaria certa.

Lucy precisava, muito antes de Praga, dar um passo para trás. Respirar. Só não sabia como fazer isso.

A morte da avó trouxe a desculpa que ela precisava.

Eu não me importo, disse a memória da avó.

Mas Lucy se importava.

E, de agora em diante, ela só poderia tocar ou não tocar por seus próprios motivos. Era preciso fincar o pé em suas escolhas. Parar de se culpar e não permitir que Will ou Gus ou qualquer outra pessoa lhe desse uma desculpa para não tocar.

Abriu os olhos. Aplausos encheram o salão, e a menininha se curvou.

Hoje à noite, Lucy estava lá para tocar.

Começou a prestar atenção ao segundo músico quando ele já estava na metade da sua apresentação.

Ela continuava pensando. Ao se virar para olhar Will uma última vez, notou Carson e Reyna, algumas fileiras atrás dele. Carson acenou tanto, que várias pessoas ao redor ficaram intimidadas, e Reyna puxou seu braço para baixo. Lucy sufocou uma risada e tornou a olhar para o palco.

Saber que eles tinham vindo deixou sua alma mais leve. Esta noite, mesmo que nada desse certo, não tinha a ver com Praga, não era como não se despedir da avó. Não parecia nada *com* isso.

O terceiro pianista era um homem idoso, cujo nome soou familiar a Lucy, como se já tivesse sido alguém importante. Da forma como se atrapalhou, ela deduziu que tinha sido incluído no programa por respeito a seu legado, e não porque ele ainda fosse realmente um bom instrumentista.

O homem, porém, parecia muito feliz e nada envergonhado com isso, as mãos enrugadas e manchadas, já rígidas, deslizando com menos facilidade sobre as teclas, mas ainda produzindo melodia.

No rosto dele: amor. Mesmo quando os dedos perdiam algumas notas. E mesmo quando Lucy sentiu certo desconforto ao seu redor, as pessoas desejando que ele se apressasse e terminasse logo para que pudessem relaxar.

Amor.

Era essa a peça que faltava, muito antes de Praga. Isto, sim, estivera ausente em sua vida até Will surgir e fazê-la sentir, por seu trabalho em conjunto e pela beleza e também por ele, embora fosse difícil, por vezes, separar essas coisas. Talvez ela não amasse Will como pensava. Ou não conseguisse, neste momento.

Mas o que tinham realizado juntos, o que havia despertado nela por se tornarem tão próximos, aquilo, sim, ela ainda conseguia amar. Amava suas conversas, as horas ao piano e o resultado de seu trabalho. Amava até mesmo o que estava doendo agora, afinal, quando tinha sido a última vez em que ela colocara todo seu coração em algo?

Aquilo, tudo aquilo, pertencia a ela. Ela não deixaria Will tirar isso dela, do modo que deixara o avô, os negócios, ela mesma, ocupar o lugar do seu amor pela música.

Lucy se agarraria ao que lhe pertencia. E deixaria de lado o que não era seu.

O senhor idoso terminou sob aplausos educados e aliviados.

Lucy ficou em pé para aplaudi-lo. Ela não saberia dizer se ele a viu antes de entrar nas coxias, esquecendo, aparentemente, que deveria descer as escadas do palco. E se alguém tivesse seguido seu exemplo, aplaudindo em pé, ela não soube nem se importou. Manteve os olhos fixos adiante.

Agora era a sua vez.

♪ ♫ ♪

Lucy tomou a decisão assim que tocou as teclas. A peça de Brahms sempre fora uma escolha segura, o tipo de música que as pessoas esperam em um concerto como este, impressionante o suficiente, mas nada que ela poderia estragar. Na hora, percebeu qual seria o plano de Will: ela tocaria algo perfeito para aqueles convidados importantes. E então ele poderia dizer: *vejam, eu ressuscitei Lucy Beck-Moreau de seu túmulo.*

Quando começou a tocar Philip Glass, *Metamorfose I*, um zum-zum-zum varreu a plateia. Pessoas verificando os programas. Murmúrios.

Philip Glass? Lucy podia ouvir os pensamentos flutuando pela sala. Compositores do século 20 raramente são executados em espetáculos desse gênero. A peça não era tecnicamente desafiadora nem era o tipo de performance pela qual a plateia tinha pago. *Este* era o grande retorno de Lucy Beck-Moreau? O tema era repetitivo. Mas, a cada acorde, Lucy tentava encontrar algo novo a ser descoberto naquela música.

Ao terminar a Parte I, teve a tentação, por um momento, de passar para a parte II. A série de peças foi composta para ser ouvida do início ao fim. Mas ela não podia tomar tanto tempo e, de qualquer jeito, já conseguira o que queria.

Ela se ergueu e se curvou, recebendo aplausos incertos. Ao se endireitar, esquadrinhou a multidão, não tentando ver Will, ou Carson e Reyna, mas procurando ver a mãe. Lá estava ela, à direita do palco e à frente, sentada com o pai de Lucy de um lado, e vovô Beck do outro, Martin ao lado dele. Lucy lhe sorriu e ergueu a mão, do jeito que se faz ao agradecer uma orquestra. A mãe ergueu o braço em resposta.

Como o senhor idoso antes dela, Lucy saiu para os bastidores. Encontrou-o em uma cadeira dobrável de metal, em frente ao maquinário da cortina. Ele a observou com os olhos lacrimejantes.

— Foi muito bom — elogiou ele.

— Quero ser como você — respondeu ela.

Ele riu.

— Não! Continue sendo você mesma.

Ela encontrou outra cadeira dobrável e se sentou ao lado dele, para conseguir assistir a Gus das coxias.

35

Havia uma multidão na recepção após a apresentação. Lucy ficou perto da família. Normalmente, vovô Beck estaria se ocupando das pessoas, levando Gus para cima e para baixo, fazendo-o conversar com todos. Naquela noite, o pai de Lucy era o acompanhante de Gus, e o avô parecia anormalmente quieto.

— Escolha interessante, Lucy — disse ele.

— Você gostou? — perguntou ela.

— Não — respondeu ele. — Mas não odiei.

É provável que isso fosse o melhor que se podia esperar dele.

— Do que você *gosta*, vovô? O que ama?

Ele lançou-lhe um olhar interrogativo.

— Como?

— O que você adora? — repetiu ela.

— Tudo isso. Eu adoro tudo isso.

Lucy riu.

— Você acha que estou brincando. Dediquei minha vida a isso, Lucy. Meu dinheiro. Meu tempo. Poderia estar bebericando coquetéis decorados na costa da Nova Zelândia. — Ele olhou para fora do salão. Lucy pensou nele há oito anos, chorando ao ver Leon Fleisher recuperar sua segunda mão. — Sei que sou um velho rabugento. Não consigo me expressar, especialmente agora que a sua avó se foi. Não espere isso de mim.

— Não espero. — Ela já pensava em como contaria essa história a Will, até perceber que era provável que nem a contasse. Levaria um tempo para quebrar esse hábito, o de pensar nele como a sua plateia.

A mãe de Lucy se aproximou com uma taça de champanhe.

— Esta é a maior quantidade de pessoas que já vi em um evento assim — comentou. Estavam agrupados em um canto seguro do saguão, observando Gus e o pai circularem. — Diane Krasner ficará feliz. Muitos doadores de peso.

Vovô Beck estreitou os olhos.

— Com quem Gustav está falando *agora*? Meu Deus! Will juntou a turma toda. Será que ele pensa que não sabemos vender o Gus?

Lucy segurou a língua. Deixe-o pensar o que quiser, que a comitiva de influentes de Will era para Gus. E quem sabe Gus pense o mesmo.

Tentava decidir se falava ou não com Will quando o avistou perto do bar com o produtor da gravadora, e foi o produtor que acenou para ela se aproximar.

— Já volto — disse para a mãe.

Serpenteou entre as pessoas, o coração na boca, parando umas vezes ao lado de pessoas dizendo: "Que bom te ver lá em cima, Lucy" ou "Nunca teria te reconhecido!". Quando se aproximou, Will a apresentou ao produtor, John Tommassini. Ela apertou a mão dele.

— Eu me lembro. Como vai?

— Muito bem, obrigado. Você cresceu. — Ele sorriu para Will. — É claro que teria adorado ouvir Brahms!

Will riu, sem graça.

— Adorei as ideias que Will nos passou, da colaboração entre os dois — disse Tommassini, dando um gole na bebida.

Lucy olhou para Will, mas ele evitou o olhar.

— É um bom gancho — acrescentou John. — Professor e aluna, ambos ex-crianças prodígio, juntos. É ótimo que os dois tenham boa aparência também. Talvez uma melhorada no seu visual, Will! — sorriu ele. — É triste admitir, mas essa é a realidade do mercado agora.

— O Will não é... — Lucy começou a dizer que ele não era seu professor. Mas não seria exatamente verdade. — Pode conversar com meu pai a esse respeito — disse a Tommassini. — Tenho que encontrar o meu irmão.

Will a seguiu.

— Espere aí, Lucy. — Ela se virou. — Não sabia que você curtia Glass. — Tentou sua risada, mas não deu certo. — Sério, acredite. Você... foi ótima. Meio estranho. Mas estranho-legal.

— Ele tomou o braço dela suavemente. — Não consigo ouvir no meio de tanta gente. Mas quero conversar. Ali. — Apontou para o vão da escadaria tortuosa que subia ao saguão do andar de cima.

— Eu ia tocar Brahms — disse Lucy ao chegarem à escada, a voz trêmula. — Até que o vi com todas aquelas pessoas.

— Você tirou o coelho da cartola, na hora? Uau.

Ela pensou no dia anterior, no café. O quanto tinha sido importante para ela Will não ter se zangado. Agora, parecia igualmente importante que ela não se zangasse com ele. Ela não queria isso. Estava cansada de sentir raiva.

— Por que você os convidou? — perguntou, fitando-o finalmente nos olhos. Ela pôde ver claramente que ele estava montando uma explicação, mudando de cá para lá, talvez para algo ensaiado. — Seja você mesmo comigo — pediu. — Lembra-se? Conte a verdade para mim.

Então, ele olhou para ela e foi honesto, sem tentar seduzir ou convencer.

— Este sou eu. — Ele baixou o olhar. — Acho que vi uma oportunidade para mim... Não sei. Mas não começou assim. Naquele dia, meu primeiro dia em sua casa, não na festa, mas no meu primeiro dia com o Gus, quando perguntei se queria tocar de novo, e você disse que não sabia. O seu olhar, o seu rosto... — Ele colocou a mão sobre o coração e ergueu a cabeça. — Tinha certeza de que você sabia e queria, mas que estava em um dilema em relação a isso, no íntimo. Quando me procurou e pediu ajuda, foi como um sonho.

— Confiei em você — observou Lucy. — Não deveria. Quero dizer... você tentou me fazer tocar algumas horas após nosso encontro quando eu disse que não tocava mais. A partir daquele momento, não deveria confiar mais em você.

Ele pareceu arrasado e, ao dizer isso, Lucy soube que ele fora sincero ao convidá-la para tocar naquela noite.

— Juro que só depois que Diane veio à minha festa foi que fiquei, sabe, inquieto. Com essa outra ideia. Ideias.

Ela se lembrou de Gus perguntando, *por quê?*, quando ela lhe contou sobre Diane se aproximar de Will.

— O que ela estava fazendo mesmo em sua festa? Ela sempre vai à sua casa? Você a convidou antes ou depois de eu dizer que estaria lá?

Ele esfregou a parte de trás da cabeça.

— Acho que você consegue adivinhar.

Ela concordou, revendo todos os momentos desde então, que haviam significado tanto.

— E quanto ao resto? — perguntou baixinho. E, por um ansioso momento, parecia que ele não sabia o que ela queria dizer.

Mas logo compreendeu.

— Todo o resto. Todo o resto foi... uma surpresa. E tão adorável. E tão real quanto você naquele palco esta noite. — Ele olhou para trás e abaixou a voz. — E juro *por Deus*, Lucy, nunca tive nada além das melhores intenções. Talvez com a carreira, recentemente, eu tenha me perdido. Tudo bem, talvez não "talvez". Mas com "tudo o mais", fui e realmente tentei ser o meu melhor para você.

Ela não conseguiu dizer, mas pensou: *eu também*.

Ele suspirou.

— Mesmo isso é uma racionalização, certo? Vou parar por aqui.

— Tudo bem — respondeu ela, baixinho.

— Há qualquer coisa... você queria dizer algo para mim? Quer perguntar algo? Direi a verdade.

Aquilo era o que eu pensava que era? Ele diria a verdade. Mas ela não tinha certeza de estar pronta para saber. Então percebeu que a conversa deles girava em torno de um tempo passado. E, agora, trocavam as palavras finais. Ela rebateu sua dor e confusão.

— Não. Não estamos dizendo adeus. Sabe por quê?

— Porque você quer gravar um álbum a quatro mãos comigo para Tommassini? — brincou ele, sem um sorriso. — Não! Está bem. Por quê?

— Porque você vai continuar ensinando Gus — respondeu, resoluta. Isso significava que ela não conseguiria evitá-lo por completo. Will faria parte da vida de sua família. Ela não conseguiria apenas sair do palco e nunca mais olhar para trás. Ou melhor: desta vez sua opção era não fazer isso.

— Espere — disse Will, perplexo, erguendo as mãos. — Não vai contar para sua mãe que tipo de idiota... fui com você?

— É pelo Gus. Ele te adora, e ainda precisa de você.

Ele deixou cair os braços.

— Mas — alertou Lucy — se eu perceber que você está fazendo qualquer coisa com a carreira dele que ele não saiba ou não tenha certeza de querer, terá que se ver comigo.

— Está bem! E obrigado. Por me dar outra oportunidade. Com o Gus.

Estavam se despedindo, mesmo que tornassem a se ver inúmeras vezes. O adeus estava acontecendo.

— Obrigada, também — disse ela, embora não sentisse isso, para o caso de não ter outra oportunidade de dizê-lo mais tarde.

— Você é forte, sabe? Uma pessoa muito forte. — Sorriu seu sorriso torto. — É uma das coisas pelas quais amo você.

Ela balançou a cabeça, e *agora*, depois de se segurar durante a provação, a noite toda, as lágrimas ameaçavam vir à tona.

— Não... fale assim comigo. Sou forte, mas não tão forte assim.

O sorriso dele desapareceu.

— Sinto muito, Lucy — disse ele. E quando ela começou a se afastar, ele tocou seu cotovelo delicadamente.

— Ei, o diretor da Academia adorou o que fez. Não acho que terá problemas, mesmo com todos os inimigos mortais-do-
-seu-avô-etcetera-e-tal.

Ela se permitiu olhar para ele mais uma vez.

— Até mais.

♪ ♫ ♪

Foi difícil afastar Gus de seus admiradores. Lucy viu Will se aproximar e ficar ao lado dele o resto da noite. Ela encontrou Martin e esperou ao seu lado.

— Não sei se você me viu — comentou ele. — Mas chorei muito ao vê-la no palco. Você se saiu tão bem. — Lucy se aninhou contra ele, e ele a abraçou. Ficaram assim até que a multidão se diluiu e acabou por se dispersar.

Ela viu Will se despedir de seus pais e avô.

Gus a viu esperando e virou de costas.

— Gustav! — chamou Martin. — Venha aqui e fale com a sua irmã. — Ele deu um último tapinha em Lucy. — Te vejo amanhã, garota.

Obediente, Gus se aproximou de Lucy. Ela queria tanto abraçá-lo, mas também respeitava seu direito de não querer ser abraçado.

— Você arrasou — elogiou ela. — Foi perfeito. Estou superorgulhosa de você.

— Obrigado.

— Tenho algo para lhe dar.

— Eu não quero a gravata-borboleta.

— Eu sei. — Ela abriu a mão, onde esteve segurando o cortador de unhas do Will. — Pegue aqui.

Ele o pegou.

— Hã. Está bem.

— É um amuleto da sorte. Acredite em mim.

Gus colocou o cortador no bolso. E ela percebeu que era difícil para ele dizer isso, mas ele se endireitou e falou:

— Também estou orgulhoso de você.

Ela fez força para não chorar, pois sabia que isso iria atormentá-lo.

— Gus — disse ela, inclinando-se um pouco para ficar mais perto do rosto dele —, o Will é todo seu, está bem? Pode ficar com ele.

— Vocês continuarão a ser amigos?

— Não como antes.

No carro, a caminho de casa, ela sentiu o CD que tinha feito para Will no bolso do casaco. Ela não havia entregado o seu presente de Natal, e jamais o entregaria.

♪ 🎵 ♪

Reyna tinha deixado uma mensagem de voz mais cedo naquele dia. Mas, por algum motivo, o recado passara desapercebido.

"Oi! Carson me contou sobre seu lance, e também vi no jornal. Eu vou. Você não pode me impedir. E eu queria dizer que foi muito legal ver o seu nome assim, e eu pensei, *Ei, eu a conheço, ela é minha melhor amiga*. E eu queria te dizer 'merda' ou algo assim. Eu te amo."

4

Da Capo

(Desde o Início)

O frio de meados de janeiro, em São Francisco, era brutal. Mesmo assim, Lucy caminhou alguns quilômetros, deixando que o vento a fustigasse, xingando baixinho, com uma espécie de alegria louca. Usava um lenço que Felicia Pettis lhe dera ao se encontrarem para um café, logo depois do Natal.

— Não é um presente — explicou, quando Lucy expressou insatisfação por não ter nada para retribuir. — É só algo que vi e que me fez pensar em você. — Enlaçou o pescoço de Lucy com o tecido arroxeado e tirou uma foto com seu celular.

A mãe de Lucy se oferecera e esperava lhe dar uma carona nesta manhã, de pé no saguão, pronta. Pareceu um pouco magoada quando Lucy disse que não.

— É o primeiro dia — explicou Lucy. — Quero... fazer com que seja especial. E torná-lo só meu.

Não seria como antes quando se apresentava e ia para as cidades, mas não as via. Quando tocava, mas estava estressada demais para refletir sobre a beleza da música, quando marchava para o piano como se fosse uma punição.

Desta vez, no momento em que sentisse que não se importava, prestaria atenção e se perguntaria: *o que você ama, Lucy?*

E se lembraria. Ryan Adams e o primeiro gole de café da manhã. Sua mãe cantando junto com os B-52s. Vivaldi e as trompas de Beethoven. E as pessoas, mesmo que fossem complicadas.

Não que ela sempre soubesse o que adorava, ou mesmo o que queria. Na verdade, precisava das incertezas. Lucy se agarrou à sua dúvida do mesmo modo com que se agarrarra à segurança de uma boa nota do professor Charles, ou à garantia da melhor amizade, para sempre, de Reyna, ou à adoração e atenção de Will.

Agora, ela não queria conhecer seu futuro.

Tudo o que ela queria era estar lá, a cada pequeno minuto.

Abriu as amplas portas duplas da Academia, e entrou.

Lista "o que eu adoro" de Lucy para Will

Legal Tender, B-52s — Mamãe costumava tocar isso no carro o tempo todo quando eu era pequena, e sempre funcionava para atrair a minha atenção. Acho que ela realmente curtia os B-52s quando era jovem. (Eu tento imaginá-la em um *show*, não consigo!)

More, Usher — Eu sei, mas a Reyna fez lavagem cerebral em mim. Música boa para ginástica.

Mudando a marcha:

Everybody Knows, Ryan Adams — São esses dois tambores pequenos na introdução que me matam. Sempre.

Fold, José Gonzáles — Preste atenção na letra. Exatamente onde estou agora.

Lodestar, Sarah Harmer — Começa como se não fosse grande coisa e se transforma nesta obra-prima épica. Inspirada em um poema de D. H. Lawrence. Basicamente perfeita.

Sugar on the Floor, Elton John — Outra da minha mãe, de uma coleção rara de masters e lados B. Também existe uma versão com Etta James, que é apenas razoável na minha modesta opinião. Elton faz parecer mais triste. Triste demais. Depois:

Happier, Guster — Descobri Guster uma noite quando escavei uns buracos escuros na internet. Fico com essa música na cabeça o tempo todo.

The Rifle's Spiral, The Shins — Obsessão atual. Contagem ultrapassou o 100.

Challengers, The New Pornographers — Sem comentários.

5ª Sinfonia, terceiro movimento, Ludwig van Beethoven, interpretada pela Filarmônica de Nova York, com regência de Leonard Bernstein — Algumas interpretações são muito lentas, ou as trompas não estão altas o suficiente. Esta é a minha versão preferida, e queria que todos conhecessem o terceiro movimento da mesma forma que conhecem o primeiro.

As Quatro Estações, Op. 8, Inverno: *Allegro con molto*, de Antonio Vivaldi, interpretada pela Orquestra Filarmônica de Londres, violino e regência de Itzhak Perlman — E algumas interpretações DESTA versão são rápidas demais. Ou você realmente não percebe, por serem tão familiares. De alguma forma, esta gravação a faz soar nova a cada vez.

Suíte nº 2 para Violoncelo em Ré Menor, de Johann Sebastian Bach, interpretada por Matt Haimovitz — Estou simplesmente apaixonada por Matt Haimovitz. E gostaria de poder tocar violoncelo. Talvez eu toque algum dia.

Metamorfose I, Philip Glass — Já estou aprendendo esta. Estranhamente gratificante de tocar. A repetição significa alguma coisa, embora ainda não tenha descoberto o quê.

Agradecimentos

Se tivesse sido por mim, este livro nunca teria chegado ao fim. Enquanto o escrevia, tive uma crise de meia-idade, uma crise criativa, uma crise de saúde mental e uma crise de fé em mim mesma e no ponto essencial de continuar a minha obra. Para minha sorte, houve várias pessoas que me visitaram nessa época, estando presentes sob vários aspectos importantes.

Obrigada, Gordon. Obrigada, Ann Cannon, Matt Kirby, Mike Martin, Sarah Martin, Stephanie Perkins, Liz Zarr, a comunidade da Glen Workshop, minha família da igreja, Bob. Sou grata a todos os que se deram ao trabalho de me enviar bilhetes de incentivo, orações e me ofereceram companhia enquanto eu percorria o meu caminho através do deserto.

E. Lockhart, Adele Griffin, Robby Auld, Susan Houg e Tom Conroy, cada um deles me propiciou ajuda especial com o próprio livro, e eu sou muito agradecida a eles.

Toda a equipe da Little, Brown Books for Young Readers foi tão boa comigo. Obrigada. Julie Scheina, você é incrível. Obrigada por segurar a lanterna lá no alto.

Michael Bourret, você é realmente um dos melhores presentes da minha vida. Vamos continuar fazendo isso.

E obrigada a meus leitores, jovens e menos jovens, por me deixarem continuar a ter esta vida.